거짓말

2

노희경 대본집
거짓말 2

초판 1쇄 발행 2010년 2월 20일
개정판 1쇄 인쇄 2016년 9월 10일
개정판 1쇄 발행 2016년 9월 17일

지은이 | 노희경
펴낸이 | 金湞珉
펴낸곳 | 북로그컴퍼니
편집부 | 김옥자·태윤미·김현영
디자인 | 김승은
마케팅 | 김승지·이예지
경영기획 | 김형곤
주소 | 서울시 마포구 월드컵북로1길 60(서교동), 5층
전화 | 02-738-0214
팩스 | 02-738-1030
등록 | 제2010-000174호

ISBN 979-11-87292-32-6 04810
ISBN 979-11-87292-30-2 (세트)

이 책은 2010년 출간한《거짓말》양장본의 개정신판입니다.

노희경 대본집

거짓말

2

북로그컴퍼니

미치게, 죽기 살기, 아낌없이, 미련 없이

〈거짓말〉을 집필했을 당시, 내 나이 서른두 살이었다. 극 중 성우가 나보다 한 살 많았다. 스물아홉 살에 데뷔한 뒤, 일거리가 없어 1년을 백수로 지냈다. 그 후 나는 1년 반을 단막극 〈세리와 수지〉, 4부작 〈세상에서 가장 아름다운 이별〉, 또 다른 단막극 〈아직은 사랑할 시간〉 그리고 44부작 수목 연속극 〈내가 사는 이유〉까지 정말 한시도 쉬지 못하고 미친 듯이 달리기만 했다.

지금 생각해보면 이때 내게 주어졌던 시간들은 단순히 힘들게 얻은 기회를 놓치지 말아야겠다는 집착, 작가로서 출세를 해야겠다는 욕망, 그로 인한 불안감과 두려움, 초조함, 이미 선불을 받았으니 반드시 글을 써야 하는 부채감까지 겹쳐 정작 글보다는 악몽에 시달리게 한 시간들이었다.

그러다 보니 밥 먹는 시간이 아까워 환자용 캔 죽을 방 안 가득 쌓아두고 먹었으며, 새벽 세 시든 네 시든 일을 끝내도 걷잡을 수 없는 이상한 기분에 사로잡혀 펜을 놓지 못하기 일쑤였다. 그뿐이 아니었다. 즐기지도 못하는 당구를 치기도 했고, 주변에 사는 친구들을 들들 볶아 승자도 패자도 없는 카드만 줄곧 쳐댔다. 언제 제대로 잠이라는 것을 청했는지는 기억조차 없다. 대부분 글 쓰던 중간중간에 기절한 사람마냥 곯아떨어져 두어 시간 쪽잠을 잘 뿐이었다. 그러고는 가위에 눌려 잠에서 깨고, 다시 캔 죽으로 식사를 때우고, 컴퓨터에만 들러붙어 앉아 있었다. 가족들을 만나 마음 편히 놀아본 기억도 없고, 친구들을 배려한 적은 더더욱 없었으니 즐거움이 내 주변에 있기나 했으랴?

어느 날, 문득 이런 생각이 들었다. '내가 왜 글을 쓰지? 지금 이 순간 글에 몰려 살아가는 나는 행복한가? 이러자고 작가가 된 게 아닌데. 나는 지금 쓰고 싶은 글을 쓰고는 있는 것일까?' 지금도 생생하다. 30킬로그램을 갓 넘긴 저체중의 나, 노희경이 지하 방 한구석에 쭈그리고 앉아 망연자실한 심정으로 스스로에게 묻고 또 묻기만 했던, 감출 수 없는 생생한 기억….

그러다가 드라마 〈거짓말〉을 생각해냈다. 〈내가 사는 이유〉는 수정만 남겨놓고 있었으며 방영은 이미 30부쯤 하고 있던 시점이었다. 감독에게 무슨 얘기를 쓰겠다고, 아니 그런 얘기를 쓰고 싶은데 함께해주겠냐는 상의 한 번 없이, 방송국에 이런저런 이야기를 써도 되겠느냐고 묻지도 않고서, 나는 주섬주섬 글을 썼다. 아니 써야만 했다.

지나간 사랑에 대한 참회록! 그가 아닌 나에 대한 참회록! 왜 나는, 아니 나와 사랑했던 상대들은 왜 그렇게 모질고도 극악하게 결별해야만 했던 것일까? 한 번쯤은 미안하다, 잘못했다, 라고 말했어야 하는 것 아닌가? 그는 나에게, 나는 그에게 한 순간만이라도 참 많이 고마웠다는 말을 했어야 하지 않는가? 글을 쓰기 전, 적어도 이 질문들에 대해 속 시원히 이야기해줄 답글 같은 것들을 쓰고 난 후 새로운 무언가를 써야 하지 않나? 그런 질문에, 또 이어지는 질문이 〈거짓말〉을 쓰게 한 최초의 힘이었다.

대중을 상대한다지만 대중은 없고, 당시에는 오로지 '나'와 '그'만 있었다. 그 어긋남을 고민할 여유조차 없었다. 고민보다 손이 빨랐고, 글이 빨랐으며, 버거운 질문들을 털어내려는 욕망이 나를 이겼을 뿐이었다.

〈거짓말〉은 '거짓말같이 아름다운 사랑'을 줄인 표현이다. 내가 아름답지 못한 사랑을 했으니, 그 이야기를 작품에 담아내고 싶었다. 작품이 살아 움직여야 했던 목적은 단순히 그것뿐이었다.

온순하면서도 섬세한 감성을 지닌 표민수 감독은 내 이야기에 눈물로 동조해주었고(왜 그랬는지는 모르겠다), 나의 모자란 부분을 감독으로서 차곡차곡 채워주었다. 표 감독의 이런 지지가 없었다면 나는 〈거짓말〉을 완성해낼 수 없었으리라….

그렇다면 작품은 아름다웠어야 한다. 결과는 아프기만 했다. 사람들은 그렇게 말했다.

아픔으로 지난 사랑을 참회할 수 있을까? 지금 누군가가 그렇게 묻는다면 단연코 아니라고 할 것이다. 그런데 그때는 그만한 것이라도 내게는 위안이 되었다. 내가 아프니까, 지나간 모든 사랑아 날 용서하렴, 이라며 치졸하게 매달렸다.

방송국에서는 이 이야기로 드라마를 만들 수 있겠냐며 적극 만류했다. 동료 작가들은 마스터베이션 같은 글, 자기만족과 드라마를 구분조차 하지 못하는 초보라는 질타를 내게 쏟아부었다. 그런데 나는 정말 그런 말에 상관조차 하지 않았다. 사실 그 말들은 무조건 맞는 말이었으니까.

표 감독에게 그런 말을 했던 기억이 난다. '이 글 때문에 내게 두 번 다시 일감이 주어지지 않더라도, 나는 상관없어. 그냥 쓸 거야.' 표 감독이 나를 가만히 쳐다보더니, 고개를 끄덕이고는 손을 덥석 잡았다. 당시 우리는 생계를 무시해도 괜찮을 만큼 젊었다. 언제 그런 무모한 시도를 해보겠는가? 그때가 아니면….

그래도 내게 행운은 있었는지 편성이 잡혔고, 방영 두 달 전 20부작 완고를 끝냈다. 〈내가 사는 이유〉가 종영되고 두 달 정도 지난 시점이었나 보다. 굶어도 쓰고, 죽어도 쓰고… 이게 마지막이라도 쓴다는 다짐으로 잠도 청하지 않고 미친 듯이 글만 썼던 기억이 난다. 그러다 아프면 엉엉 울기도 많이 했다. 이제는 지쳐 울지도 못하는데 그때는 젊었기 때문에 눈물도 넘쳐났다. 오죽하면 표 감독만 만나면 카페에서 울어댔으니, 주변 사람들이 우리를 연인으로 오해하는 것은 당연지사였다.

〈거짓말〉 대본집을 앞두고, 나는 대본을 구경도 안 했다. 방영 당시 느꼈던 감정은 드문드문 기억에 남아 있는데, 문법에 맞지 않는 대사들이 넘쳐났다는 기억은 왜 이렇게도 또렷하기만 한지. 그러나 특별히 고칠 생각은 하지 않았다. 〈거짓말〉을 사랑한 사람들은 내 부족함마저 감수한 이들이라 믿었기 때문이다.

성우를 사랑했다. 은수를 사랑했다. 준희를 사랑했다. 대본 연습실에 가면 나는 대본을 펴 들지 않아도 될 만큼 대본을 전부 외웠다. 영희를, 현철을, 동진을, 세미를, 장어를 사랑했다. 사랑한 것이 전부였다. 시청률은 그다지 신통치 않았지만, 10년이 지난 지금도 나는 〈거짓말〉을 쓴 노희경으로 남았으니… 그걸로 됐다.

그러나 〈거짓말〉은 드라마트루기를 무시한 대본임을 인정한다. 작가 지망생이 절대 흉내 내서는 안 되는 것도 사실이다. 그냥 드라마를 보는 재미, 대본을 읽는 재미에 그쳐야 함을 당부하고 싶다. 부탁하건대, 당신이 작가 지망생이라면 나의 당부를 잊지 않기를 바란다. 드라마는 대중을 상대해야 한다. 선배들의, 방송가 사람들의 조언이 모두 맞다. 잊지 말아야 한다.

나는 〈거짓말〉로 참 많은 것을 얻었다. 영원한 파트너 표민수를 얻었고, 정말 따뜻한 동료 기민수(당시 조연출, 〈굿바이 솔로〉 감독)를 얻었고, 절친 배종옥을 얻었다. 집필부터 방영까지 1년이란 시간 동안 그만큼 얻었으면 나는 마음 부자가 아닌가 싶다. 그러니 고개 숙여 모두에게 감사한다. 그러나 지난 사랑에 대한 참회는, 내게 여전히… 숙제다.

미치게 사랑하고, 죽어라. 사랑하고, 아낌없이 사랑하고, 부족함이 없이 사랑하면, 후회도 미련도 없다. 나는 〈거짓말〉을 그렇게 사랑했다.

노희경

용어정리

몽타주	따로따로 촬영한 화면을 적절하게 떼어 붙여서 하나의 긴밀하고도 새로운 장면이나 내용으로 만드는 일 또는 그렇게 만든 화면을 말한다.
몽타주성	대사 없이 배경음악이 깔리면서 들어가는 여러 가지 장면들을 의미한다.
씬	장면(Scene)이라는 의미. 같은 장소, 같은 시간 내에서 이루어지는 일련의 행동이나 대사가 한 씬을 구성한다.
(C. U)	클로즈업(Close-Up), 즉 근접촬영을 줄인 표현이다. 카메라를 렌즈의 지근 거리 이내로 접근시켜 피사체를 크게 찍는 방식을 말한다.
DIS.	디졸브(Dissolve)를 의미하며, 두 개의 화면이 겹쳐지거나, 블랙이나 화이트 화면과 기존 화면이 겹칠 때 사용된다. 시간 경과나 씬 마무리 때도 자주 쓰인다.
(E)	효과음(Effect)의 줄임말로 보통 등장인물은 보이지 않고 소리만 나는 경우에 사용된다.
(F)	필터(Filter)의 약자로, 전화기 너머의(필터를 거쳐 들려오는) 목소리나 마음속으로 하는 얘기 등을 표현할 때 쓴다.
(F. I)	페이드인(Fade-In)을 의미한다. 화면이 처음에는 어두웠는데 점차 밝아지는 상태를 지칭한다.
(F. O)	페이드아웃(Fade-Out)을 지칭하는 표현으로, 영화나 텔레비전에서 화면이 처음에 밝았다가 점차 어두워지는 상태를 말한다.
(N)	내레이션(Narration)을 지칭하는 시나리오 용어로 장면 밖에서 들려오는 목소리를 나타낸다.
(O. L)	오버랩(Overlap)을 의미한다. 현재 화면이 사라지면서 뒤 화면으로 바뀌는 기법이다. 대사에서 (O.L)은 호흡을 주지 않고 앞사람의 말을 끊고 말을 할 때 쓰인다.

차 례

등장인물

주성우 인테리어 토털 매니저(33세) 배종옥

선배가 경영하는 인테리어 회사인 '이매지'에서 실무 최고 책임자로 일하고 있다. 홀어머니와 단둘이 살며, 겉으로는 냉정해 보이지만 내면엔 상처와 아픔이 가득하다. 기대도, 영원도, 사랑도 없다고 생각했지만 같은 회사 부하 직원인 서준희를 만나면서 다시금 위험한 사랑을 꿈꾼다.

서준희 인테리어 토털 디자이너(28세) 이성재

진정한 예술가를 꿈꾸며 유학까지 다녀왔지만 불의의 교통사고로 그 길을 포기한 아픔이 있다. 안정된 결혼생활에 만족하면서도 직장상사 주성우에게 자신도 모르게 빠져든다. 이혼을 결심한 뒤, 그 사랑을 위해 아내에게 눈물로 고백한다.

정은수 공예가(27세) 유호정

유학 중에 만난 준희와 행복한 삶을 꾸려가고 있었다. 갤러리 '착한생각'을 운영하며 공예가로서 안정된 생활을 만들 수 있었던 것도 준희 덕분이라고 생각한다. 하지만 갑자기 찾아온 이별에 고통스러운 시간을 보낸다.

윤영희 성우 모(52세) 윤여정

사고로 남편을 잃고 혼자 남았지만 딸을 향한 사랑의 힘으로 세상의 차별에 당당히 맞선다. 문화센터에서 다시금 만난 현철의 프러포즈를 계속 거절하다가 진심으로 다가오는 그에게 조금씩 마음을 연다.

주현철 신문사 편집위원(55세) 주현

털털하고 말은 별로 없지만, 이해심 많은 전형적인 대한민국 보통 남자! 일찍 부인을 보낸 탓에 외로움을 많이 느끼며 살아간다. 영희에게 남은 생을 함께 보내자며 정식으로 프러포즈를 한다.

이동진 신문사 기자(28세) 김상중

능력 있고, 서글서글하며, 남성적인 단호함을 지닌 신문사 기자! 하지만 누구에게도 말할 수 없는 아픔을 숨기며 살아간다. 첫 번째 연인이었던 은수를 떠나보낸 뒤 우연히 만나게 된 세미를 통해 진정한 사랑을 깨닫는다.

세미 거리 부랑아(23세) 추상미

창녀였던 엄마를 만나기 위해 길거리를 전전하는 거리 부랑아. 사랑을 한 적도, 받은 적도 없지만 동진의 아픔까지도 진심으로 사랑하게 된다.

장어 거리 부랑아(25세) 김태우

몸이 약해 세미에게 빌붙어 살지만 악의가 없고, 순수하며 그녀를 아끼고 사랑한다. 동진과 세미의 사랑을 위해 적극 헌신하지만 그 역시 사랑을 알기에 뒤에서는 눈물을 훔친다.

일러두기

1. 이 책의 편집은 노희경 작가의 드라마 대본 집필 형식을 최대한 따랐습니다.

2. 드라마 대사는 글말이 아닌 입말임을 감안하여, 한글맞춤법과 다른 부분이라 해도 그 표현을 살렸습니다.

3. 말줄임표는 두 개, 세 개, 네 개 등으로 다양하게 표현되어 있습니다. 이는 대사 시 호흡의 양을 다양하게 표현하고자 한 작가의 의도를 반영한 결과입니다.

4. 쉼표, 마침표 등과 같은 구두점도 작가의 의도를 따랐습니다.

5. 드라마에서 장면을 나타내는 '씬'의 경우, 표준국어대사전에는 '신'으로 등록되어 있지만 여기서는 작가의 집필 형식에 따라 '씬'으로 사용했습니다.

6. 이 책은 작가의 최종 대본으로, 방송되지 않은 부분이 포함되어 있습니다.

10부

해도 해도 적응이 되지 않는 게,

습관이 들지 않는 게 있나 봐….

사랑이 그런 거 같애….

욕심이, 상처가 그런 거 같애.

씬 1. 준희의 집 전경, 밤, 음악 흐르는.

씬 2. 베란다.

준희, 아무런 생각 없는 얼굴로 베란다 문틀에 앉아 있다. 바람이 불어, 준희의 머리카락이며 뒤에 있는 커튼 자락이 날린다.

씬 3. 거실.

은수, 잠옷 입고, 앞섶 잠그지 않고 여미고, 방문에 기대 준희 그런 모습 보고 있다. 서운한, 원망하는 눈빛이다. 그런 두 사람 한 화면에 잡히고.

씬 4. 성우의 방.

어두운 스탠드 불빛만이 켜져 있다. 성우, 뭔가 골똘히 생각하는 낯빛이다.

인서트 - 회상.

도로(9부에서 있었던 일이다).

성우의 차 서 있고, 준희 내려서는 차 안에 있는 성우와 얘기하고 있다.

준희　전화해요. 잘 들어갔는지 궁금하니까.
성우　(안 보고) 안 할래.
준희　귀찮아요?
성우　부인 옆에 있는데.... 전화 받을 자신 있어?
준희　(가볍게 고개 끄덕이는)
성우　그럴 수 없을걸. 그래서도 안 되고. (시동 걸고) 갈게.

성우, 차 출발해 가고, 백미러 보면,
준희, 뒤에서 손 흔들며 '괜찮으니까, 전화해요!' 하며 손으로 전화하란 시늉 한다.
성우, 웃으며 가고.

현실.

성우, 씁쓸하게, 서글프게 웃으며 혼잣말.

성우　자신 없으면 말을 말지........ (작게 한숨 쉬고)

씬 5.　성우네 주방.

영희, 식탁 의자에 앉아 생각하며 담배를 피우고 있다.

인서트 - 9부, 씬 24.

현철　니 말마따나 나두 이 나이에 불붙는 사랑은 없다. 그런다고 못 살 건 없다고 본다. 난 너 보고 싶고, 넌 나 보고 싶고, 만나면 재밌고, (손가락질해가며) 영화 대사처럼 아이엠어보이, 유아러걸. 그러면 사는 거 아니냐?

영희　(시큰둥한) 같잖은 소리 열심히도 해댄다. 몸도 안 좋고, 귀찮아서 그만 가겠습니다, 저는.

하며, 가방 들고 일어나는데, 현철 앉은 자세로 영희의 가방 든 손을 덥석 잡는다.
영희, 조금 놀란, 그러나 쉽게 들키지는 않는, 영희, 현철 본다.

현철　(영희 보며, 편하게) 니가 여자가 아니라고? ..... 내가 남자가 아니라고?

영희　(엉거주춤 서서 짐짓 태연하려 하지만, 버벅대며) 그... 그래.

현철　그런데..... 손은 왜 떠냐?

영희　(그 말에 순간, 잡힌 손 보면, 심하게 떨고 있다, 다시 현철 보고)

현실.

영희, 담뱃재 털며 답답한 얼굴로 구시렁.

영희　수전증이 있는 것도 아니고... 손을 왜 떨어... 바보... (하고, 담배 피워 무는데)

성우　(영희 툭 치며) 엄마!

영희　(화들짝 놀라 성우 보고)

성우　(영희 앞자리에 앉으며, 눈 흘기며) 또 그누무 담배..... 담배 좀 피지 마요. 다 엄마 생각해서 하는 소리야. 여자한테 담배가 얼마나 안 좋은데.....

영희　(눈치 보며, 쓴 입맛 마시며, 마지못해 담배 끄며) 저, 저 잔소리.... 내가 팔자에도 없는 시집을 산다. 시집을 살어. 그리고 내가 여자냐, 니 엄마지.

성우　(걱정) 담배, 마른 사람한텐 더 안 좋대요. 가뜩이나 없는 살, 더 내린다구요.

영희　알았어요, 시어머니, 알았다구요.

성우　(웃으며, 물 따라 마시며, 무심히) 왜 안 주무시고, 나와 계세요?

영희　그냥..... (하다가, 뭔가 말하려 성우 눈치 본다)

성우　(물 마시다, 문득 이상해 영희 보며) 하실 말씀 있어요?

영희 (안 보고) 할 말은... 무슨..... (그러다, 잠깐 생각하더니, 성우 보며, 어렵게) 너, 현철 아저씨 한번 볼래?

성우 ?!

영희 (괜시리 머리 긁으며) 그 아저씨가 너 한번 보잰다. 바쁜 애라 안 된다 그러긴 했는데.... 어른이 보채는데, 마냥 안 된달 수도 없고... 보기 싫음 말고.

성우 (떠보듯, 그러나 진지하게) 날 왜 보자시는데요?

영희 (성우 못 보고) 그러게....

성우 (영희 보는)

영희 (머리 긁으며, 못 보고) 실은..... 아저씨가... (에라 모르겠단 심정으로, 빠르게) 결혼 말을 하드라고.

성우 (진지한, 묻듯) ..... 그.... 래서?

영희 (성우 차마 못 보고, 약간은 자기도 모르게(어림없는 소리란 걸, 스스로도 안다) 짜증이 섞인, 데면데면한) 그래선 뭐가 그래서, 딱 잘라 안 된다 그랬지. 사실적으로 그게 말이 되냐. 호호할마씨랑, 호호할배랑.... 너 시집이나 보내고 나면 친구 삼아 모를까.... 딸은 한 번을 안 하고 앉았는데... 애미는 뭐가 신나는 일이라고 두 번씩이나.... 허튼 소리 말아라, 딴 여자 알아보라 그랬어, 행여 하나도 신경 쓰지 마.

성우 (물 잔만 보고, 영희 안 보고) 아저씨.... (보고) 좋은 분이에요?

영희 (한숨 작게 쉬고) 몰라. 좋은지, 나쁜지... 속을 들여다봤어야 알지. (하고는 옆에 있는 물 따라 마시는데)

성우 (엄마 가엽게 보다가는, 서글픈 웃음 지으며) 엄마.....

영희 (물 마시다 보는)

성우 내가...... 짐, 돼요?

영희 (무섭게 보며, 물 잔 탁 내려놓으며) 그런 말이 어딨어. 애미한테 짐 되는 딸이 세상천지 어딨어. 그런 말 다시 한 번 더 해.

성우 (착잡한, 영희 안 보고) ......

영희 넌 그런 말도 안 되는 생각, 뜯어고칠 요량으로라도 결혼을 해야 돼. 결혼해 자식 낳아봐. 세상 보물, 그만한 보물이 없는 거야. 난 너랑 이 지구를 준대도 안 바꿔. 그거 알고나 그런 소리 해, 이누무 기집애.

성우 (서글프게 웃으며, 영희 보는)

영희 막말로 짐이 되면, 내가 되지, 니가 되냐? 누가 나 밥을 멕여주고, 옷을 사주는데.....

성우 (편하게, 웃으며) 엄마가 해준 거에 비하면, 만 분지 일도 안 되는데, 뭐..... (장난) 설마, 날 밥 멕여줘서 좋아한단 소린 아니지?

영희 (퉁명스레 말해도, 장난이다) 모르지, 그거야. 넌 내가 밥해줘서 좋아하잖어.

성우 (영희 보며, 편하게 작게 웃고)

영희 (일어나, 재떨이 담배 찬장에 올려놓으며) 들어가, 자라. (하고, 몸이 아픈지 팔을 주무르며) 몸이 영 찌뿌두둥.... 불을 좀 올려볼까....

성우 그러세요. 봄이래도 말이 봄이지, 새벽이나 밤으론, 선선하던데.

영희 그래야겠다. 나, 잔다. (하며, 방으로 간다)

성우 안녕히 주무세요.

영희 (방으로 들어가고)

성우 (영희 보다가, 다시 물 한 모금 마시고, 씁쓸하게 웃으며) 여기 가도...... 짐..... 저기 가도.... 짐... 다 짐이네...... (쓰게 웃는, 그러다 다시 영희 방에 시선 가고)

씬 6. 준희의 집 전경, 아침.

준희 (E) 은수야, 출근 안 해?

씬 7. 준희의 집, 거실.

은수, 출근 차림으로 탁자를 걸레질하고 있다.
준희, 출근 준비하고 현관 앞에 서 있다.

은수 (신경질적으로 탁자 닦으며, 준희 안 보고) 몇 번을 말해, 먼저 가라 그랬잖어!

준희 (답답한) 탁잘 지금 꼭 출근 시간에 닦아야 해?

은수 (화난, 닦는 것 멈추고, 준희 안 보고) 여기 얼룩졌댔지. 드러운 거 보면 못 참는 거 알잖아. (준희 보고) 누가 너보고 기다려달래, 가라구 먼저 가라구!

준희 (참고) 일엔 순서가 있는 거야. 그 얼룩, 번지는 것도 아니잖아. 저녁에 들어와서 해도.... 탁자 닦는 게 출근보다 중요해?

은수 (닦으며) 중요해.

준희 .... (한숨 쉬고) 도대체 왜 그러는 거니?

은수 (돌아보고) 왜 그래? 그건 니가 물을 말이 아니라, 내가 물을 말이야. (걸레 놓고, 일어나 팔짱 끼고 준희 뚫어져라 보며, 원망스런, 또박또박 천천히) 잠자리하고 나서, 담배 피는 거, 싫어하는 거 알지?

준희 (답답한 얼굴로 은수 보는) ......

은수 나 싫은 거 꼭 그렇게 티를 내야 돼? 잠자리하자마자 벌떡 일어나서는 베란다로 나가 줄담배 피우고..... 어젯밤에 내가 무슨 생각했는 줄 알어?

준희 (답답한, 외면하는)

은수 (준희 뚫어져라 보며, 원망스런, 가라앉은) 고개 돌리지 마.

준희 (보면)

은수 담부턴 그따위 행동할려면, 나랑 자는 거 싫다, 차라리 그렇게 말해. 숨기지도 못할 감정 있는 대로 드러내, 사람 비참하게 만들지 말고. 한 번만 더 그래봐, 가만 안 있을 거야.

준희 (답답한, 뭐라 할 말이 없다)

은수, 백 들고 현관으로 나가 준희에게 '나와.' 하며 신발 신고, 문 쾅 닫고 나가고,
준희, 은수 나가는 쪽 보며, 답답한.

씬 8. 아파트 입구.

은수, 화난 얼굴로 성큼성큼 걸어 나오고, 그 뒤를 준희가 뒤쫓아 나오며, 은수 팔 잡아챈다.

은수 (화난 얼굴로 준희 보면)

준희 (은수 담담하게 보며, 어렵게) 나도 노력하고 있어. 그런데 니가 이렇게 삐딱하게 나가면 내 노력이 아무런 소용이 없잖아. 니 마음이 불편하면, 내 마음도 불편해, 이러지 마.

은수　(비아냥조) 노력하고 있어? 잠자리에서 최선을 다하려고 노력하고 있어? 이러지 마? 하, 지금 협박하는 거니?

준희　.......

은수　자꾸 삐딱하게 굴면, 법적으로 대응해서라도 이혼하겠다고, 협박하는 거야? (비웃음) 하.... (가려는데)

준희　(은수 잡으며, 답답한, 가라앉은) 은수야.......

은수　(눈가 붉어져 돌아보고) 건드리지 마. (하고, 거칠게 팔 풀고, 차 있는 데로 가서는 차 몰아 간다)

준희　(가는 은수 보며, 답답한)

씬 9. 만원 버스 안.

준희, 손잡이 잡고 서서는 멍한 얼굴로 가고 있다.

씬 10. 도로.

은수, 차 거칠게 멈춰 선다.

씬 11. 차 안.

은수, 운전대 붙잡고 눈가 그렁해 큰 숨을 몰아쉬고는, 잠시 그대로 있다. 눈물이 주룩 흐른다. 은수, 담담하게 뒷좌석에 있는 휴지 뽑아 눈물 닦고, 이 앙다물고 차 몰아 가고.

씬 12. 생각 많은 얼굴로 육교 오른 준희.

씬 13. 회사 전경.

씬 14. 사무실.

미선, 서류 보며 컴퓨터로 정리하고 있다.
인부들, 모형 들고, 도면 들고 나가는 것 보여주고, 카메라, 돌아가면 테이블에서 현주, 재석, 성우 서서 모형 보며 얘기하고 있다.

성우 색깔 이거 괜찮겠어? 칙칙한 거 아니야?
재석 칙칙하긴 뭐가 칙칙해요, 20대 신혼부부도 아니고, 40대 재혼부분데, 우리나 칙칙하지, 그 사람들은 고상하다고 할걸요.
성우 색 견본 보내봤어? 나중에 딴말하면, 곤란하잖아.
재석 곤란하긴...... 지들이 색을 뭘 안다고.
성우 고객들한테 지들이 뭐야. 그 사람들 땜에 먹고살면서.....
현주 제가 어제 오후에 견본 보냈어요. 오케이 난 거예요.
성우 그래? 좋아, 그럼 착수해. 물건은 윤호 거 쓸 거지?
재석 벌써 자재 들어갔어요.
성우 좋아, 좋아, 끝. (하며, 자리로 가려는데)

문 열리는 소리 나고 준희 들어온다.
성우, 돌아보고.

재석 (모형 들고, 준희에게) 일찍 좀 다녀라. 요즘 젊은 애들 어떻게 시간관념들이 없어.
현주 (재석 툭 치고)
준희 죄송합니다. (하고, 자리에 앉아, 가방 열고)

재석, 현주, 문 열고 나가고.

성우 (준희 앞에 가 서서, 준희 보는)

준희　(고개 들어 성우 보고)
성우　(편하게) 서준희 씨 오늘 너무 많이 늦었다. 지각하면 벌금 5천 원인 거 알지?
준희　(성우 못 보고) ...... 저, 오늘 자재 가지러 갈 일 있으면 제가 갔으면 싶은데요.
성우　별안간.... 왜?
준희　사무실에 있기가 답답해서.... 외근 나갈 일 있으면 저한테 시켜주세요..... (하며, 다이어리 본다)
성우　(준희 보다, 미선 보고, 일하느라 못 보는 거 알고는 손가락으로 준희 책상 톡톡 친다)
준희　(보면)
성우　(미선 눈치 보며, 작게) 나와. (하고 나간다)
준희　(성우 쪽 보며, 답답하고)

씬 15. 복도.

준희(두 손 다 주머니에 넣고, 고개 숙인), 성우, 창가 쪽에 기대 얘기하고 있다.

성우　(준희 보며) 내가 전화해서 바가지 긁혔어?
준희　(쓰게 웃으며) 아뇨.
성우　(애써 분위기 바꾸려 웃으며, 편하게) 어제 너 너무한 거 아니?
준희　(보면)
성우　어쩜 전화 끊으랬다고 그렇게 매몰차게 끊냐? 솔직히 서운하드라. 어흠, 하고 신호라도 하고 끊지, 사람 당황하게.... 아침에 왜 늦었어, 버스 놓쳤어?
준희　(고개 작게 젓고, 한숨 쉬고, 성우 안 보고) 성우 선배....
성우　(눈치 보며) 말해.
준희　(성우 보며, 마음은 답답하지만, 편하게) 기분이 별로 안 좋아요. 아무 말도 묻지 말아줄래요.
성우　?
준희　외근 나갔다 올게요. (하고, 사무실로 들어가버린다)

성 우　(준희 들어간 문 쪽 보다, 작게 한숨 쉬고, 준희가 걱정스럽다)

씬 16. 전시실.

하숙(서류 보는)과 은수(성우가 사준 스카프 하고 있는) 얘기 중이다.

하 숙　(서류 보며) 깔끔도 하지, 깔끔도 해. 일 시작하면 한 번에 쫑을 내누만. 언제 가격표에 작품 설명까지 일어로 전부 번역해서... 대단해.

은 수　간혹 가다 외국에서 주문이 오거든요. 혹시 몰라 각국어로 만들어뒀어요. 전에 만든 거에 몇 가지 첨부해서....

하 숙　(서류 내려놓으며) 이거 우리가 할 일이 없네. 이런 건 우리한테 맡기지, 이런 것까지 작가가 다 하고 우리가 커미션 받으면 미안한데.....

은 수　별말씀을, 다리 놔주신 것만도 고마운데요.

하 숙　그렇게 이해해주면, 땡큐베리마치고.

은 수　(웃고)

하 숙　이왕지사, 여기까지 왔는데 준희 씨 보고 가야지?

은 수　집에서 맨날 보는 사람인데요, 뭐 하러... (조금 눈치 보듯) 주 실장님 계세요? 계시면, 만나고 갔으면 싶은데.....

하 숙　물론 있지. 잠깐만. (하며, 인터폰 누른다)

은 수　(무표정하게 하숙 전화 거는 것 보고)

씬 17. 전시실 밖.

성우, 사무실에서 내려오고,
은수, 자리에서 일어나 인사하고 앉고.

씬 18. 전시실 안.

은수, 담담한 얼굴로 차를 마시고 있다.
성우, 차 마시며, 은수가 한 스카프를 본다.

은수　(찻잔 내려놓으며, 웃음 짓고) 여기까지 왔는데 모른 척 가기가 그래서... 번거롭게 하는 건 아닌지 모르겠어요.
성우　(어색한 웃음 지으며) 별말씀을요..... 작업은 잘 되시죠?
은수　네. (하고, 생각하는)
성우　(답답하다)

둘 사이에 잠시 어색한 분위기 흐르는.

은수　(잠시 생각하다, 짐짓 밝은 목소리로, 스카프 만지며) 이 스카프 이쁘죠?
성우　(은수 보는) ?! .... (어색한 웃음 지으며) 네, 좋네요.
은수　(불편한 맘, 숨기며) 어제 저희 부부 결혼기념일이었거든요. 준희 씨가 선물했어요. 난 준비도 못 했는데......
성우　(그랬구나 싶다, 어떻게 말해야 할지 모르겠다, 어색한 웃음) 네에......
은수　(괜히, 어색하게 웃으며, 성우 안 보고) 내가 이런 말을 왜 하지....?
성우　(은수 마음 알겠다, 은수가 안타깝다, 자신이 서글프다, 은수 못 보고) .....
은수　(탁자 위에 있는 서류, 가방에 넣으며, 뭐 하러 그런 얘길 했나 싶다, 비참한 기분 든다) 이런 깜박했네, 갤러리에서 손님하고 약속해놓고... 저 그만 가볼게요. (가방 닫고 일어나고)
성우　(일어나며) 가시게요?
은수　(도망치고 싶다, 성우 바로 못 보고) 네. 다음에 또 봬요, 주 실장님. (하고, 전시실 도망치듯 가버린다)
성우　!

성우, 창가로 은수 가는 것 보고 답답하고, 미안하고, 머리 쓸어 올리며 자리에 앉아, 생각이 많다.

씬 19. 전시실 앞.

하숙, 성우, 입구 쪽이 아닌 건물 난간에 나란히 편한 자세로 앉아 있다. 봄볕 받는 자세다.

하 숙　(편하게, 나른하게) 야... 여기 앉아 이렇게 봄볕 받으면서 까닥까닥 졸 만큼 졸았으면 더 바랄 게 없겠다. 게으르게, 게으르게... 한나절만 아무 생각 없이, 집에 있는 서방일랑, 애새낄랑 다 잊고, 일도 잊고.... 넋 놓고.... (성우 보며) 안 그러냐?

성 우　(작게 웃으며, 은수 생각 남아 있는, 서글픈) 그러네.

하 숙　(하늘 올려다보며) 볕 좋다. 성우야, 지금 난 말이다, 딱, 개가 되고 싶다.

성 우　(보면)

하 숙　너무 바빠, 너무 바빠. 아주 개가 돼서, 쉬고 싶다. 사는 게 왜 이리 부산한지, 잠시 잠깐 쉴 틈이 없네. 내가 누군지 뒤돌아볼 여유도 없고.

성 우　(너그러운) 어음 돌아오는 거 막느라, 진 빠졌구나.

하 숙　아니. 거짓말하느라 진 빠졌다.

성 우　거짓말?

하 숙　살면서 난 되게 솔직하게 살고 싶거든. 그런데 그게 맘같이 되질 않더라. 거래처 우는소리 하면, 내가 더 앓는 소리 하게 되고. 잘난 것도 없으면, 일 따낼라고, 이리 포장 저리 포장, 갖은 있는 척을 다 하게 되고...... (갑자기 웃는다) 하하하.

성 우　?

하 숙　(성우 보고, 웃음 짓고) 거짓말 소리 하니까, 갑자기 연애할 때 생각난다. 임과장하고, 한참 신나게 돌아다닐 때였는데.... 난 그때 알았다, 내가 타고난 거짓말쟁인 거.

성 우　(흥미로운) 언니가?

하 숙　(짐짓 심각한) 그때 그 사람이 맬 데이트하고 집까지 바래다주면서, 나한테 지금 생각하면 아주 웃긴 짓을 시켰거든.

성 우　?

하 숙　자길 얼만큼 사랑하는지, 말을 해달라는 거야. 그래서 그때 내가, 별의별 소릴 다 했잖니. (짐짓 심각하게) 난 하늘이 두 쪽 나도 당신밖에 없다. 당신을 위해서라면 목숨도 안 아깝다. 밤마다 당신 꿈을 꾸겠다, 등등... 하하하. (웃고) 말도 안 되는 소리. (성우 보며) 야, 사실적으로다, 이 나라 2천만이 남잔데, 왜 남자가 임 과장밖에 없겠냐? 그리고 뭐, 목숨도 안 아까워? (목을 잡으며) 이게 왜 안 아까워, 하나밖에 없는 건데. 밤마다 당신 꿈을 꿔? (고개 저으며) 꿈이 맘대로 되간? 내 알 바 아니지.

성우　(크게 웃는다)

하숙　(쓰게 웃으며) 난 거짓말쟁이야.

성우　(웃음 서서히 멈추고, 하숙 보며) 건 거짓말이 아니지. 적어도 그 순간엔 진심이었을 거 아니야.

하숙　순간은 지나가면, 없어지는 거야. 순간의 진심이란 황이야, 없는 거라구.

성우　(하늘 보고, 씁쓸하게 웃으며) 난 순간이래도, 거짓말이래도 좋다. 맘대로 느끼는 대로 속 시원히 지껄여나봤으면 좋겠다. 나는 당신밖에 없어요. 당신도 나밖에 없죠? 바다 건너 도망갈까요? 산 너머 도망갈까요? .... 3년 만기 적금이야, 어떻게 들어가든 말든, 엄마가 속상해 우시든지 마시든지.....

하숙　(성우 보는) .....

성우　(하숙 보며, 짐짓 장난처럼) 그렇게 사탕발림 거짓말했으면 지금쯤 남자 하나 건져 여우처럼 살 텐데?

하숙　행여, 그 성질에.... 에밀 아자르가《자기 앞의 생》에서 주인공 입을 통해 이런 말을 했어. (강조) 사랑은, 미친 사람만이 할 수 있다.

성우　(그 말뜻 알겠다, 쓴웃음 난다)

하숙　넌 너무너무 맨 정신이야. 도대체 미치질 않잖아. 그래서 머리가 아프고, 인생이 고('괴' 자를 일부러 이렇게 쓴 것임, 수정 불)로운 거야.

성우　(쓴웃음) 그럼 거짓말하고 싶단 표현은 잘못된 거네. 미치고 싶다 그래야 하는 거네.

하숙　암만.

성우　(하숙 보며, 심각한, 그러나, 장난으로 미친 여자 흉내 내는) 언니, 나, 미치고 싶다.

하숙, '으이그.' 하며 웃고, 성우 웃고,
성우, 그러다 고개 외면하고 하숙 시선 트는데, 이내 답답한 얼굴이다.

씬 20. 신문사 로비.

은수, 쇼핑백 들고 서서, 무표정하게 바깥을 내다보고 있다.
카메라, 돌아가면 동진 오는 게 보인다.

동 진 (뛰어오며) 은수야!
은 수 (무표정한 얼굴로 돌아보고)

씬 21. 신문사 공원.

은수, 동진 편한 얼굴로 보고,
동진, 김밥 도시락을 우적우적 먹고 있다, 거의 다 먹었다.

은 수 천천히 먹어, 목 메.
동 진 (마저 남은 것 하나 집어먹고) 다 먹었어. (하고는 음료수 먹고, 트림 크게 하고)
은 수 (눈 흘기며) 별짓을 다 하네.
동 진 (도시락 껍질이며, 널려 있는 휴지들 봉지에 집어 담고, 담배 한 대 피워 물고, 은수 눈치 보며) 기분이 나쁘진 않은 것 같다.
은 수 (쓰게 웃으며) 괜찮아. (짐짓 밝게) 지난번 내가 그러고 가서 속상했지?
동 진 (편하게) 속상하긴.... 걱정했지.... 그 밤에 곰곰 생각해봤는데.....
은 수 (보면)
동 진 너.. 걱정 안 해도 되겠더라구.
은 수 (피식 웃으며) 왜?
동 진 그날 내 방으로 아버지가 오셨는데, 내가 니 일을 상의했거든. (사이) 아버님 말씀이, 선불리 판단하지 말고 조금만 기다리라시면서, 한 번 부부로 엮이면 그 줄은 하늘이 잡고 있다고.. 하늘이 외면하지 않는 이상은 돌아올 거라고 하시드라.
은 수 (서글프게 웃으며) 우리 부부를 하늘이 보증한다? 하느님이 우리 사랑의 담보다, 그 말이야?

동 진　난 사랑이 하나뿐이라고 믿지 않아. 결혼이 천륜이다, 그건 믿지. 언제라도 할 수 있는 사랑 때문에 천륜을 버리진 않아. 나도 널 사랑했지만, 지금은 아냐.

은 수　(외면하고) 결혼은 인륜지대산 줄 알았는데, 천륜지대사였네....

동 진　잠시 잠깐 한눈파는 거야. 알지?

은 수　(동진 보고, 편하게 웃으며) 니 걱정처럼 우리 심각한 상태 아니야. 그리고 오늘 좀 자신이 생겼어. 나하고 한 사랑이 영원할 수 없다면, 성우 그 여자랑 한 사랑도 영원할 수 없겠지. 그럼 누가 더 많이 기다리냐가 관건인데...... (자신 있게 웃으며) 난 준희.... 무척 많이 기다릴 자신이 있거든.

동 진　(대견하게 웃는데, 주머니에 넣어둔 삐삐가 온다. 동진 삐삐 확인하고)

은 수　무슨 일이야?

동 진　(삐삐 끄고, 주머니에 넣으며) 장어야.

은 수　장..... 어?

동 진　세미 얘기했지, 개랑 다니는 애야. 등치는 큰데, 귀여운 놈이지.

은 수　(떠보듯, 친구처럼) 너 세미 좋아하지?

동 진　아니. 난 너 이후로 여자 안 좋아하기로 했어.

은 수　?

동 진　여잔 피곤한 동물이란 걸 알았거든. 가자. (하고, 일어나는데)

은 수　개한테 끌려다니는 것 같다.

동 진　그렇게 보여?

은 수　서두르잖아.

동 진　? ...... (어색하게 웃으며) 미.... 안........ (하고 앉는다)

은 수　(웃으며, 일어난다)

동 진　?

은 수　이동진, 끌리면 끌리는 대로, 느낌 가면 가는 대로 행동해. 끌리면서 안 끌리는 척..... 괜히 복잡하게 하지 말고. 감정 문제에 있어선 여자보다 남자들이 의외로 더 복잡하드라. 준희도 그래, 부분데 친구라고, 바람피면서 사랑한다고, 말도 안 되는 소리. 넌 개랑 사귀는 거야. 그냥 만난다고? 웃기네. 용건 없고 감정 없는데 뭐 하러 그냥 만나냐. 일어나, 가게.

동 진　(웃으며, 일어나다가, 뒤에 오는 현철, 영희 일행 보고, 현철에게) 위원님!

은 수　(돌아보고)

현철　(어색한 웃음) 어.... 너냐?
영희　(은수 보는)
동진　여자 친구분들이 많으시네요? (영희 일행과 눈인사하고)
현철　친구는.... 우리 반 학생들이야. (은수 보고) 누구시냐?
동진　친구예요. (은수 보고) 인사드려, 내 선생님이셔.
은수　(밝게) 안녕하세요, 정은수예요.
현철　네, 안녕하십니까.
동진　저흰 이만 가볼게요.
현철　그래, 사무실에서 보자.
동진　(영희 일행에게 인사하고, 은수와 간다)
영희　(동진 가는 뒷모습 보며, 현철에게) 저 남자애 괜찮다... 나이가 몇이야?
현철　니 딸보다 적어. (하며, 선주, 유란 모시고(?) 앞장서 테이블로 가며) 앉읍시다.
영희　(동진, 은수 계속 보며, 구시렁) 저 여자랑 결혼할 사인가.....? 우리 성우가 난 거 같은데.....

시간 경과.

현철, 영희, 선주, 유란 앉아 있다.

선주　(노트에 메모하고, 영희에게) 영희 니가 고조선부터 삼국시대까지 조사해. (유란 보며) 넌 고려부터 현재까지 조사하고, (노트 접으며) 난, 정리할게. 그럼 된 거지?
영희　(어이없는) 얘 봐라. 야, 일을 그렇게 분담하면 어떡해. 고생은 우리가 하고 공은 니가 갖고. 어림없는 소리지. 똑같이 다시 나눠.
현철　(입가에 웃음 머금고) 내 보기엔 제대로 나눈 거 같은데.....
영희　(현철 보는) ?
현철　세 사람 중에 컴퓨터 쓰는 사람이 선주 씨밖에 없잖아. 두 사람, 굳은 손가락으로 끄적끄적 적어오면 그거 정리하는 것도 만만치 않을걸.
선주　(반색하며) 그럼요. 자판 두드리는 거 배울라고, 우리 막내아들놈한테 얼마나 구박을 받았는데, 그 기술 쓰려면 이만한 혜택은 있어야죠, 그쵸, 오빠?
현철　(웃으며) 암요.

유 란　(오빠란 소리에 어이없는) ......

영 희　(짜증나는 것 참고, 현철 보며) 선생님... 선생님은 빠지셔요. 선생님이 내준 숙제, 도리에 안 맞게 학생이 안 하겠다고 버티면, 야단을 쳐야 옳지, 암요, 하고 맞장구치면 나머지 학생들 섭하지. 그러는 건 아니지.

현 철　아니지. 내 목적은 세 사람 다 똑같이 공부시키는 건데, 선주 씨는 두 사람이 도서관에서 찾아온 거 정리하면서 자연히 공부가 될 테고... 그럼 난 목적을 달성하는 거지. (선주 보며) 안 그렇습니까, 선주 씨?

선 주　왜 안 그렇겠어요, 오빠.

영 희　(짜증난다, 작게 구시렁) 아주 꼴값들을 떠네, 증말. (일어나며) 난 이런 식으로는 숙제 안 해. 못 해. 선생님까지 껴서 셋이 숙젤 하시든지 마시든지, 알아서 하세요. (하고는 가버린다)

현 철　(놀라) 영희야. (하며, 선주에게 '잠깐만 실례합니다.' 하며 따라간다)

유 란　영희야. (하며, 일어나려는데)

선 주　(짜증스레 유란 손을 잡는다) 놔둬!

유 란　(보면)

선 주　쟤, 수 쓰는 거야. 우리 떼놓고 주 선생이랑 사바사바 데이트할라구, 알기나 하냐? (영희 간 쪽 보며) 아이고, 윤영희... 꼴값은 내가 아니라 니가 떤다, 기집애야. 왕재수.

씬 22. 신문사 앞길.

영희, 씩씩거리며 구시렁대는.

영 희　쿵작쿵작 잘들 논다. 잘들 놀아.

현 철　(뛰어와 헉헉대며 영희 팔 잡아 돌려세운다)

영 희　(놀라, 보다가 이내 가라앉은, 밉게 보며) ......

현 철　잠시만 숨 좀 돌리고..... (하며, 헉헉댄다)

영 희　(밉게 보다, 팔 잡은 현철 손, 자기 손으로 떼어내고) 한 가지만 묻자. 오빤 여자면 만사 오케이야?

현 철　?

영 희	내가 오빠랑 못 산다니까, 선주나 어떻게 해볼까, 그러냐고.

현 철	(웃으며) 질투 나냐?

영 희	(어이없는 웃음) 아니.... 질투가 아니라... 오빠 껄떡대는 거 보기가 영 그래.

현 철	말 돌리지 말고, 내가 한 말에 대답이나 해. 확실하게, 아니면 아니다, 기면 기다, 말하라고.

영 희	오빠 자식들이 애비 이러고 다니는 거 알우? 부인 죽은 지 5년 만에, 나랑 새로 만난 지 몇 번이나 된다고..... 살자 소리가 쉽게 나오냐구. 난 남편 죽고 20년을 넘게 혼자 살아도 꿈에서라도 그런 생각 안 나던데, 남자들은 다 그러냐?

현 철	우리 마누라 죽을 때 유언이 뭔데...... 자기 잊고 새장가 들어서 남은 여생 행복하게 살다 와라 그거였어. 난 마누라가 시키는 대로 하는 거야.

영 희	그래서 맘에 걸릴 게 없다?

현 철	물론 없지. 난 건강하게 진취적으로 도전하면서 살고 싶은 사람이야. 난 너한테 도전하는 거다.

영 희	내가 참피온이유, 나한테 도전을 하게.

현 철	(안 웃고, 정색) 장난하지 말고 진지하게 고민해. 자식들도 원하는 거야. 선주 씨, 유란 씨 보내고 일 보러 들어가야 되니까 길게는 말 못 한다. 다시 볼 땐 대답 들었으면 좋겠다. 가라. (하고 돌아서려는데)

영 희	(팔을 잡는다)

현 철	?

영 희	(팔 놓고, 어렵게) 선주, 유란이 보고 사무실 들어갈 거야?

현 철	그래야지.

영 희	(머뭇대며) 그러지 마.

현 철	?

영 희	두 사람 보지 말고 그냥 들어가.

현 철	(그 맘 알겠다, 입가에 작은 웃음) 왜?

영 희	(머뭇대는) 선주..... 실실대는 거....... 암튼... 그냥 가.

현 철	(웃음 머금고) 그러면, 나한테 뭐 해줄 건데?

영 희	(괜히 발끝으로 땅바닥 쓸며, 못 보고) 오빠 한 말 곰곰이.. 생각해볼게.

현 철	(영희 양 어깨 잡고, 반색) 정말이냐?

영 희	(고개 끄덕이는)

씬 23. 허름한 산동네.

세미, 화난 얼굴로 앞장서 가고 있다.
동진(답답한 얼굴), 장어, '세미야, 세미야.' 하며 그 뒤를 따라가고 있다.

동 진　(멈춰 서며, 세미 부르는 장어에게) 장어야, 암만 생각해도 내가 같이 갈 게 아닌 거 같애. 일도 있고 하니까, 거긴 느이 둘만 가라.
장 어　(고개 저으며, 울상) 형... 부탁인데... 가지 마요, 가지 말고 같이 가요, 네?
동 진　니 마음은 알겠는데 사람들에겐 저마다 남에게 보이고 싶지 않은 모습들이 있는 거야. 세미도 그런 거 같애. 무슨 일 있으면 연락해. (하고 돌아서려는데)
장 어　(그 앞을 가로막으며) 세미 오늘 화낼 거예요. 술 먹을 거예요. 술 먹으며 차 와도 찻길 막 건너고, 소리 지르고.... 죽을지도 몰라요. 형......
동 진　그런 일 없을 거야. 엄마 만나는 좋은 일 있는데 술을 왜 먹겠어.
장 어　엄마가 안 좋아요.
동 진　?
장 어　소식 전해준 지영이가 그러는데 엄마가 집도 없이 합숙소에서 산대요. 거긴 드런 데라 우리도 잘 안 가는 덴데..... 사람도 못 알아보고..... 형 돈 벌어야 되는 줄은 아는데 같이 가줘요.... 부탁이에요.... 세미가 무서워요... 네....
동 진　(세미 간 쪽 보고) ....

씬 24. 합숙소 밖.

문 앞에 지저분한 신발들 즐비하다.
세미, 신발들 보며 답답한 얼굴로 한숨 쉬고, 고개만 돌려 동진과 장어에게.

세 미　들어오지 마. 멀리 가 있어.
장 어　(무서운) 세미야....

동 진 (장어, 팔 잡고) 가자.

세 미 (앞만 보고)

동진, 세미를 부르는 장어를 끌고 간다.
세미, 심호흡을 하고 문을 연다.

씬 25. 합숙소 안.

세간살이 하나 없는 널찍한 방이다. 창에서 한줄기 빛이 가득 들어온다. 군데군데 거지(?) 같은 사람들 웅크리고 자거나 빵을 먹거나, 뜨개질을 한다.
세미, 무표정한 얼굴에 눈가가 그렁해 그 사람들을 하나하나 훑어 내려간다.
그러나, 등 돌리고 앉아 소주병을 부는 늙은 창녀에게로 눈이 간다.
창녀, 무표정하게 소주병을 빨고 있다.
세미, 어느새 그 여자 옆으로 와서는 눈가 그렁한 채 그 여자의 어깨를 잡아 얼굴을 본다. 세미, 순간 이를 앙다무는데 눈물이 주룩 흐른다.
창녀, 세미를 멀뚱하니 보다가 다시 고개 돌려 소주를 마신다.
두 모녀, 멀찍이 한 화면에 잡히는.

씬 26. 동네 골목.

세미, 눈물 흘리며, 화난 얼굴로, 이 앙다물고 성큼성큼 걸어간다.
멀찍이 벽에 기대서 있던 동진과 앉아 있던 장어, 그런 세미를 보고, 장어는 일어나고,
세미, 둘을 본척만척 가고,
동진, 걱정스런 얼굴로 세미 보고,
장어, 뛰어가 세미 잡으며.

장 어 세미야....

세 미 (외면하고, 한숨 쉬고, 가라앉은) 놔.

장어 엄마.... 찾았어?

세미 엄마, 죽었어, 없어. 이거 놔, 가게. (가려 하면)

장어 (잡으며) 세미야....

세미 (버럭 소리치며) 이거 놔, 새끼야! 안 놔! (하며, 장어를 팬다)

장어 세미야! (하며, 안타깝게 부르며 세미를 잡고 안 놓고)

동진 (답답한 마음에 몸부림치는 세미를 잡으며) 이러지 마라. 이러지 마. (하고, 세미를 떼어낸다)

세미 (한숨 쉬고, 갑자기 조용해져서는 동진 보는데, 눈물이 범벅이다, 가라앉은, 애써 웃으려 하면서) 두 시간 놀아줄게, 술 한 잔 사줄래요?

씬 27. 한강 고수부지.

장어(훌쩍이고), 세미, 눈가 그렁해 술 마시고 있다.
그 옆에서 동진, 답답한 얼굴로 담배 피우다 세미 본다.

세미 (눈물 나지만, 애써 웃으려 하며, 조금 취한 상태) 흐흐흐... (웃음 흘리며) 난, 15년이 됐는데도... 한눈에 알아보겠더라구요. (맘 아픈) 근데, 엄만 나 못 알아봐. 아니, 알아보는데 아는 척을 안 해. (술 마시고, 동진 보며) 아저씨, 나는요.... 수세미 공장에 양녀로 있을 때 구박 엄청 받았거든.... 근데 도망 안 쳤다. 동네 기집애가 같이 도망치자고 날 구워삶는데도 안 했어...... 왠 줄 알어? (설움 복받치는, 흐르는 눈물 닦고, 가라앉은) 엄마가.... 찾아올까봐.

동진 (맘 아프게 세미 보는)

세미 노래방에서 자기 전까지 나랑 장어 어디서 잤는 줄 알아요? 우리 역 안에서 잤어. 여관비 없어서? 아니. 엄마가 지나가면서라도 나 보라고. (울음 터지는, 꺽꺽대는) 겨울엔 아주 추웠는데도.... 얼굴은 안 덮고 잤어...... 내가 잠들어 엄마 못 봐도... 엄마가 보라고...... (강 보며) 장어야..... 나 하나도 안 변했지.....? 똑같지....? 근데 엄만 날, 왜 못 알아봤을까....? (우는 장어 보며, 비아냥조) 넌 죽어서 니 엄마 만나고 싶댔지? 웃기지 마. 니 엄마 너 못 알아봐. 그러니까, 죽을 필요 없어.

장어 (눈물 닦으며) 난, 안 죽고 싶어.

동 진 (맘 아프다)

세 미 (술 마시다, 술병 바닥에 내던지며, 소리치는) 염병! ..... 나 버리고 갔으면 잘 살아야지, 그게 뭐야! (동진 보며, 울며) 난 엄마가 돈 많이 번 줄 알았어요. 돈 벌려고 나 안 만나러 오는 줄 알았어요. 엄마 만나면 돈 뜯어서 이 나라 뜰려고 했어요. (손으로 눈물 닦아내며, 맘 아픈, 혼잣말) 내가 얼마나 보고 싶어했는데...... 내가 얼마나 보고 싶어했는데... 그것도 모르고..... 그렇게 나타나..... (동진 외면하고, 엉엉 운다)

동 진 (그런 세미 안타깝게 보다, 세미 앞으로 가서 세미 안아주고)

그런 세 사람 한 화면에 잡히고.

씬 28. 사무실.

성우, 컴퓨터 자판 치며 모니터 보고 있다. 잠시 그렇게 일하다가.

성 우 (일하며) 미선아....... 선인테리어에서 온 자료 있지, 그것 좀 가져와. (자판 두드리고, 대답 없자) 내 말 안 들려, 미선아. (하다가, 고개 들어 주위 둘러보면, 아무도 없다) 다들 어디 간 거야. (하며, 인터폰 누른다, 신호 가면) 여보세요?

미 선 (E) 주 실장님이에요?

성 우 너 언제 전시실 내려갔어?

미 선 (E) 김 대리님이 자재 물량 맞춰보라고 해서 좀 전에 내려왔어요. 업무 중이신 것 같아, 말씀 못 드렸는데....

성 우 (모니터 보고, 자판 두드리며) 어, 바쁜가보구나...... 선인테리어에서 온 자료 어딨니?

미 선 (E) 준희 아저씨한테 있는데....

성 우 (한숨 쉬고) 외근 나갔잖아.

미 선 (E) 아저씨 책상 안에 있을 건데.... 아침에 거기다 넣어두고 가시더라구요.

성 우 (답답하다) 알았어.

하고, 전화 끊고 준희의 책상 쪽을 본다.
성우, 잠시 생각하다 준희의 책상 자리로 가서 맨 아래 서랍을 열어본다. 서류가 없다. 닫고, 성우, 다시 위 서랍을 연다. 서류 없다. 닫고, 성우, 고개 갸웃하고, 맨 위 서랍을 연다. 순간, 성우 얼굴이며, 행동이 굳는다.

인서트 - 책상 서랍 안에 들어 있는 준희에게 사준 스카프.

성우, 그것 잠시 보다가, 짐짓 담담한 얼굴로, 스카프 밑에 있는 서류를 빼내 들고, 잠시 스카프 보다가 서랍 닫고는 자리로 가려는데, 문 열리면서, 준희 들어온다.
준희, 성우 보고.

준 희 다녀왔습니다.

성우, 준희 한 번 보고는 무심하게 자리로 가서 앉는다.
준희, 성우 왜 그런가 싶어 본다.

씬 29. 사무실 전경, 오후.

씬 30. 엘리베이터 앞 + 안.

성우, 준희, 퇴근 준비하고 나온다. 성우, 무표정하게 엘리베이터 누르고 서 있고, 엘리베이터 문 열리면, 준희, 성우, 엘리베이터 안에 들어간다. 성우, 열림 버튼 누르고 여전히 서 있는,
준희, 성우 낯빛 살피는,
그때, 재석, 현주, 미선 오는, 엘리베이터 안 보고.

재 석 (성우에게) 저희 기다리시는 거예요?
성 우 (웃음기 있는) 네.

재석　어쩌나, 우린 오늘 라면 먹고 가기로 했는데....
현주　먼저 가세요.
성우　그럴까.
준희　잘 가요.
성우　그럼 낼 보자구. (하며, 버튼 놓고, 문 닫히고, 무표정하게, 준희 안 보고 서 있다)
준희　(머뭇대다가, 용기 내서) 기분이 안 좋아 보여요. 왜 아무 말도 안 해요?
성우　(안 보고) 할 말이 없어.
준희　화나는 일 있었어요?
성우　(층수 판만 본다)

엘리베이터 땡 하는 소리와 함께 멈추고,
성우, 내려서는 가고,
준희, 그런 성우 답답하게 보는.

씬 31. 주차장 안.

성우, 차 키로 차 문을 여는데,
준희, 어느새 와서는 그런 성우의 손을 잡는다.

성우　(담담하게, 준희 보면)
준희　어디 가서 차 한잔하고 가요. 외근하느라 사무실에서도 별로 못 봤잖아요.
성우　(담담한) 손 놔.
준희　(놓고, 짐짓 밝게 웃으며) 생선 매운탕 잘하는 집을 아는데, 거기서 저녁 먹어요. 아니다, 냉면 좋아하죠? 냉면 먹으러 갈래요?
성우　(준희가 안됐다, 그러나 굳은 얼굴이 풀리진 않는다) 애쓰지 마.
준희　?
성우　애쓰지 않아도 돼.

그때, 그 앞을 누군가 지나가고,

성우, 준희 외면하며, 작게 한숨 쉬고, 사람 지나가는 것 기다렸다가는, 다시 준희 보며.

성우 사람들 보겠다, 집에 가. 오늘은 나 혼자 가고 싶어. (차 문 열려 하면)

준희 (문 잡는)

성우 (보면)

준희 얘기하고 가요. 이렇게 안 좋은 얼굴로 가면, 내일도 서먹할 테고, 그러다보면 또 이렇게 헤어질 테고.... 말하기 싫어도 얘기해요.....

성우 (외면하는)

준희 내가 아침에 너무 건방지게 굴었죠..... 선배 말하는데, 등 보이고 돌아서고..... 선배 나한테 맞출려고 노력하는 줄 알면서..... 그럴 일이 있었어요.

성우 (말꼬리 끊으며) 난 담백한 게 좋아. 니 자신이 할 수 있는 만큼, 능력껏 표현해. 장담하지 말라구, 기대하지 않으니까.

준희 ? ....

성우 (가라앉은) 스카프 니 책상 안에 있더라.

준희 (답답한) ....

성우 하고 다닐 자신 없으면 처음부터 말했어야지. 하고 다닌다고 말해서 사람 설레게 하고 묻어두면, 그건 날 속이는 거나 다름없어. 안 그래?

준희 ....

성우 (작게 한숨 쉬고, 편하게) 일찍 가. (머뭇대다) 사무실에 은수 씨 왔다 갔는데, 예민하더라. (차 타고 가고)

준희 (가는 성우 보고)

씬 32. 무표정하게 거리 걸어가는 준희.

씬 33. 차 몰고 가는 성우.

씬 34. 준희의 작업실에서 스케치하는 은수, 밤.

씬 35. 샤워하다, 샤워기로 거울 닦는 준희, 답답한 얼굴.

인서트 - 회상, 쇼핑몰에서 스카프 사주며, 좋아하던 성우.

준희, 답답한 얼굴로 담배 피워 물고 한 손으로 거울을 짚고 서 있다.

씬 36. 준희의 침실.

준희, 평상복 차림으로 침대맡에 가만히 앉아 있다가 고개 들어 전화기를 본다.

씬 37. 성우의 거실.

성우, 벽에 기대 비디오를 보고 있다. 티브이를 보지만, 티브이를 보는 게 아니다. 아무 생각 없다.
영희, 안경을 쓰고 바짝 티브이 앞에 앉아, 자막을 중얼거리며 본다. 눈이 안 보이는지, 잔뜩 신경을 쓴다.
성우, 아무런 생각도 없고, 그때, 전화벨 소리 울린다. 성우, 무심히 전화기 받는.

성 우 네, 응암동입니다.
준 희 (E) 저, 준희예요.

성우, 얼굴 굳어지는.

씬 38. 준희의 침실.

준희, 힘들게, 맘 아프게 전화하고 있다.

준 희　거짓말하려고 했던 건.... 아니에요.... 스카픈..... 할 수가 없었어요.
성 우　(E, 건조한) 이해해.
준 희　만나서 얘기하고 싶은데.... 늦은 줄은 알지만..... 집 앞으로 갈 테니까, 나올래요? .... 40분 정도면 갈 텐데.....
성 우　(E, 다독이는) 그러지 마. 엄마랑 같이 있어 얘기하기 거북해, 끊자.

씬 39. 성우의 거실.

성 우　정말이야, 나 아무렇지 않아, 이해한다고 했잖아. 비디오 보고 있어, 이거 보고 싶어.
영 희　(성우 보는)
성 우　전화 끊자.

씬 40. 준희의 침실.

준 희　열 시니까..... 열한 시면 충분히 갈 거예요.
성 우　(E, 걱정스런) 서준희.
준 희　끊어요.

전화기에서 '서준희.' 하는 소리 들리지만, 준희, 전화 끊는다. 준희, 일어나 옷장으로 가는데, 문소리 나서 뒤돌면 은수 어느새 와서는 문가에 서 있다.

은 수　(가라앉은) 어디 가?
준 희　(옷 꺼내 입으며) 나갔다 올게. 먼저 자.
은 수　(화난, 그러나 가라앉은) 어디 가냐고 묻잖아..... 대답 안 해, 사람 무시하니?
준 희　(옷 다 입고, 은수 보고, 할 말 없다) 다녀와서 얘기할게. (하고, 방을 나가버

린다)

씬 41. 준희의 집, 거실.

준희, 나가려는데,
은수, '가지 마.' 하며 준희 팔 거칠게 잡는다.
준희, 은수 보고.

은수 (눈가 붉어져) 가지 마.
준희 (은수 안타깝지만, 다독이는) 자고 있어...... 얼마 안 걸릴 거야. 곧 들어올 거야.
은수 (화난 것 참으며) 누구 만나러 가는데?
준희 친구..... 만나러 가.
은수 친구 누구? 너 만나는 친구 중에 내가 모르는 친구 있어? 누구야? 한기야, 민수야, 길진 씨야?
준희 (답답한) 길진이야.
은수 정말 길진 씨야? 내가 전화해도 돼?
준희 ..... 그래도 돼. (하고, 신발 신고 문소리 쾅 내며 나가버린다)

은수, 멍한 채, 준희 가는 것 보다가, 소파에 천천히 앉아, 어이없는 웃음 짓는데 눈물 주룩 흐른다.

은수 (웃으려 하는데도, 눈물 흐르고, 맘 아픈 혼잣말) 이러지 마라, 서준희..... 나한테..... 나한테 이러지 마라. (고개 트는데, 참으려 해도 눈물 흐르고)

씬 42. 준희, 차 몰고 가는.

씬 43. 성우, 답답한 얼굴로 비디오 보는.

씬 44. 은수, 거실에서 강아지 안고 술 마시는.

씬 45. 성우의 집 앞, 전화 부스 밖 + 안.

준희, 전화를 걸고 있다. 신호음 가다 떨어지면.

준 희 저.... 왔어요.
성 우 (E) 돌아가.
준 희 나올 때까지 기다릴 거예요.
성 우 (E) 오지 말랬잖아........ 안 나갈 거야.
준 희 기다릴게요. (하고, 전화 끊고, 부스 나와, 부스에 기대 담배 피우는)

씬 46. 성우의 집, 베란다.

성우, 베란다에서, 부저음 들리는 전화기 들고 서 있다. 전화기 끄고, 아래를 내려다보면,

인서트 - 준희, 부스에 기대 담배 피우는 것 보인다.

성우, 답답하고.

씬 47. 화장실.

영희, 맨발로 잠옷(원피스나 바지) 차림으로 변기에 앉아 몹시 아픈 얼굴이다.

영 희　생리도 아닌데.... 생리통처럼 배가 왜 이렇게 뒤틀어..... (아픈) 아......

그때, 노크 소리 난다.

성 우　(E) 엄마.
영 희　왜?

성우, 위에 카디건 걸치고 문 연다.

영 희　(아픈 것 참고) 나갈라구?
성 우　문방구 좀 갔다올게요. 다이어릴 다 썼네.... (영희 인상 쓰는 것 보고) 어디 아퍼요?
영 희　(아픈) 생리통인가 봐.
성 우　생리해? 날짜 멀었잖아?
영 희　할라나 보지. 조심해서 다녀와. 그런 건 낮에 미리미리 챙기지.... 꼭 밤에 어두운데....
성 우　다녀올게요. (하고, 문 닫고 가고)
영 희　(잠시, 힘들게 앉아 있다가, 휴지 풀어 닦고, 옷 추스르고 일어나 물 내리려다가, 눈이 휘둥그레진다)

인서트 - 변기 안에 가득한 빨간 핏물.

영희, 놀라 발밑을 보면, 안에서 흘러나온 핏물이 발등을 타고 주룩 흘러 있다.
영희, 뭐가 뭔지 모르겠다는 얼굴이다.

씬 48. 전화 부스 앞.

준희, 부스에 기대서 있다. 카메라 돌아가면 조금 떨어진 곳에 성우, 준희를 보고 서 있다. 준희, 느낌이 이상해 고개 돌면, 성우와 눈이 부딪친다.

씬 49. 공원 벤치.

성우, 담담한 얼굴로 팔짱 끼고 앉아 앞만 보고 있다.
준희, 앞만 보며, 어렵게 얘기하고 있다.

준 희　결혼.... 기념일이었어요...... 난 잊고 있었어요..... 선배가 준 선물을..... 내가, 산 걸로 알고..... 좋아하는데.... 거기다가...... 난 몰랐다, 내 거 살 때, 니 것도 하나 덤으로 산 거다.... (고개 돌려, 성우 보고) 그렇게 말할 수가 없었어요.

성 우　..... 그랬을 거야.....

준 희　나 보고 얘기할래요....... 얼굴 보고, 가고 싶은데....

성 우　(눈가 그렁해진다, 외면하며, 애써 웃으며) 보고 싶은데.... 용기가 안 난다. (눈물이 왈칵 날 것만 같다, 애써 참으며) 부끄러워서 용기가 안 나.

준 희　.......

성 우　(준희 보며, 눈가 그렁해 서글픈 웃음 지으며) 난 살면서 왜 이렇게 분란만 만드는지 모르겠어..... (안 보고) 속담에, 아씨, 팔자 드런 여잔 두 번 팔자도 그 타령이란 말이 있어. 처음 첩 살던 여잔, 팔자 고치려 두 번 시집을 가도 첩을 살더라, 그 뜻이래.

준 희　(안타까운)

성 우　(눈물 그렁한 채) 난.... 자신이 있었어.... 너랑 이러지 않을... 널 피곤하게 닦달하지 않을... 질투하지 않을... 유부남인 줄 알았으니까..... 난 경험이 있으니까.... 서로 안 다치고... 추억거리만 만들고, 만나면 만나고, 헤어지면 헤어지고...... (맘 아픈) 난 지금 내가 하는 짓이 너무 유치하고 부끄러워..... 적당히 욕심 부리고.... 그 욕심 채워지지 않으면 그럼 말지. 첫사랑도 아닌데, 목매지 말자....... (눈물 주룩 흐르는 준희 보며) 다 참는다고 했으면서...... 나, 못됐지?

준 희　(눈가 그렁해, 성우 못 보고, 고개 젓는)

성 우　(울며, 그러나 담담하게) 해도 해도 적응이 되지 않는 게, 습관이 들지 않는 게 있나 봐..... 사랑이 그런 거 같애...... 욕심이, 상처가 그런 거 같애. 너랑..... 또 어느 순간, 내가 이렇게 널 피곤하게 해서..... 그 누구처럼..... 미워하며..... 헤어지겠지..... 너, 피곤하게 하고 싶지 않은데..... 참아줄 수 있다면, 다 참고 싶은데..... (손바닥으로 눈물 닦고, 애써 진정하고) 부인한테 가. 많이 기다리겠다. 다신 너 신경 쓰게 하지 않을게. 내가 무슨 짓을 해도... 달려오지 마라.... 버릇 들어. (하고, 팔짱 낀 채, 일어나, 가면)

준 희 (어느새 일어나, 성우를 잡는다)

성 우 (눈가 그렁해, 준희 보며, 입술이 떨리는, 애써 안 울려 하며) 투정.... 부린다고 생각하지 말아줬으면 좋겠어. 그래서..... 난 아직 시작도 안 했는데...... 니가 지레 지치지 않았으면 좋겠어..... 날 피곤하게 안 여겼으면....... 부인에게 결혼기념일이 소중하듯, 난 널 위해 뭐 하나 사주는 게.... 소중하다.... 그렇게 생각해 줄래? .....

준 희 (눈물 그렁해, 성우 보는)

성 우 미안해...... 다 참는다고 하고선.... 못 했어..... 미안해, 다신 안 그럴게..... 나, 미워하지 마.

준희, 성우를 눈가 그렁해 안타깝게 보다가 떨리는 손으로 성우 눈을 이마에서 아래쪽으로 감기고는, 천천히 입을 맞춘다. 준희, 눈물 주룩 흐르는,
성우, 팔짱 낀 채 가만히 있는,
그렇게 입 맞추는 두 사람 가운데 두고, 카메라 돌아가면서, 엔딩.

11부

사랑을 하면서 강한 사람은 없어.
사랑을 하면 모두가 약자야.
상대에게 연연하게 되니까, 그리워하게 되니까,
혼자서는 도저히 버텨지지 않으니까.
우린, 모두 약자야.

씬 1. 성우의 아파트 단지 공원, 밤(10부, 엔딩 씬 이어지는).

성우 (하고 팔짱 낀 채, 일어나 가면)

준희 (어느새 일어나, 성우를 잡는다)

성우 (눈가 그렁해, 준희 못 보고, 차분하게) 투정 부린다고 생각하지 말아줬으면 좋겠다. 그래서, 난 아직 시작도 안 했는데, 니가 지레 지치지 않았으면, 날 피곤하게 안 여겼으면, 부인에게 결혼기념일이 소중하듯, 난 널 위해 뭐 하나 해주는 게, 소중하다... 그렇게 생각해주면.......

준희 (눈물 그렁해, 성우 보는)

성우 미안해. 다 참는다고 하고선, 못 했어. 미안해. (가려는데)

준희 (성우 잡고)

성우 (보면)

준희, 성우를 눈가 그렁해 안타깝게 보다가 떨리는 손으로 성우 눈을 이마에서 아래쪽으로 감기고는, 천천히 입을 맞춘다.
성우, 뺨 위로 눈물 흐르는, 팔짱 낀 채 가만히 있는,
두 사람 잠시 그렇게 있다가 준희, 천천히 입술을 떼고, 눈가 그렁해 성우를 본다.
성우, 뭐가 뭔지 모르겠다, 고개 돌려 준희 외면하고.

성우　가. 배웅 안 할게. (준희, 스쳐 가고)

준희, 돌아서 가는 성우 맘 아프게 보다가 천천히 발길 돌려 걸어서는 한쪽에 세워둔 차를 탄다.

씬 2. 차 안 + 차 밖.

준희, 자기가 무슨 일을 한 건지, 어떻게 해야 하는 건지, 아무것도 모르겠다. 생각이 많은 얼굴이다. 그러다 이내 이 앙다물고, 감정 숨기며 시동 걸고, 차 몰아 가고.

씬 3. 성우 아파트 내 계단.

성우, 천천히 올라가고 있다. 생각이 많다. 성우, 그러다, 멈춰 서서는 계단에 쭈그려 앉는다. 뭐가 뭔지 모르겠다. 손으로 입을 가리고 마음만 아프다. 눈가 여전히 홍건하게 젖어 있는, 답답하다.

씬 4. 은수네 빌라 입구 현관(출입문).

은수, 술에 취해 출입문에 기대 준희 기다린다. 멍하니, 길가 쪽을 보고 있다.
그때, 준희의 차 멈추고 준희(은수 못 보고) 내리면,
은수, 준희 보고 아무 생각 없는 얼굴로 혼자 비틀비틀 안으로 들어간다.
준희, 차 문 잠그다, 뭔가 이상해 고개 들면, 현관을 걸어가는 은수 보인다.
준희, 그런 은수 안타깝게 보고 서 있다.

씬 5. 준희의 집 거실.

은수, 현관문 열고 들어와(문 열린), 거실을 지나쳐 침실(문 열린)로 가서 그냥 옷 입은 채 기절하듯 널브러진다.
준희, 거실로 들어와 현관문 닫고, 다시 침실로 가서 문 앞에 서서는 은수 그런 모습 아프게 보다가 차마 더는 못 보겠다는 생각에(눈가 붉어진) 외면하고.

씬 6. 준희의 집 전경, 새벽.

씬 7. 준희 침실.

준희, 러닝에 파자마 차림으로 침대맡에 앉아 은수 안타깝게 보고 있다.
은수, 외출복 차림으로 짐 챙기고 있다.

은수 (가방 챙기며, 건조한) 천안 내려가서 공주 들러 김천까지 들를 거야. 작가들하고 약속 안 하고 가는 거니까, 잘되면 하루 이틀, 늦으면 3박 4일 정도 걸릴 거야.
준희 출장, 다음 주에 간다고 했잖아.
은수 (가방만 챙기다 그 말에 문득 고개 들어, 준희 보고는, 뚫어져라 보며) 어젯밤, 그렇게 뛰쳐나가서 성우 선배 만났니?
준희 (외면하고) 아니.
은수 이젠 거짓말도 잘하네.
준희 (차마 은수 못 보고, 마음 아프게 눈을 감는다)
은수 (외면하고 가방 챙기다 말고, 준희 보며) 나 지금 노력하는 중이야.
준희 ....
은수 3일 동안 너랑 떨어져 있으면서 그게 견딜 만하면 일주일쯤 오지 않을 거야. 그 일주일이 다시 견딜 만해지면 열흘쯤. 또 나 혼자 있어보고, 그러다 이제는 헤어져도 괜찮겠다 싶으면 헤어져줄게.
준희 (고개 숙이고 외면하고 있는데, 눈가 붉다)

은수　상 못 차렸어. 아침 먹고 출근해. (하고 나간다)

씬 8. 빌라 앞.

은수, 문 열고 나와 또박또박 걸어서 간다.

씬 9. 도로 + 골목.

은수, 차 몰고 나와서 가다가는 골목으로 꺾어 들어가 멈춘다.

씬 10. 은수 차 안.

은수, 이 앙다물고 숨을 몰아쉬는데 눈가가 그렁하다, 너무 화가 나고, 서운해 어찌 할 바를 모르겠다. 더는 못 참고 '악!' 하고 소리 지르고, 다시 이 앙다물고, 독하게 차 돌려 가는.

씬 11. 한강(강가로 붉은 태양이 뜨면 더욱 좋겠음).

장어, 한쪽에서 쭈그리고 앉아 자고 있고 세미, 동진의 윗옷 입고 동진 어깨에 기대어 자고 있다.
동진, 푸석한 얼굴로 강가를 바라보고 있다. 동진, 안쓰러운 얼굴로 세미 보다가.

동진　(작게) 세미야.
세미　(미동도 않고)
동진　(머뭇대다가 세미 흔들어 깨우려 어깨에 손을 대면)
세미　(눈 감고) 아저씨 나 조금만 조금만, 더 잘게요.

동진, 뭐라 말을 못 하고 다시 시선 강가로 돌리고, 카메라 돌아가면,
장어, 부러운 듯 둘을 보고 있다. 마음이 아프다. 다시 얼굴을 자기 다리 사이에 묻고.

씬 12. 성우네 주방.

영희, 무표정하게 설거지하다가 문득 드는 생각이 있다. 그러다 안 되겠는지 옷에다 대충 물기 닦고 거실로 가서는 전화기를 들어, 버튼 누른다. 신호음 가다 떨어지고.

선 주　(E) 여보세요.
영 희　(말 못 하겠는)
선 주　(E) 여보세요?
영 희　어, 선주니? 아침부터 미안한데, 너 우리 집으로 좀 와라.
선 주　(E) 무슨 일인데?
영 희　(말하기 어렵다) 일단 와. 기다린다.

선주, '영희야.' 하는데도,
영희, 전화기 내려놓고, 답답하고 걱정스런 얼굴로 앉아 있다.

씬 13. 성우의 아파트 앞.

영희, 초조하게 기다리고 서 있다. 그때, 택시 한 대 집 앞으로 와서는 멈춰 서고, 영희, 고개 빼고 보면,
선주, 유란, 택시에서 내리는.

씬 14. 성우의 집, 거실.

영희, 선주, 유란, 차 마시고 있다.

영 희　(차 마시며, 선주의 말 신경 써서 듣는, 잔뜩 긴장한)

선 주　(아무 생각 없다) 폐경? 그때 생각하면(고개 절레절레 흔들며) 말 마라, 말 마, 생각만 해도 소름이 오싹하다. (몸 부르르 떨고)

영 희　내가 언제 너 기분 말하래. 그게 어떻게, 어떤 식으로 오드냐고 그거 물었지.

선 주　(생각하다) 6개월쯤 끌었지 아마. 갈수록 양이 줄고, 날도 하루하루 줄더니, 어느 날, 그냥 '뚝!' 얄밉게 뚝 끊기더라.

영 희　(가슴이 철렁한다)

유 란　(영희 보며) 너.......

영 희　(말하고 싶지 않다, 생각 많은 얼굴로 친구들 안 보고) 모르겠어.

선 주　너, 그거 왔니?

유 란　(선주 말하지 말라고, 팔꿈치로 툭 치고)

영 희　(생각하며) 아닌 것 같기도 하구, 긴 것 같기도 하고. 선주 니 말대로면....... 잘 모르겠다.

선 주　(영희 눈치 보며) 어떤데? 내가 월경, 폐경 둘 다 선배잖냐. 증상이 있을 것 아냐, 증상을 얘기해봐.

영 희　(답답하다, 선주 눈치 보며) 지난달엔, 걸렀어. 센타 새로 나가고 그래서 피곤해 그런가 했는데, 어젠... 양이 좀 심하대. 달포 전부터는 눈도 침침하고 괜히 갑작스레 늙어진다는 느낌이 들기도 하구. (선주, 유란 보며, 머뭇대며) 나, 혹시 암... 아닐까?

유 란　끔찍한 소리 좀 작작해라.

선 주　암만 끔찍한 줄 아냐? 폐경도, 끔찍해. 유란이 넌 아직도 규칙적으로 하지?

유 란　나는 뭐 막내가 아직 어리니까.... (선주 보며, 조심스레 묻듯) 그런 거하고도 상관이 있다며, 부부 관계.

선 주　(듣기 싫다, 말꼬리 자르며) 하여튼 서방 일찍 죽은 것들만 불쌍해요. 그 폐경이 과부나 혼자 사는 여자들한테 더 빨리 온다는 거 아니니.... 젠장. (유란에게) 넌 좋겠다, 여러모로.

유 란　(괜히 미안하고)

영 희　(어두운 얼굴)

선 주 (차 한 모금 마시고, 영희에게 걱정스레) 병원 가봐. 혹시 모르잖아. 아이구 사실로 말이다, 노친네들이 오죽이나 피곤하게 돌아다녔냐. 이 나이엔 몸이 안 좋아 하혈하는 경우도 많어. 별일 아닐 거야, 병원 가.

영 희 싫어, 안 갈래, 무서.

씬 15. 산부인과 병원 앞.

산모들, 남편 시중 받으며 병원에 들어서고,
영희, 멋쩍어 괜히 머뭇대다가, 돌아서서 가려다가 다시 맘 잡고 병원으로 들어선다.

씬 16. 산부인과 진찰실 복도.

손님들 몇몇 보이는,
영희, 복도 의자에 앉아 초조하게 고개 숙이고 있다, 답답하고 생각이 많다.
그때, 진찰실 문 열리고 간호사 나와 소리친다.

간호사 윤영희 환자!

영희, 그 말에 순간 고개 돌려 간호사 보는, 두려움이 낀 낯빛이다.

씬 17. 진찰실 안.

영희, 의사 책상 사이에 두고 앉아 있다. 영희, 진찰 가운 입고 멍하게 앉아 있다. 의사 차트 보며 얘기한다.

의 사 아마 다음 달도 이번 달처럼 양이 불규칙할 겁니다. 적을 수도 있고 많을 수도 있고, 이렇게 서너 달은 갈 겁니다. 대부분의 경우, 양이 점차 줄면서 폐경이 오는데 지금 부인의 경우는 조금 예뤕니다. 아까 암이냐고 물으셨는데 그건 절대 아니니까, 염려 놓으세요.

영 희　(아무 생각도 못 하겠다는 얼굴이다)

의 사　약을 좀 드릴 겁니다. 에스트로겐하고 프로게스테론이란 약인데 호르몬젭니다. 그 약을 복용하면 일시적으로 월경이 다시 생기기도 하고 가슴이 조금 불기도 할 겁니다.

영 희　(의사 보는) ?

의 사　일시적인 겁니다. 계속 그렇다는 건 아닙니다.

영 희　(실망하는, 의사 안 보고) 근데, 왜 그런 약을, 왜 먹어야 돼요?

의 사　폐경이란 게 단순하지가 않습니다. 심리적으로 심하게 불안증이 오거나 우울증이 올 수도 있습니다. 하느님이 사람 몸을 참 오묘하게 만들어놨어요. 여성 호르몬이라는 것이 사람 기분을 좋게도 하고 갱년기에 오는 골다공증 같은 병도 예방하는데 폐경이 오면, 그 호르몬 양이 현격히 줍니다. 얼마 전부터 몸이 많이 아프다고 하셨죠? 그것도 다 그 호르몬 부족에서 온 겁니다.

영 희　(담담한) 약 안 먹을래요. 약 먹고 기분 좋아지는 거 별로네요. 그냥 기분 나쁘면 기분 나쁜 대로 사는 거지. 안 먹을래요.

의 사　(걱정스런) 신경정신과 치료 받아보시겠습니까? 폐경이나 여성 갱년기 우울증을 전문으로 하는 병원을 아는데....

영 희　관두세요. 우울증은 무슨... 배부르게. 이제, 달마다 귀찮을 일도 없어졌다 싶어, 차라리 홀가분한데. (하고, 말하지만, 울음이 날 것만 같다, 참고) 조금만 앉았다가 일어날게요. 다리가 시려서....... (하고, 창가로 고개 트는데, 눈가 그렁하다)

씬 18.　은수 갤러리 전경.

전화벨 울린다.

씬 19.　갤러리 안.

인정, 팸플릿 보고 있다가 전화 받는다.

인 정　네, 착한생각입니다. (잠시, 걱정) 어머 선생님, 어디세요?

씬 20. 번화한 도로.

도로에 은수 차, 세워져 있다.

씬 21. 차 안.

은수, 휴대폰으로 전화하고 있다.

은 수　한 2, 3일 공방 못 나갈 거야. 나 없어도 일 꼼꼼히 처리하고. 출퇴근 시간 정확히 지켜, 거래처나 고객들한테 상냥하게 대하고, 김 작가님 방문하시면, 나 돌아와서 얘기하자 그래.

인 정　(E, 걱정스런) 준희 아저씨한테 전화 왔었는데?

은 수　(답답하다) 뭐라, 그러디?

인 정　(E) 출근 안 하셨냐구, 걱정스런 목소리던데....

은 수　(속상한, 참고) 준희 아저씨 전화 오면 일 잘 보고 있다고, 걱정하지 말라고 얘기해. 끊는다. (하고 전화기 내려놓는다)

인 정　(E) 선생님! 선생님!

은수, 전화 끊고, 무표정하게 시동 걸고 핸들을 잡고서는 생각이 많다, 어디로 가야 하나, 이제 어떻게 해야 하나 막막하기만 하다.

은 수　(혼잣말) 은수야, 너 이제 어디로 갈래....

씬 22. 사무실.

준희, 답답한 전화 받고 있다. 인정에게서 걸려온 전화다.

인 정　(E) 하루에 한 번씩 전화하신다고 했어요.
준 희　그래. (답답한) 혼자 일 잘 볼 수 있지? 셔터 내리는 거 누구 도와줄 사람 있어? 내가 가면 좋은데, 못 갈 것 같다.
인 정　(E) 친구 오기로 했어요.
준 희　잘됐다. 끊자.

준희, 전화 끊는다.
성우, 현주와 테이블에서 팸플릿 보다 걱정스런 얼굴로 준희 본다.

씬 23. 레스토랑.

웨이터, 커피 놓고 접시들 걷어 간다.
성우, 하숙, 현주, 식사 끝내고 입 닦는다.

하 숙　둘이 언제까지 그렇게 투닥거리기만 할 거야? 밥도 따로 먹고, 이번엔 또 뭣 땜에 싸웠어?
현 주　도대체 대화가 안 되는 사람이에요. 바디 랭귀지밖에는....
성우, 하숙　(차 마시다, 보면)
현 주　얘기는 뒷전이고 맨날 만지려고만 들어요.
성 우　(서글프게 웃으며, 차 마시는)
현 주　(하숙에게) 사장님, 다른 사람들 얘기 들어보면 살면서도 몸이 중요하다고 그러는데 정말 그래요? 사랑은 몸보다 정신적인 거 아니에요?
하 숙　(작게 웃으며) 글쎄다. 나두 어려서는 사랑은 정신이고 몸은 아무것도 아니다, 그렇게 생각했는데, 살다보니까 그게 그렇지가 않더라. 몸도 내 몸, 마음도 내 마음인데, 구분이 안 가드라고. 마음이 중요하면 몸도 중요한 거야. 김대리가 현주, 널 안고 싶은 거, 욕할 수만은 없어. (사이) 하지만, 현주야, 젤 편한 건 순리를 따르는 거야. (웃으며) 되도록이면 기다리라 그래. 식 올리고는 안 만지는 것도 문제니까.

현 주　(작게 웃으며, 성우 보며) 주 실장님은 어떠세요?

성 우　(쓰게 웃으며) 난 말할 자격 없는 거 같은데....

현 주　왜요?

성 우　사랑이란 거에, 실패만 한 사람이니까. (차 마시고)

현주, 하숙　(성우, 안됐게 보고)

씬 24. 사무실.

재석(담배 태우는), 준희, 물 마시며 얘기하고 있다.

재 석　(웃으며) 서준희 씨, 결혼 생활 재밌지? 부인 이쁘더라, 우리 현주만은 못하지만 말이야.

준 희　(웃으려 하지만 안 된다)

재 석　난 결혼은 하고 싶은데, 말이야, 그게 싫증이 날까 봐, 그게 두려워. 서준희 씨, 자긴 어때? 그렇게 이쁜 여자랑 살아도, 가끔 재미없고, 밉고 그래? 바람 필 맘 나냐고.

준 희　(재석 안 보고, 얼굴 굳어지는)

재 석　그렇지 않지? 부인이 이뻐서? 어때, 말 좀 해봐?

준 희　(일어나며, 피하려는) 화장실 좀 다녀오겠습니다. (나가고)

재 석　(기분 상한) 자식, 미인하고 산다고 재는 거야, 뭐야?

씬 25. 비상구.

준희, 담배 피우며 답답한 얼굴로 은수 생각하고 있다.

은 수　(E) 아무도 안 다치게 하고 싶다고? 아니. 니 사랑이 계속되는 동안은, 우리 모두 다치고 있어.

준희, 답답하게 담배 피우다, 고개 돌리면, 성우, 계단 밑에 서 있는 게 보인다.

성우 (준희 슬쩍 보고, 웃음 띤, 외면하며) 밥 먹었으니까, 담배 피러, 여기 있겠지 했더니, 내가 맞았네.

준희 (어색하게 웃고)

성우 (그런 준희 안 보고) 집에 무슨 일 있어?

준희 아니에요.

성우 (준희 보지 않고) 그럼 됐어. (하고, 가려 하면)

준희 (성우의 팔을 잡는다)

성우 (준희 안 본다)

준희 (어렵게) 왜, 나 안 봐요?

성우 (외면하고) 어색해서.

준희 ?

성우 (자기 팔을 잡은 준희 손 풀고, 잠시 무슨 말을 할까, 생각하다, 준희 보고, 짐짓 밝게) 아니.

준희 ....

성우 사실 아침부터 내내, 나 너만 봤는데, 몰랐지?

준희 ?

성우 (애써 편하게 웃으며, 준희 어깨를 툭 치고 간다.)

준희 (가는 성우 보고)

씬 26. 복도.

성우, 비상구에서 복도로 나와 팔짱 끼고 답답한 얼굴로 걸어가고.

씬 27. 문방구 안.

동진, 초조하게 서 있고,

주인, 팩스 기계에 마지막 한 장 넣고 있다.

동 진　(초조한) 다 보내셨어요?

주 인　네.

동 진　그럼, 저... 전화 한 통화만 쓸 수 있을까요?

주 인　네. 그러세요. (하고 전화 밀어주면)

동 진　(전화 건다, 신호음 가다 떨어지고) 여보세요? (반가운) 형?

동 료　(E) 얌마, 너 기사 안 넘기고 뭐 하고 있어?

동 진　지금 기사 4460으로 팩스 넣어요. 급한 사건이 있어서 나왔는데....

동 료　(E) 급한 사건은 무슨, 너 어딨는 거냐?

동 진　(웃으며) 형, 좀 넘어가줘요.

동 료　(E) 기산 다 쓴 거야?

동 진　다 썼으니까 보내죠. (시계 보며) 마감 한 시간 전이니까, 교정부로 좀 넘겨주실래요? (사이) 고맙습니다. 저녁에 봐요. (하고, 전화 끊는다, 주인에게) 여기 얼마예요?

씬 28. 여관방 전경.

장 어　(E) 왜 그래?

씬 29. 여관방 안.

한쪽에 해장국 먹다 만 그릇 놓여 있고,
장어, 한쪽에 쭈그리고 앉아 있다.
세미, 기운 없이 옷 입는다.

세 미　나가자.

장 어　(안 보고, 조금 화난) 형 온댔어. 싫어.

세 미　(장어 보고) 왜, 싫어?

장어 ....

세미 (장어, 보다가 그 앞에 가 쪼그려 앉으며, 달래는) 장어야.

장어 (눈가 그렁하다)

세미 (어렵다, 머뭇대며) 나가자. 약 떨어져가지? 약값 벌러 가자.

장어 (마음 아픈, 세미 안 보고) 너, 형 사랑하지?

세미 (힘없이 벽에 기대앉으며) 아니.

장어 아니. 넌 거짓말하고 있어.

세미 (장어를 보는 얼굴, 힘이 든다) 니가 뭘 알어?

장어 (일어나 세미 보며) 다른 건 몰라도 사랑하는 건 알어.

세미 (장어 안 보며, 대수롭지 않게) 사람 귀찮게 하네.

장어 (세미, 고개 돌려 보는, 이 앙다문, 눈가 그렁한)

세미 (머리 쓸어 넘기다, 뭔가 이상해, 장어 본다)

장어 (눈가 그렁해) 세미야,

세미 ?

장어 나 너 좋아해.

세미 !

장어 하지만 사랑한다고 안 해. 널 사랑할 주제가 못 되니까.

세미 (어이없게 웃으며) 그럼 난 그 아저씨 사랑할 주제가 되니?

장어 난 된다고 생각해.

세미 (외면하며) 그건 니 생각이야. 세상 사람 누구도 그렇게 생각 안 해.

장어 형한테서 도망치지 마.

세미 (장어 보며, 짜증난) 정말 자꾸 피곤하게 할래? 내가 도망치지 않으면 그 사람이 날 행여, 받아라도 줄 거 같애? 세상이 어떤 세상인데, 없는 년하고, 있는 놈하고... (한숨 쉬고, 귀찮은) 웃기지 말어라, 웃기지 말어.

장어 (벌떡 일어나, 한쪽에 있는 이불, 세미한테 팽개치듯 던진다)

세미 ? (장어를 본다)

장어 (세미 안 보고, 눈물 참고) 나오지 말어. 형 올 때까지 여깄어.

세미 (장어 올려다보며) 너 정말 왜 그러니?!

장어 (눈가 그렁해) 넌 형 좋아해. 형두 너 좋아해. 좋아하면 사는 거야.

세미 좋아하면 사는 거라구? 그래, 너, 나 좋아한댔지? 그럼 우리도 살아야겠네, 그래. 살자, 너랑 나랑 살자, 그럼 되잖어!

장어 (눈물 참고, 세미 보는) 아니. 넌 나 안 좋아해. 그래서 못 살어. 니가 만약, 날 조금만 좋아해줬으면, 난 너랑 결혼도 생각했을 거야. 하지만 니가 날 생각해주지 않으니까 난 안 해. 하지만, 형하고 넌 달라. 서로 생각하잖아. 아니야?

세미 (답답하다) 아니야!

장어 너만 잘났다고 생각하지 마. 니 멋대로 그러지 말라고. 피하지 마. 사랑해보고, 그때 가서 끝내도 늦지 않어, 뺏길 것도 없는데 뭐가 무서워, 영화에서처럼 잘될 수도 있어.

세미 바보.

장어 그래, 나 바보야. 하지만, 너보다 힘센 거 알지? 문 밖에 있을 거야. 나오지 마, 나오면 혼내줄 거야. (하며 문 쾅 닫고 나간다)

세미 (답답하게, 한숨 쉬고, 장어 나간 문 쪽을 답답하게 본다)

씬 30. 방 밖, 여관 복도.

장어, 방에서 나와, 문 앞에 쭈그리고 앉는다, 한숨 쉬고 고개 드는데, 부릅뜬 눈에서 눈물 주룩 흐른다. 그러다, 가슴이 아픈지, 미간 찡그리며 가슴 문지르다 약 꺼내 씹어 먹는다. 그리고, 다시 다리에 얼굴 묻고.

씬 31. 여행사 안.

은수, 직원과 상담하고 있다.

은수 파리행, 티켓 편도로 끊고 싶은데....

직원 언제쯤 하실 겁니까?

은수 다음 달 말쯤이요.

직원 여권 있으십니까?

은수 네. (하며, 가방에서 여권 꺼내준다)

직원 (여권 받아, 넘겨보며, 갸우뚱) 기한이 지났는데요?

은수 ?

직 원　　재발급 받으셔야겠네요.

은 수　　(난감한) 아... 네. 다녀온 지가 오래되어서... 여기서, 재발급도 하죠?

씬 32. 전화 부스 안.

은수, 전화하고 있다.

응답기　　(E, 프랑스어) 외출 중입니다, 메모 남겨주세요. (하고, 삐 소리 나면)

은 수　　(짐짓 밝게) 언니, 나야. 잘 있지? (목 메는, 그래도 웃으며) 언니... 나 거기 가고 싶거든. 언제 가면 좋은지, 언니 방해 안 되는 날 가고 싶은데... 연락 줄래? 형부, 잘 지내시죠? 곧 만나요, 우리, 제가 갈게요. 잘 있어요. (전화 끊고, 안 울려 애쓰며, 문을 나온다, 그리고는 어디로 가야 하나, 둘레 둘러보는, 외롭다)

씬 33. 신문사 사무실 안.

현철, 전화하고 있다. 신호음 간다.

씬 34. 영희네 거실.

텅 빈 실내에 전화벨만 요란하다.

씬 35. 신문사 안.

현철, 전화기 들고 있다.

현 철　　도대체 어딜 간 거야....

씬 36. 공원 벤치.

영희, 벤치에 멍하니 앉아 있다. 그러다 문득 시선 들어, 주변 돌아보면 거적 깔고 윷놀이하는 노인들, 화투 치는 노인들, 손주 어르는 노인들 보인다. 영희, 둘러보다 일어나 공원을 나간다.

씬 37. 거리.

영희, 넋 놓고 걸어가다 약국 간판을 보고는 그 안으로 들어간다.

씬 38. 약국 안.

영희, 남자 손님 옆에서 멍하니 아무 생각 없는 얼굴로 순서를 기다리고 있다. 약사 조제실에서 나와, 남자 손님에게 약봉지를 주며, '식후 30분 후에 드세요, 3천 원입니다.' 하고, 손님 돈 내고 약봉지 받아 주머니에 넣고, 가고, 약사 '안녕히 가세요.' 인사하고, 멍하니 딴생각하는 영희에게.

약 사 손님 뭘 드릴까요?

영 희 (그 말에 정신 들어 약사 보며) 패드, 큰 거 한 통, 주세요. (하고는 고개 돌린다)

씬 39. 좌석버스 안.

영희, 멍하게 가고 있다. 그러다 문득 눈을 돌려, 주변에 사람들을 보면, 다정한 남녀가 보인다. 영희, 눈길 돌려 다른 좌석을 보면, 40대 주부와 학생으로 보이는 아들이 즐겁게 얘기하는 게 보인다, 영희, 그들을 부럽게 보다가 좌석에 몸을 기대어 창가를 본다. 영희의 허전한 얼굴 위로 내레이션.

영 희　(N) 내 나이 쉰둘, 하나밖에 없는 딸애는 더 이상 거들어줄 것도 없고 재롱을 받아줄 손주 하나 없다. 문득, 이젠 정말 다 살았다는 생각, 지금부턴 사는 것이 아니라 죽어가고 있다는 생각이 든다. 늙어지면서 화가 나는 건 자꾸 마음이, 약해지는 것이다. (눈물 그렁한)

씬 40. 성우 회사 전경.

씬 41. 주차장.

성우, 퇴근하러 사무실 쪽에서 나와 자기 차로 가서는 차 문 열려는데, 뒤에서 누군가 어깨를 툭 친다. 성우, 돌아보면,

현 주　(미선과 함께 웃으면서 서 있다) 실장님!

성 우　(준희인가 했는데, 아니어서 실망스럽다, 어색하게 웃으며) 어, 아까 내려가더니 왜 이제 와?

현 주　김 대리랑 또 한바탕했죠, 뭐.

미 선　(현주에게) 언니, 김 대리님이랑 같이 가세요. 난 영화 안 봐도 된단 말이에요.

현 주　잔말 말어. 넌 오늘 나한테 찍혔어. 나랑 같이 가는 거야.

미 선　월요일 날, 김 대리님이 갈군단 말이에요, 언니 빼돌렸다구.

현 주　걱정 마. 오늘 서준희 씨랑 진탕 술 먹고 자고 나면 잊어버릴 텐데 뭐. 내가 그 사람을 찬 게 아니라 그 사람이 날 찬 거야. (혼잣말처럼) 기다린 거 뻔히 알면서 둘이만 술을 마시러 가, 나쁜 인간.

성 우　(눈치 보며) 서준희 씨, 김 대리랑 술 마시러 갔어?

미 선　네.

성 우　(씁쓸하다) 그랬구나.......

현 주　저희 월요일 날 뵐게요.

성 우　(현주 보며) 어, 그래. 오늘 야근하느라 수고했어. 잘 가.

현주, 미선 '안녕히 가세요.' 하고 인사하고 가고,
성우, 두 사람 가는 것 보다가 씁쓸한 얼굴로 차 문을 연다.

씬 42. 성우 차 안.

성우, 차 안에 들어와 앉아 잠시 눈 내리깔고 생각한다. 준희를 기다렸던 자신이 초라하고, 안됐다. 한숨 쉬고, 맘 다잡고 시동 거는데 누군가, 운전석 옆 차창을 두드린다, 성우 돌아보면, 준희다. 성우 조금 놀란 멍한 얼굴이다.
준희, 편하게 웃으며 차창 내리라는 신호하고,
성우, 그제야 아차 싶어 차창을 내린다.

준 희　나 두고 어디 가려구요?

씬 43. 길거리 + 차 안.

준희, 은수 생각에 어두운 얼굴로 생각하며 가고 있다.
성우, 준희 그런 줄 모르고, 앞만 보며 차를 운전해 가고 있다가, 무심하게.

성 우　오늘은 어느 길로 가줄까? 지난번 고가 타고 가는 길은 한참 돌아가는 거 같던데, 로타리 끼고 갈까?
준 희　.......
성 우　(슬쩍 준희 보고) 집 어디로 가냐고요, 왜 대답을 안 해요.
준 희　(그 말에 성우 보며, 마음속 감정 숨기고, 애써 편하려고 하며) 집에 가기 싫은데.
성 우　(앞만 보며, 대수롭지 않게) 무슨 말이니 그게. 토요일은 가정의 날이야, 데이트 안 할 거야.
준 희　(성우, 그렇게 마음 내는 게 안쓰럽다, 짐짓 편하게) 토요일엔 보통 뭐 해요?

성우　(잠시 생각하다, 편하게) 남자 있었을 땐, 데이트하고, 요즘처럼 없을 땐, 엄마랑, 목욕탕 가. 가서 때 박박 밀고, 우유 한 잔씩 마시고 집에 와서는 텔레비전도 보고, 책도 읽고 엄마랑 설거지 누가 하나 화투도 치고....

준희　(성우, 안쓰럽게 보고 웃으며) 화투 칠 줄 알아요?

성우　조금.

준희　어머니, 어떤 분이세요?

성우　우리 엄마? 멋있어. 엄마처럼 사는 게 꿈이야.

준희　어떻게 멋있는데요?

성우　(생각, 사이) 진짜 어른이지. 엄마 보면서 알았어. 정말 어른다운 어른은 현자구나. 현명하셔. 마음에서 끝낸 일은 미련 없고, 자식 일이라도 당신이 관여하실 때, 아닐 때를 분명하게 아시지. 언젠가 엄마가 무관심하다 싶어서, 내 일에 상관을 안 하시길래, 물었어, 엄만 내가 어떻게 되든 상관없어?

준희　(성우 보며) 그랬더니요?

성우　내가 내린 결정이라면 그게 모두 옳다고 믿으신다더라. 그리고는 하시는 말씀이, 엄마한테 의지하지 말래. 나보다 먼저 저세상에 가실 거라고. 죽어서 내 일에 상관 못 할 거면, 살아서도 않겠다고. 당부는 하셨지, 많이 고민하라고.

준희, 그때 문득 드는 생각이 있다.

인서트 - 6부 씬 12 회상.

준희　넌.............. 강하지.......

은수　응.

준희　(생각하는, 천천히) ...... 넌, 내가...... 언제나 옳은 결론만 내린다고 했는데...... 과연...... 그럴까?

은수　(졸린) 그럴 거야. 세상 사람들이 다 틀려도, 넌...... 옳아.......

준희　(자기 생각에 빠져) 왜, 애?

은수　넌, 오래 생각하니까....... 다른 사람들은 금방금방 생각하고, 말하잖아... 넌.... 오래 생각하는데....... 그게 어떻게 틀려....

현실.

준희, 답답해진다. 창가를 보고,
성우, 그런 준희 못 보고 앞만 보며, 말하고 있다.

성 우　대부분의 여자들이 그렇겠지만, 나두 결혼해 나 닮은 애 하나 낳고 싶었어, 그런데 그때, 엄마 말 듣는 순간에 아니다 싶었지. 엄마처럼 모든 일에 바른 분간을 낼 자신, 없어.
준 희　(제 생각만 하는)
성 우　(그런 준희 슬쩍 보고) 무슨 생각해?
준 희　(그 말에 성우 보며) 어머니 연세는 어떻게 되세요?
성 우　?
준 희　아버님은, 돌아가셨다고 했죠?
성 우　(준희 보며) 오늘따라 우리 집이 왜 그렇게 궁금해?
준 희　전부터 궁금했어요. 성우 선배, 자는 방은 어떨까, 어렸을 땐 어땠나, 지금처럼 이뻤나, 아니면 나처럼 코도 흘렸나....
성 우　(웃으며) 물론 그랬지.
준 희　나한텐 궁금한 거 없어요? 왜 안 물어요?
성 우　다 물었었잖아. 학교, 어릴 때 꿈....
준 희　그래서 궁금한 게 하나도 없어요?
성 우　(잠시) 아니.
준 희　(보면)
성 우　(서글프게 웃는) 너 자는 모습. 난 그게 제일 궁금해. 코는 골까, 몸부림은 심한가, 바로 자나 아니면 모로 자나.... (그러다 정색하고 농담하는) 자고 싶단 얘긴 절대 아니니까 오해하지 마. (하고, 웃으며, 차를 모는)
준 희　(잠시 생각하다, 무언가 결정을 내리는, 성우 보며) 차 잠깐 세울래요?

씬 44. 도로.

성우, 차 멈춘다.

준희, 나와 운전석으로 간다.

성우 (차창 내리고, 준희 보며) 왜?
준희 자리 좀 바꿔요.
성우 ?
준희 운전하느라 나를 못 보잖아요. 난 선배 많이 봤거든요. 이젠 선배가 나 좀 봐요.
성우 (준희 본다)

씬 45. 번화한 도로(씬 43, 도로 근처쯤), 어두운.

은수, 차 안에서 무언가 생각하며 팔짱 끼고 가만히 있다. 그러다, 생각을 마친 듯, 옆좌석에 두었던 핸드백을 들어, 그 안에서 휴대폰 꺼내서는 전화를 건다. 신호음 가다가 응답기 메시지(5부에서 사용했던) 들린다.

응답기 (준희 웃는 목소리) 외출했습니다. (은수 웃는 목소리) 우린 정말 정말 외출했습니다. 메모 안 하면, 전화 안 걸어줘요! (강아지 소리) 컹컹!

은수, 초조하게 응답기 들으며 뭔가 불길한 생각이 든다, 휴대폰 끄고, 옆좌석에 놓고는 시동 걸고, 거칠게 차 몰아 되돌아간다.

씬 46. 현관 앞.

은수, 심호흡하고 벨을 누른다. 아무도(?) 나오지 않는다. 은수, 화가 나 거칠게 벨을 누른다.

씬 47. 준희의 집, 거실 + 침실(아무도 없는, 어두운).

은수, 거실 중앙에 서서 둘레를 둘러본다. 준희가 없다는 게 처참한 기분이다. 강아지, 한쪽에서 죽은 듯 자고 있다, 눈물이 다 날 것 같다. 그러다 고개 들어, 시계를 보면, 열한 시에 가깝다. 은수, 이 앙다물고 저벅저벅 침실로 걸어가, 문을 연다. 침실에 아무도 없이 텅 비었다. 은수, 눈물이 왈칵 솟을 것만 같다, 천천히 침대맡으로 가서는 앉아, 감정을 참으려고 고개 숙였다, 고개 드는데, 불길한 예감이 든다.

씬 48. 콘도 앞.

성우(자는)와 준희(준희가 운전한) 탄 차, 멈춰 선다.

씬 49. 차 안.

성우, 자고 있다.
준희, 안전벨트 풀고,
성우, 느낌이 이상해 눈 뜨고 말하는.

성우 (준희에게 무심하게) 어, 미안, 미안. 너무 힘들었나 봐, 드라이브하재 놓고, 잠만 자고, 미안.... (그러다 주위 돌아보며) 여기 어디야?

준희 (차 문 열고) 내려요.

성우 (문득, 낯선 곳에 와 있다는 느낌, 준희 팔 잡으며, 걱정스러운 얼굴로) 어디야?

준희 (어두운, 그러나 짐짓 편하게) 나 자는 모습 보고 싶댔죠? 잠만 잘게요. (하고, 내리려 하면)

성우 (준희, 팔 잡고) 너 왜 이래?

준희 (성우, 어둡게 보면)

성우 집에 가자. 부인 기다려. 이렇게 감정적으로... 이러는 거 아냐.

준희 (가만히 본다)

성우 날 만만하게 보는 게 아니라면 돌아가자.

준 희　(한숨 쉬고, 턱으로 콘도 가리키며) 여긴 내가 힘들 때 곧잘 오는 곳이에요. 은수도 여긴 못 와봤어요. 2년 만에 다시 온 거예요. 손 때문에 수술 받았는데 잘 안 됐죠.

성 우　(준희 본다)

준 희　오늘 집에 안 가요, 내려요. (하고, 차 밖으로 나간다)

성 우　(준희 보는데)

준 희　(콘도 쪽으로 걸어간다)

씬 50. 창밖에서 본 콘도 거실.

준희, 소파에 고개 숙이고 앉아 있고,
성우, 그 옆자리에 고개 숙이고 앉아 있다가,
준희, 고개 돌려 보는.

씬 51. 콘도 안.

성우, 답답한 얼굴로, 눈물 그렁해(그러다 애써 참는) 준희 외면하고 앉아 있다.
준희, 눈가 그렁해 고개 숙이고 앉아 어렵게 얘기하고 있다.

준 희　(아주 힘들게, 또박또박) 나도 성우 선배처럼 자신했던 거 같아요. 말하진 않았지만 머잖아, 우리 이런 감정들이 없어질 거라고.... 그래야 옳다고 생각했어요. 그래야만 성우 선배도, 나도, 은수도 다치지 않는다고 생각했어요.

성 우　(준희 보는, 걱정스럽다) 알면서, 왜 그래?

준 희　(왈칵 눈물이 솟을 것 같다) 참아지지가 않을 거 같아서요.

성 우　(눈가 그렁해 외면한다)

준 희　어쩌면 성우 선배도, 은수도, 나도 너무 자만하는 건지도 몰라요. 우린 안 변해요. 은수가 아무리 기다려도 난 처음처럼 돌아갈 수 없고, 성우 선배가 자신했던 거처럼 선배는 날 잊을 수 없을 거예요. 운전한 지 오래됐죠? 눈길에서 운전을 하다가 순간 미끌어질 때 어떻게 해야 하는지 알아요? 그땐 브레이크를 밟으면 안 돼요, 엑셀을 밟아 계속 달려야 해요, 그래야 다치지 않아요. 우린 셋 다 이젠 멈춰 설 수도 없지만, 멈춰서도 안 돼요.

성우 (무슨 말을 해야 할지 모르겠다. 준희 못 보고)

준희 (물기 가득한 목소리로, 그러나 애써 참는) 성우 선배처럼 나도 무서워요. 은수가 더... 다칠까 봐, 지금보다 은수를 더 아프게 할 거 같아서.

성우 (아프다) 그러니까, 가자.

준희 아뇨. 그래서, 그렇기 때문에 더욱 갈 수 없어요. 이젠 내가 결론을 내려줄 때예요. 돌아갈 수 없어요. 은수에게 돌아갈 수 없다고 얘기해줄 때예요.

성우 (걱정스럽다) 준희야.......

준희 (은수 생각에 맘 아픈 이 앙다물고, 울지 말 것) 개한테 배운 게 많아요. 웃는 법, 화내지 않는 법, 순리대로 세상 보는 법. (맘 아픈) 하지만 선배는 나한테 아무것도 해줄 수 없어요. 이미 너무 많이 상처받아 있고, 너무 약해요. (결심한 듯한) 은수는 강한 애예요. 견딜 수 있을 거예요.

성우 니 부인은 니 생각처럼 강하지 않아. (준희를 보는)

준희 (성우 보고)

성우 사랑을 하면서 강한 사람은 없어. 사랑을 하면 모두가 약자야. 상대에게 연연하게 되니까, 그리워하게 되니까. 혼자서는 도저히 버텨지지 않으니까, 우린, 모두 약자야.

준희 (마음 아프게 외면하며, 단호한) 집에 전화해요. 오늘 못 들어간다고.

성우 (준희 본다) !

씬 52. 콘도 복도.

성우, 휴대폰으로 전화하고 있다.

성우 (미안한, 거짓말하느라 어려운) 일찍 전화드려야 하는데... 일 마무리하다 보니까 너무 늦었어요.

영희 (E, 피곤한, 가라앉은 목소리로) 일을 왜 그렇게 계획 없이 해.

성우 (가만히 있다가) 엄마, 나...... 집에 갈까?

영 희 (E) 지방이라며? 관둬. 잠 편한 데서 자고.... 괜히 밤길 오다가 일 나면 그땐 더 큰일이잖아. 문단속 잘하고 자. 끊어. 엄마 많이 피곤해.

성 우 (답답한) 안녕히 주무세요. (전화 끊는다. 그러고는 고개 들어, 방 쪽을 본다. 답답하고, 한숨 난다)

씬 53. 콘도 주방.

준희, 주방 식탁에서 눈물 그렁한 채 자기 생각에 빠져 캔 맥주를 마시고 있다. 여러 개째다.

성우, 안으로 들어와 준희를 찾다가, 주방 쪽으로 눈길이 간다, 준희 모습이 답답하다.

준희, 성우 온 줄도 모르고, 맥주를 마시고, 내려놓으면,

성우, 어느새 와서는 준희 손에 들린 맥주 캔을 들어, 싱크대에 붓는다.

준 희 (성우 보는)

성 우 (착잡하게 싱크대에 맥주 쏟고, 준희 보고, 나무라듯) 술기운 빌려서 얘기하고 싶어? 술로 말하고, 술로 용기 얻어서 행동하고, 딱 질색이야.

준 희 (외면하고, 또박또박) 잠자는 모습 보여주고 싶었어요. 선배 오기 전에 자고 싶었는데.... 저, 술 마시면 잘 자거든요.

성 우 (걱정스럽게 보다) 부인하고, 싸웠어?

준 희 (보면)

성 우 늦지 않았어. (잠시 준희 보고 있다가) 오늘 니가 집에 들어가지 않는다는 의미가 뭔 줄 알아?

준 희 (성우 보며) 은수랑 헤어진다는 얘기예요.

성 우 !

준 희 (맘 아프지만, 단호한) 난 걔를 체념시키고 싶어요.

성 우 니 부인만 체념시키는 게 아니라 날 체념시키는 걸 수도 있어. 날, 체념시키고 싶어?

준 희 (성우 깊게 보고) 감정이 그렇게 가벼웠어요?

성 우 !

씬 54. 거실.

성우, 준희 나란히 앉아 있다.

성 우　(아무 말도 할 수가 없다, 눈가 그렁해 있다가, 이 앙다물고) 나 지금 너랑 있다는 게 너무 많이 두려워. (눈물 그렁한) 아침에 널 보내지 않을 수도 있어. 오늘 밤이 너를 보내지 않을 빌미가 될 수 있다는 얘기야.

준 희　(보면, 아픈)

성 우　(준희 보고, 단호한) 도망가. 나는 용기가 없으니까, 니가 도망가. (외면하고)

준 희　(성우의 양 어깨를 돌려세운다)

성 우　(차마 준희 못 보고)

준 희　(맘 아픈, 어렵게) 아직도, 몰라요? 도망가기엔 너무 멀리 왔다는 거. 성우 선밸 사랑.... (하는데 성우, 손으로 준희 입 막고)

성 우　(준희 아프게 보며, 단호한) 말하지 마.

준 희　(눈가 그렁하다)

성 우　(맘 아프게, 눈물 나는, 어렵게) 어느 순간에도, 난 널 붙잡진 않을 거야. 책임감 갖지 마. 안 가져도 돼. 그러니까, 아무 말 안 해도 돼. (자신에게 하는 말) 약속할 수 있어. 난 널 안 잡어. 우리 사이에 일어나는 모든 일, 모두 내가 저지르는 일이야. 넌 아무 잘못도 없어. 말하지 마.

준 희　(성우의 맘 아는, 아프게 눈가 붉어져, 성우 뺨에 한 손 대고, 지친 듯) 아주 오래, 깊이, 잠들었으면 좋겠어요. (성우 안고)

성우, 준희한테 안겨 불안한, 맘 아픈, 그런 두 사람 한 화면에 잡히면서, 엔딩.

12부

언제까지 거짓말할 거예요.
아니라고, 헤어질 수 있다고, 언제까지
거짓말할 거냐구요.
인생에서 한 번쯤 욕심껏,
마음 가는 대로 그렇게 살 수 없어요?

씬 1. 콘도 전경(밤).

씬 2. 창밖에서 본 콘도 안.

준희, 소파에 고개 숙이고 앉아 있다.
욕실에서 물소리 나는.

씬 3. 욕실.

성우(샤워하지 않았음), 세수하고 있다. 천천히 얼굴, 수건으로 닦다가 무표정하게 문 쪽을 본다.

씬 4. 욕실 앞 + 거실.

성우, 욕실에서 나와, 고개 돌려 거실 쪽 보면,
준희, 소파에 기대어 자고 있는 모습이 보인다.

성우, 그런 준희 서서 물끄러미 보다가 입가에 잔잔한 웃음 짓고는 방으로 가서 이불 가져와, 준희에게로 가서 무릎을 꿇고 이불을 덮어주고, 성우, 잠시 더 준희를 보다가 건너편 소파로 가서는, 자기 무릎을 안고 앉아, 자는 준희를 편하게 서글프게, 그러나 편안하게 보고 있다가 창가 쪽으로 고개 돌리고, 눈가 그렁한(씁쓸한 웃음 지으며, 울지 말 것), 성우 얼굴에서 내레이션.

성우　(N) 넌, 자지 않아. 다만 자는 척할 뿐이야. 하지만, 나는 모른 척해. 우리 사이엔, 그게 예의니까.

씬 5.　준희네 침실(아침).

은수, 침대맡에 앉아 있다. 전날 외출복 차림 그대로다. 자신이 지금 무슨 생각을 하고 있는지도 모르는 얼굴이다. 은수, 고개 돌려, 준희 자리 보다가는 기진맥진해서 옆으로 쓰러져 눕는다.

씬 6.　콘도 거실.

성우, 소파에 잠들어 있고(어젯밤 준희가 덮고 자던 이불 덮고 있는),
준희, 그 앞에 무릎 꿇고 앉아 성우 자는 모습 보고 있다. 준희, 성우를 보다가 천천히 머리 올려주는데(손 떠는),
성우, 부스스 눈을 뜬다.
준희, 그런 성우 보고 안타깝게 웃으면.

성우　(준희, 얼굴 보고는, 서글프게 웃는)
준희　잤어요?
성우　(일어나 앉으며, 너그럽게 준희 보며) 잘 잤어?
준희　아뇨.
성우　(서글프게 준희 깊게 보는) 그럼 뭐 했어?
준희　선배 봤죠.

성 우　(준희가 안됐다, 아니 둘의 처지가 안됐다, 서글픈) 내 얼굴 몰라? 뭐한다고 아는 얼굴을 보고 있어.

준 희　(성우 서글프게 보며) 얼굴 보는 것밖엔 해줄 수가 없어요.

성 우　(준희 맘 알겠다, 서글프게 웃으며, 창가로 시선 외면하는)

준 희　(성우와 반대로 시선 틀고, 맘 아픈)

씬 7. 성우네 집 전경.

씬 8. 성우네 거실.

영희, 무표정한 얼굴로 안경 쓰고(안경을 써도 안 보이는 듯하다) 신문 보며 전화 받고 있다.

유 란　(E, 걱정스런) 확실한 거야? 폐경 맞냐구?

영 희　(신문에서 시선 안 떼고) 그래.

화면 나눠지고,
유란, 자신의 방에서 전화 받고 있는 모습 나온다.

유 란　(F) 우리 언니도 지난달에 폐경 치렀는데, 그게 별거 아닌 거 같아도 당하는 사람은 그게 아닌 거 같더라. (걱정) 좋은 정신과 선생님 한 분을 아는데 한 번 만나볼래? 우리 언니 그 선생님 만나고 나서 많이 좋아졌어.

영 희　(신문 내려놓고) 내가 미쳤냐? 정신병원을 가게.

유 란　(F) 꼭 그렇게만 생각할 것도 아냐. 센타 나와서 나랑 같이 한번 가보자. 어제 주 선생님이 니 걱정, 많이 하시더라.

영 희　!

유 란　(F) 별말은 안 했어. 그냥 몸이 안 좋은가 보더라고 그렇게만 말했어.

영 희　(속상하다) 이제, 센타 안 나갈 거야.

유 란　(F) 그럴수록 더 활동적으로 움직여야 돼. 집에 틀어박혀 뭐 할라고 안 나와.

영 희　(속상한) 유란아, 나 지금 기분 안 좋거든. 우리 그만 끊자.

영희, 유란이 '영희야.' 하고 부르는데도 전화 끊고, 유란 화면 사라지고, 침침한 눈으로 다시 신문 보려는데 전화벨 울린다. 짜증난다. 영희, 마지못해 전화기 들고.

영 희　여보세요.
현 철　(E) 나다.
영 희　!

씬 9.　현철네 방.

현철(돋보기 낀), 책상에 스탠드 켜놓고 책 보다가 영희한테 전화하고 있다.

현 철　(웃으며) 뭐 하냐?
영 희　(E) 암것도 안 해.
현 철　(안경 벗으며 편하게, 웃음 띤 얼굴로) 어제 왜 안 나왔냐? 너 없으니까 눈 맞출 데가 없어 영 떠들 맛이 안 나더라. 내 프러포즈...... 생각하느라 안 나왔냐? (장난치듯) 너, 숙제 안 해서 안 나왔지? 내가 어제 성적 매겼는데, 너 빵점 줬어. 이의 없지?

씬 10.　영희의 거실.

영희, 전화기 들고, 생각 많은 얼굴이다.

영 희　(불쑥 서러워져, 입가 떨리는) 오, 빠.
현 철　(E) 말해.
영 희　(참고) 나 오빠랑 수다 떨 기분 아니거든.

씬 11. 현철의 방.

현 철　(무슨 소린지 모르겠다) 뭐라고?
영 희　(E) 끊을게. (하고 뚝 끊는다)
현 철　영희야, 영희야.

그때, 현관 문소리 나고, 현철 돌아보면, 며느리, 시장 봐서 들어온다. 현철, 며느리 보고 끊는다.

며느리　(눈치 보며) 영희라는 분하고 전화... 하셨어요?
현 철　(당황해서, 안경 벗으며) 어? 그, 그래.......
며느리　(웃으며) 오늘 제가 맛있는 거 장봐 왔는데, 그분한테 다시 전화해서 같이 식사하자 그러시면 안 돼요? 뵙고 싶은데....
현 철　(머리 긁적이며) 그게... 아직, 그 사람이 준비가 덜 된 거 같으네. 나중에 하자, 나중에....

현철, 벌떡 일어나 윗옷을 입고 신 신으려 현관으로 나간다.

며느리　(현관으로 따라나와, 신발 신는 현철 보며, 조금 놀라) 아버님, 어디 가세요?
현 철　(신 신고, 며느리 보며) 너 대충 하고 집에 가라. 내가 밤에 전화하마. 승아 애비한테 안부 전하고, 다음 주에 보자. (하고, 나간다)
며느리　아버님!

씬 12. 영희의 방.

영희, 화장대에 쪼그리고 앉아 거울에 머리를 헤쳐가며 흰머리 보고 있다. 그러다, 한숨 나는지 흰머리 세기를 포기하고, 푸석한 얼굴을 한 번 만져보다가는, 일어나 장롱에서 옷을 꺼낸다.

씬 13. 안경점 안.

영희, 시력 검사를 하고 있다. 주인이 검사판에서 글자를 가리키면.

영 희 (숫자 읽는) ....
주 인 (작은 글자 가리키며) 이거는요.
영 희 (숫자 읽는)
주 인 (더 작은 숫자 가리키며) 읽어보세요.
영 희 (읽는다)
주 인 (고개 갸웃하며) 원시신 거 같으네... 아주머니?
영 희 네.
주 인 아무래도 돋보길 끼셔야겠네요.
영 희 (눈에 대고 있던, 눈가리개 내리며, 참담한 기분 든다, 주인 안 보고) 돋, 돋보긴 얼마예요?
주 인 3만 원부터 10만 원까지 천차만별이죠, 한번 보시겠습니까?
영 희 (일어나, 의자에 눈가리개 놓고, 문 쪽으로 간다)
주 인 아주머니?
영 희 (힘없이, 돌아보면)
주 인 돋보기, 안 보시겠어요?
영 희 (고개 도리고) 돋보긴, 리어카에도 싼 거 많은데...... 3만 원씩이나 하는 거 쓸 거 있나요, 뭐. (하고, 나가고)

씬 14. 영희의 아파트 현관 입구.

영희, 심란한 얼굴로 들어서서 엘리베이터로 가는데, 누군가 '영희야.' 하고 부른다. 영희, 돌아보면, 현철이다.

씬 15. 콘도 침실, 화장대 앞.

성우, 물로 손을 닦고, 수건으로 물기를 닦고는 핸드백에서 화장품을 꺼내 파운데이션을 바른다. 그리고는, 립스틱을 꺼내 입술을 바르려다가 문득 괜한 짓이다 싶어, 립스틱을 도로 가방에 챙겨 넣고, 나간다. 카메라, 화장대 위에 놓인 성우의 스카프를 살짝 보여주고.

씬 16. 콘도 주방.

성우, 무심히 침실 쪽에서 나와, 칼질하는 소리에 주방 쪽 본다. 순간 가슴이 멎는 듯하다.

인서트 - 상상.

은수와 준희, 서로 야채를 썰며 행복하게 음식을 만드는 모습.

은수　파 넣지 마.
준희　당근 넣지 마.
은수　마늘 넣지 마.
준희　그럼 뭐 넣고 먹니?

하며, 웃는 모습.

현실.

성우, 다시 준희 보면,
준희, 라면을 끓이고 있다.
성우, 주방 식탁에 앉으며.

성우　(답답한, 준희 안 보고) 라면 끓이지 마. 시간이 몇 신데.... 가자.
준희　(성우 보고, 편하게) 이것만 먹고 가요. 외박까지 하고 집에 가서 엄마한테 밥 달라 그럴 거예요? 2분만 기다려요.

성 우　(하지 말라는 뜻) 준희야.

준 희　(상관하지 않고) 계란 넣을까요?

씬 17. 콘도 거실.

성우(대화 내내 준희를 보지 않는다), 준희, 커피 마시고 있다.

준 희　커피 맛있죠?

성 우　그래. 맛있어.

준 희　라면은 어땠어요?

성 우　맛있었어.

준 희　(성우가 자기를 안 보는 게 이상하다) 나 좀 봐요.

성 우　(얼핏 보고) 봤어.

준 희　눈을 안 맞추잖아요.

성 우　(안 보고) 여기가 싫어.

준 희　?

성 우　낯설어. 꼭 남의 살림집 같애. 사무실이나 카페에서가 아닌, 식탁에서, 니 얼굴 보는 것도 낯설고, 너랑 이렇게 이른 시간에 단둘이 있는 것도 낯설어.

준 희　(성우를 물끄러미 본다, 성우의 맘 알겠다)

성 우　우리 다시는 이런 데 오지 말자.

준 희　....

성 우　감당할 수 없는 욕심 같은 게 나서 싫어. 소꿉장난하는 거 같기도 하고. (찻잔 내리고) 나가자. (하고, 가방 들고 나간다)

준 희　(성우, 안쓰럽게 보고)

씬 18. 달리는 성우의 차.

준희, 창밖 보고 가고 있고, 성우, 말없이 운전해 가며 은수 생각하고 있다.

인서트 - 회상 4부.

성우와 은수 처음 만날 때, 서로 탐색하듯 보던 장면들, 성우의 시각으로 은수 보는 것.

현실.

성우, 답답하다.

씬 19. 아파트 공원 벤치.

영희(시큰둥한, 무표정한, 현철 안 보는), 현철(안쓰럽게 영희 보는), 나란히 앉아 있다.

현 철　(답답하다) 생각해봤냐? 난 애들한테 대충 언질은 줬는데....

영 희　(현철 안 보며) 뭘?

현 철　(답답하다) 너랑 나랑 나이도 있다. 재지 마라. 더 늙으면 마음이 있어도 망령이랄까 봐, 못 해. 딸내미 보여줘. 니가 결정 못 하면 니 딸내미랑 둘이 결정 내릴 테니까.

영 희　(고개 숙여, 외면하며) 오빠랑 결혼 못 해.

현 철　(영희 보며 얘기 듣는다)

영 희　과부가 재가한다는 생각, 한 번도 안 해봤다면 그건 거짓말이겠지. 오빠 만나면서 사실 나도, 설마 하면서도 기대 좀 했었어. (서글픈 웃음) 나는 나를 못 보니까, 매일 거울 들고 다니며 내 얼굴 보면서 사는 거 아니니까 내가 얼마나 늙었는지 몰랐거든. 난 내가 안 늙었는 줄 알았어.

현 철　난 너 늙었는 줄 애저녁에 알았어. 난, 내가 늙은 줄 안다.

영 희　(현철 보며) 내가 여자로 보이유?

현 철　그래, 보인다.

영 희　나한테 여자 냄새 나?

현 철　그래, 좋은 냄새 나....

영 희　(씁쓸하다) 그 냄새, 미안한데, 화장품 냄새야.

현 철　(영희 안쓰럽게 보는)

영 희　(눈가 그렁해지며, 참고, 외면하고) 오빠한테 이런 얘기하는 거 되게 멋쩍고 조금은 비참하고 그런데, 내가 말 안 하면 오빠가 계속 나한테 결혼하잘까 봐 부끄러운 줄도 모르고 얘기하는 거야. (현철 보며) 나 어제 병원에 갔었어.

현 철　그만 해라. (영희 외면하며) 선주 씨한테 얘기 들었다.

영 희　(현철 보고) ?

현 철　(영희 안 보고 얘기하는) 사람이 세월을 거스르며 살 수는 없는 거다. 늙는 거 당연한 거야. 난, 더는 늙었다, 늙었다, 인생 끝났다, 그렇게는 생각할 수가 없어서, 너랑 살고 싶다. 여자랑 젊었을 때처럼 잠자리하고 희희낙락하려고 다 늙어서 결혼하자는 거 아냐. (사이) 어차피 사는 거, 살아 있는 동안은 용기 가지고 좀 더 멋지게 살려고, 그래서, (영희 보며) 난 너한테 우스꽝스런 청혼한 거다.

영 희　나랑 살면 용기가 돼?

현 철　될 거 같다.

영 희　(눈가 그렁해 웃으며) 어떡하나.... 나는 이제 다 산 거 같은데. 더 살고 싶지도 않은데. 솔직히 나 지금껏 참 재미없게 살아온 게 억울해서라도 오빠랑 결혼할까 하는 마음도 있었어. 성우 저 기집애 대학 졸업하고 10년 동안 단 하루도 안 쉬고 돈 벌어다 애미 먹이는데, 그거 안쓰러워서라도, 오빠한테 기대서 딸내미 짐 좀 덜어줄까, 했었어.

현 철　밥은 먹여줄게.

영 희　(현철 보는데 눈물 그렁하다) 그렇게 살고 싶진 않다. (하고, 눈물 흘린다)

현 철　영희야....

영 희　(눈물 닦고, 외면하며) 외로워. 살면서 처음으로 하늘 아래 나 혼자다, 하는 생각이 들어. (사이, 단호한) 남편 죽고 매월 50만 원씩 연금 타. 아주 알뜰히 쓰면 혼자는 살 수 있어. 그 사람, 한 사람한테만 피해 주고 싶어. 그 사람은 죽은 사람이니까 고통스럽지 않을 거야. 오빠한테 가서 아무것도 못 해주면서 밥값 축내고 싶지 않아. 딸은 핏줄이니까 이해하겠지. 눈도 안 보이고 무릎은 뻑뻑하고 언제나 단 한 번도 개운한 적이 없는 고철 같은 느낌.... (더는 말하기 싫다) 고물 갖고 속 끓이지 말고 다시 만나지 말아요, 우리. (하고, 일

어나 가고)

현 철　(그렇게 가는 영희 보며, 안타깝다)

씬 20. 준희네 집 근처, 밤.

성우의 차, 멈춰 선다.

씬 21. 차 안.

준희, 창가를 보고 생각 많은 얼굴로 앉아 있다.

성 우　(앞만 보며) 가.

준 희　왜 아무 말도 안 해요?

성 우　(말하기 싫다) 생각이 많아.

준 희　(성우 보고)

성 우　(준희, 보지 않고) 내가 나 자신을 너무 믿은 거 같애.

준 희　(보고)

성 우　(맘 아프다, 애써 담담하려 하며) 어제 처음 알았어. 내가 열은 마음의 빗장이라도 내가 닫을 수는 없구나. (서글픈 웃음 지으며) 니가 나한테 너무 관대했어. 그러지 말았어야 했는데.......

준 희　(무슨 말인지, 알겠다) 처음에 선배가 나한테 그랬죠, 참을 수 있다고. 그때 내가 물었죠, 참아지지 않으면 어떡하냐고.

성 우　(준희 보면)

준 희　(외면하고, 단호한) 더 이상 애쓰지 말아요. 이미 성우 선배도 나도, 은수조차도 우리들 마음대로 되는 건 없어요. 그냥 버려둬요, 어디까지 가나.

성 우　(준희, 염려스럽게 본다) !

씬 22. 준희네 빌라 앞.

준희, 집 쪽으로 걸어가, 초인종 누른다. 그러다, 이내 은수가 없음을 알고 키로 문을 열려고 하는데 문 열리며.

은수 (웃으며) 왔어?
준희 ?

씬 23. 주방.

준희, 은수, 밥 먹는,
은수(무관심한 듯), 준희(옷 갈아입은), 밥 먹고 있다.

은수 (밥 먹으며) 오늘 몇 시에 나갔어? (안 보고) 난 일곱 시에 왔는데, 여섯 시쯤 나갔니? 산책했어?
준희 (말없이 밥만 먹는다)
은수 (계속 밥 먹으며) 너, 강아지 밥도 안 줬더라. 밥, 집에서 안 먹었어? 설거지도 없고.
준희 (답답하다, 아무 말도 할 수가 없다)
은수 (준희 보며, 탐색하듯) 말하기 싫어? 내가 짐 챙겨 나가서, 화났니?
준희 (숟가락 놓고) 피곤하다, 자자. (일어나 나가려는데)
은수 준희야.
준희 (돌아본다)
은수 (준희 눈 팽팽하게 보다) 씻고 자. (하고, 다시 밥 먹는다)
준희 (은수, 안타깝게 보면)
은수 (계속 밥 먹는다)

씬 24. 준희네 침실.

준희, 침대에 누워 생각하고 있다.

은수, 잠옷 차림에 세수한 얼굴로 들어온다.
준희, 눈 감고 은수를 안 보려는 듯 뒤로 돌아눕는다.

은수　(화장대에 앉아 로션 바르며) 나, 프랑스, 갈까?
준희　(그대로 누워) 언니, 보고 싶어?
은수　아니.
준희　근데, 왜?
은수　니가 보기 싫어하잖아.
준희　(맘 아픈) ....
은수　(준희 보며) 내가 지쳤으면 좋겠니?
준희　(가만히 있다)
은수　(침대로 가, 이불 속으로 들어가며) 나한테 할 말 없어?
준희　(아무 말 없다)
은수　(자리에 누워 고개만 돌려 준희 보며) 시간은 많어. 얘기하고 싶을 때 얘기해. (하고, 준희에게서 등 돌리고 눕는다)
준희　(맘 아프고)

씬 25. 성우의 방.

성우, 책상 앞에 앉아 있다. 무언가 생각하는 얼굴이다.

인서트 - 상상(은수의 집, 거실).

준희(아이 안고)와 은수의 행복한 모습.

현실.

성우, 한숨 쉬고, 밖으로 나간다.

씬 26. 영희의 방.

영희, 텔레비전을 본다.
그때, 노크 소리 나고, 문 쪽 보면.

성 우　(문 열고) 엄마, 과일 먹자.

씬 27. 거실.

성 우　(생각하다가, 안 보고) 엄마.
영 희　(과일 먹다, 보는)
성 우　아버지 돌아가셨을 때, 병원 영안실에 와서, 아주 서럽게 울던 여자 기억나?
영 희　느닷없이, 무슨 소리야?
성 우　그 여자, 아버지가 유서까지 남긴 여자였지?
영 희　그랬어. 왜?
성 우　그냥. 아버진 왜 그 여자랑 안 살았을까. 그렇게 사랑했는데, 엄말 더 사랑해서였을까?
영 희　(과일 먹으며) 뻔할 뻔자지, 그걸 뭘 물어.
성 우　(영희 보며) 뭐가 뻔한데?
영 희　니가 있어서지. 그 여잔 애가 없었거든.
성 우　(문득 드는 생각 있다) 내가 있어서? 아이가 있기 때문에?
영 희　(성우 보면)
성 우　(영희 보지 않고, 씁쓸한 웃음, 혼잣말처럼) 그치, 부부는 아일 낳지, 아일 낳지.... (서글픈) 그 여잔 지금 뭐 할까.......
영 희　?

성우의 어두운 얼굴에서, F. O.

씬 28. 여관 전경, 아침.

씬 29. 여관방 안.

세미, 장어, 벽에 기대어 비디오테이프 보고 있다. 〈프리티 우먼〉이다.

세 미 (무심히) 넌 내가 저렇게 될 거라고 생각하니?

장 어 (영화만 보며) 못 될 것도 없다고 생각해.

세 미 저건 영화야. 아저씬 기자에 대학도 나왔고 좋은 형제도 있는 거 같아. (영화, 가리키며) 저 남잔 저 여잘 귀찮아하지 않지만 아저씬 날 귀찮아해. 착한 사람이니까 모질게 가라고 말을 못 할 뿐이야. 그럴 땐 눈치 챈 사람이 가주는 게 예의야.

장 어 난 몰라. 형이 너 여기 있으랬어.

세 미 넌 내가 아저씨 좋아하는 줄 알고 그러지?

장 어 (세미 보면)

세 미 나도 그런 줄 알았는데 아냐. 아저씰 좋아해도 내가 죽고 싶은 건 여전하고 아무렇게나 살고 싶은 것도 여전해. (장어 안 보며) 넌 나 찾을 수 있지?

장 어 그런 건 왜 물어?

세 미 넌 내가 어딜 가도 찾을 수 있을 거야. 해장국 먹고 싶다, 배고파.

씬 30. 해장국 집.

장어, 해장국 사고 있다.

씬 31. 여관 앞.

세미, 여인숙 빠져나와 길을 걸어간다.

씬 32. 여관방 문 앞.

장어, 해장국 쟁반을 들고 '세미야.' 부르면서 방문을 연다.

씬 33. 여관방 안.

장어, 해장국 방바닥에 내려놓고, 무심히 '세미야.' 하며, 고개 들다가 세미 없는 것을 알고는 놀라, 힘없이 '세미야.' 하며 방 안을 두리번거린다. 그러다, 거울에 눈이 가고, 거울에 립스틱으로 '장어야, 넌 내가 어딨든 나 찾을 수 있지?'라고 쓰여 있는 글씨 발견한다. 장어, 눈물 그렁해져 '세미야.' 하며 밖으로 뛰쳐나가고.

씬 34. 여관 복도.

장어, 울면서 '세미야.' 하고 뛰쳐나가고.

씬 35. 신문사 앞.

세미, 사람들 안 보이게 고개 숙이고 한쪽 벽에 기대서 있다. 그때 신문사 문 열리고 동진, 동료들과 나오면서 '신사동 사건은 어이없이 끝났더라, 자작극이었다면서.' 등등 말하며 세미를 지나쳐 간다. 세미, 그런 동진 보고 있다. 그때 동진의 삐삐 울린다.

동 진 (삐삐 확인한다. 8282도 같이 찍혀 있다)
동 료 무슨 일이야?
동 진 어, 잠깐 전화 한 통 하고 갈게, 먼저들 가.

세미, 그런 동진 모습을 보고 있다.

씬 36. 신문사 로비.

동진, 무표정한 얼굴로 전화하고 있다.

장 어 (E) 없어요. 해장국 사 왔는데 없어요. 어떡해요 형, 세미 죽으려나 봐, 죽는 댔는데, 죽으려나 봐.

동 진 (답답한 얼굴이다)

세미, 신문사 밖 창 쪽에서 동진의 그런 모습들 놓치지 않고 보고 있다, 돌아서서 간다.
동진, 전화 끊고 막막하고.

씬 37. 거리 걸어가는 세미.

씬 38. 신문사 동진의 자리.

동진, 노트북을 치다가 세미를 생각하고 있다. 동진, 담배를 피워 무는데 누군가, 동진의 어깨를 툭 친다. 동진, 돌아보면, 현철, 웃고 서 있다.

씬 39. 부대찌개 집.

동진, 현철, 소주에 밥을 먹고 있다.

현 철 무슨 일 있냐?

동 진 아뇨. (술 마시고)

현 철 아니긴, 눈빛이 일이 있는데.

동 진　선배님은 무슨 일 있으세요?

현 철　여자 땜에, 요즘 내가 골치가 좀 아프다.

동 진　여자요?

현 철　(술 마시고, 동진 보고 웃으며) 나, 채였다. 두 번 장가 좀 들어볼까 했는데, 여자가 싫단다.

동 진　싫대요? 어떻게 선배님이 싫을 수가 있어요?

현 철　싫다는 말은 한 적이 없는데 난 싫다는 말로밖에는 안 들려. (멋쩍은 웃음) 너한테 별소릴 다 한다. 우습게 보진 마라. 늙어도 감정은 있는 거니까.

동 진　(씩 웃고는 술 마신다)

현 철　넌 무슨 일 땜에 그래?

동 진　저요? (웃음) 저도 여자네요.

현 철　어떤 여자야?

동 진　말도 안 되는 여자예요.

현 철　?

동 진　속물이라고 욕하실진 모르지만 학벌도 안 맞고, 집안도 안 맞고 아니 그런 것보다도... 내가 걜 좋아하는지, 싫어하는지조차도 모르겠어요.

현 철　내가 알려줘?

동 진　(보면)

현 철　너, 그 아가씨 만났을 때 집에 빨리 가고 싶냐? 걔 손잡고 싶냐?

동 진　(가만)

현 철　말 못 하네. 그럼 사랑하는 거야.

동 진　아뇨. 불쌍해서 걱정은 되지만 그 이상은 아니에요.

현 철　걱정된다는 거 자체가 임마, 마음이 가고 있다는 얘기야. 너 이 세상에 불쌍한 사람들이 얼마나 많은데. 너, 그 사람들이 모두 걱정돼서 잠이 안 오냐? 아니잖아. 집안이 안 맞고 학벌이 안 맞아, 부모님이 반대할 거 같애? 사람들이 그 여자랑 논다고 천하게 볼까 걱정되냐? 나도 자식 두고 살지만 부모는 부모 인생, 자식은 자식의 인생이 있는 거야. 그 어떤 사람도 니 인생 대신 살아주는 거 아니야. 남들이 무슨 상관이야. 줏대 있게 살아. (하고, 술 마시고) 내가 쫓아다니는 여자도 말이다, 줏대가 없어. 날 좋아하면서도 아니래. 쓸데없는 것들 때문에 지 자신이 날 얼마나 좋아하는지도 몰라. 그 여자나 너 같은 줏대 없는 인간들이 이 세상을 이 꼴로 재미없게 만드는 거야. 자식아.

(하며, 술 따라 마신다)

동 진　(답답하다, 술 마시고)

씬 40. 성우 사무실.

준희, 컴퓨터 보고 있고,
성우, 그런 준희를 보고 있다.
준희, 일하다 문득 성우 쪽을 보면,
성우, 준희의 눈 피해 서류 본다.
준희, 따뜻하게 성우 보다 다시 일하고,
성우, 고개 들어, 그런 준희 보다가 결심하고, 갑자기 일어나 나간다.
준희, 그런 성우 왜 그런가 보고.

씬 41. 전시실 안.

성우, 담담히 앉아 서류 보고 있고,
하숙, 기막히다는 표정으로 성우를 보고 있다.

하 숙　(놀란) 뭐? 사표!

성 우　(무심히) 사표는...... 부산에 보내달라구.

하 숙　그걸 지금 말이 된다고 하고 있냐?

성 우　(서글프게 웃으며) 안 될 게 뭐 있어. 작년엔 가달라고 그렇게 부탁하더니. 부산은 아직도 불안하다며, 내가 가서 자리 잡아주겠다는데 뭐가 안 돼.

하 숙　별안간 왜 그래? 너 오늘 한상수 씨랑 결제 건 때문에 싸웠다 그랬지. 열 받아서 그러니?

성 우　내가 어린애야? 싸웠다고 삐져서 이러게.

하 숙　근데 왜 그래?

성 우　서울 생활에 지쳐서 그래. 엄마한테도 공기 좋은 지방이 낫겠다 싶고. 거긴 해운대 근처니까 공기도 좋을 테고 내가 좋아하는 바다도 볼 수 있고. 서울에 연고자도 없는데 굳이 남아 있을 필요 없단 생각이 들어. 김해쯤에 이모 계시는데, 부산 가면 이모도 자주 볼 수 있을 테고.

하 숙　너 효년 거는 아는데, 너도 알다시피 이 회사 너 없으면 일이 안 되잖아. 부산이야 한 달에 일이라곤 두서너 건 겨우 처리하는데.... 거긴 지들끼리 월급 챙겨 살면 족한 데야. 가지 마.

성 우　(가만히 있는다)

하 숙　투정이다 생각할게. 없던 일로 치자.

성 우　김 대리님하고 심현주 씨가 이제 내 빈자리 충분히 채워줄 수 있어. 심각하게 생각해줘.

하 숙　?

성 우　(서류 봉투에 서류 넣고) 빠르면 빠를수록 좋아. 내 마음 쉽게 안 변하니까 언니가 변하는 게 좋을 거야. 합정동 갔다 올게. 늦으면 곧장 퇴근할게, 기다리지 마. 간다. (하고, 나간다)

하 숙　(멍해서 본다)

씬 42. 주차장.

성우, 답답한 얼굴로 차에 타고.

씬 43. 차 안.

성우, 운전대 잡고는 한숨 쉬고, 이 앙다문.

성 우　(자신에게 하는 말) 성우야, 잘한 거야. 니가 내린 결론이 옳아. 더 이상 가면 안 돼. 가지 말자. (하고, 차 몰아 간다)

씬 44. 사무실.

사람들 모두 일하고 있는데 갑자기 하숙, 문 벌컥 열고 들어와.

하 숙　무슨 일 있었어? 니들 무슨 일 있었냐구?

재석, 현주, 준희, 미선, 인부 등 놀라서 돌아본다.

재 석　왜 그래요?
하 숙　주 실장 사표 낸대.
준 희　!
현 주　네?
하 숙　도대체 주 실장 입에서 왜 사표 소리가 나와.
미 선　제가 아까 부산 지사 민 실장님이랑 전화 통화하는 거 들었는데, 자리 없냐구 물으시더라구요. 그래서 제가 왜 그러시냐구 물어봤더니 바다를 보고 싶다, 그 소리만 하셨어요. 사표 낸단 소린 없으셨는데.
하 숙　그게 그 소리지 뭐야. 여기 싫어 딴 데 가겠다, 사표랑 다를 바 없잖아.
재 석　그럼 놔둬요. 덕분에 승진 좀 하게.
현 주　(하숙 눈치 보며, 재석 발등을 밟고)
재 석　(아파한다)
현 주　(하숙에게) 김 대리님 말씀, 농인 거 아시죠?
하 숙　(답답한 듯 두 사람 보다, 준희 보며) 서준희 씨?
준 희　(보면)
하 숙　(준희 보고) 합정동 가봐. 가서 주 실장 왜 그런지 알아봐.
준 희　(어두운)

씬 45.　카페 공사장 전경.

준희, 공사장 안으로 들어간다. 화난 얼굴이다.

씬 46.　텅 빈 실내(공사 덜 됐다).

한쪽 창가에 성우, 준희, 나무 박스 위에 앉아 마주 보고 있다.

준희　(원망 섞인 눈빛으로 성우 보는, 화난, 가라앉은) 내가 그렇게 아무것도 아니었어요? 아직도 자신해요? 끝낼 수 있다고, 별거 아니라고, 아직도 자신하는 거예요?!

성우　(외면) 소리치지 마.

준희　왜 그런 생각을 했는지 들어야겠어요.

성우　(외면) 나이가 너무 많다는 생각을 했어, 너랑 놀기에는.

준희　(무섭게 노려보며) 나랑... 놀았어요?

성우　(외면) 갑자기 너랑 이렇게 만난다는 게 아무런 의미가 없어졌어. 끝이 보이는 길은 가는 게 아냐. 끝이 뻔한데 모르는 척 갈 수만은 없는 일이잖아.

준희　(조금 화난 듯한) 끝이 보여요? 그 끝이 어때요? 난 안 보이니까 얘기 좀 해줘요, 끝이 어떤지.

성우　(준희 보지 않고) 난 아무리 생각해도 너랑 악연인 거 같애. 좋은 인연이 아닌 거 같아. 좋은 인연이라면 이렇게 꼬여서 만나지는 않았을 거야. 니가 유부남인 채, 내가 나이 든 채. (잠시) 좋은 인연이라고 생각하고 싶어. 그래서 고민했어. 좋은 인연을 어떻게 만들까. (준희 보며) 그래서 결론 내린 거야. 좋게 헤어지는 것도 좋은 인연이 되겠구나.

준희　그건 선배 마음이 아니에요.

성우　....

준희　내 눈 보고 얘기해봐요. 내가 아무것도 아닌지, 헤어질 수 있는지 내 눈 보고 얘기해요.

성우　(차마 못 보고 고개 돌린다)

준희　(성우 얼굴 자기 쪽으로 돌리고) 난 선배 보고 얘기할 수 있어요. 헤어질 수 없다고. 언제까지 거짓말할 거예요. 아니라고, 헤어질 수 있다고, 언제까지 거짓말할 거냐구요. 인생에서 한 번쯤 욕심껏, 마음 가는 대로 그렇게 살 수 없어요? (눈물 그렁해) 나랑... 정말 놀았어요?

성우　(준희 보고, 이 앙다물며) 끝이 보인다고 했지. 얘기해줄까?

준희　.......

성우　너 부인이랑 잠자리 안 해? 하지. 그러다 아이 가지면 아이 낳을 거지. 그땐 어쩔래? 바람도 적당히 피는 거야. 너 이혼하기 겁나지? 나도 너 이혼시키기 겁나. 가정 파탄시킨 여자란 소리 듣기 싫어. 이건 뻔한 놀음이야.

준 희　(눈가 붉어져, 성우 보다) 좋아요. 선배는 많은 사랑을 해봤으니까, 많은 경험 중에 어떤 하나를 선택해서 그렇게 될 것이다, 결론 내릴 수 있어요. 그런데 난 아니에요. 처음이에요. 그래서 그 끝을 몰라요. 그 끝이 어떤지 가봐야겠어요. 시작은 선배가 했는지 모르지만 끝은 내가 낼 거예요. 나만이 이 사랑을 끝낼 수 있어요.

성 우　(준희, 보고) !

씬 47. 동진이네 편의점 밖.

은수, 창가 쪽 의자에 앉아 멍하니 앞을 보고 있고,
동진, 음료수 두 개를 가져와, 옆자리에 앉는 게 보인다.

씬 48. 편의점 안.

동진, 은수, 앉아 얘기하고 있다.

은 수　(동진 보는)

동 진　세미가… 없어졌어.

은 수　없, 어져?

동 진　(답답한, 음료 마시며) 아니. 도망갔어. 그래 도망갔어.

은 수　니가 도망가게 한 건 아니구?

동 진　(자기 비하조로) 난 아무래도 속물인가 봐. 차라리 잘됐다 싶어.

은 수　우리 언니 프랑스에서 현지인하고 사는 거 알지? 언니는 강의 나가고 형부는 거기서 중장비 트럭 운전해. 그 사람들한테는 학벌이나 가진 거 문제 안 돼. 그 사람들한테 문제가 되는 건 사랑뿐이야.

동 진　외국, 얘기야. 그리고 걜 사랑하지 않아.

은 수　너하고, 준희는 도대체, 정말, 어느 정도가 사랑이니?

동진 (서글프게 웃고) 준희 씨랑은 괜찮니?

은수 (무심히, 차 마시며) 안 괜찮아. 토요일 날 준희 외박했다.

동진 ?

은수 (창밖 보며, 서글픈 웃음 띠고) 그날 그 여자랑 같이 있었을까?

동진 연애할 때도, 같이 살면서도 힘들 때면 무작정 그렇게 떠났다가 생각 정리시키고 온다면서. 머리가 복잡하니까, 바람 좀 쐰 거겠지.

은수 (생각하는 눈빛, 서글픈 웃음) 일요일엔 나도 그렇게 생각했었지. 그런데 아닐지도 모른다는 생각이 들었어. (생각하며) 사자가 사냥을 할 때 말야. 주로 암컷이 하게 수컷이 하게?

동진 (보면)

은수 (동진 안 보고, 생각하며) 암컷이 한다, 왠 줄 알어? 암컷은 직감이 있기 때문에 먹이가 어디서 오는지 수컷보다 빨리 알어. 난 암컷이야. (서글프게 웃으며, 강하게) 냄새가 난다, 아주 묘한 냄새가 나.

씬 49. 준희 집 전경(밤).

씬 50. 준희네 침실.

은수, 천천히 장롱 문을 하나하나 열어 준희의 옷을 하나씩 만진다. 은수, 준희 바지를 들고, 주머니를 뒤진다. 처음 주머니엔 아무것도 없다. 다른 주머니를 뒤져본다. 뭔가 잡힌다. 꺼내보면 고속도로 통행 영수증이다. 은수, 생각한다.

인서트 - 회상.

은수, 집 주차장으로(11부) 차 몰고 오는데, 준희 차 주차해 있는 것 본다.

현실.

은수, 기분이 이상하다. 다시 주머니를 뒤지면, 무언가 집힌다. 꺼내보면 라이터다. 은수, 그걸 보면, 콘도 이름과 전화번호가 적혀 있다.

씬 51. 준희네 거실.

은수, 전화하고 있다. (긴장감 있게)

은수　네. 지갑이요. 지갑을 두고 온 거 같아요.

콘도　(E) 몇 호실에서 묵으셨습니까?

은수　제가 기억이 잘 안 나는데....

콘도　(E) 체크인 하실 때 어느 분 성함으로 하셨습니까?

은수　서준희 씨요. (가만히 기다린다. 정적이 감돈다)

콘도　(잠시 후, E) 405호실에 묵으셨군요. 근데 물품 두고 가신 건 없는데요. (하는데, 상대편에서 여직원 '전화 좀 바꿔줘요.' 하는 소리 들리고, 수화기 낚아채 말한다)

콘도　(E, 여자) 사모님이세요? 침대 밑에서 스카프를 발견했는데 저희가 연락을 못 드렸습니다. 죄송합니다. 바로 보내드릴게요.

은수　(긴장하는) 스카프요? 그날 스카프는 안 했던 거 같은데.... 405호실 서준희 씨 방에서 나온 거 맞나요?

콘도　(E) 그날 스카프 하고 오셨잖아요. 제가 예뻐서 눈여겨봤었는데.

은수　!

그때, 초인종 소리 나고,
은수, 문 쪽 돌아보고.

씬 52. 준희의 침실.

준희(샤워한), 잠옷으로 갈아입고 있다.

씬 53. 주방.

은수, 생각 많은 얼굴로 소파에 앉아 있다.
준희, 방에서 나오다, 은수 보고는, 무심히 주방으로 가서는 물을 마신다.

은수 (준희 보며) 무슨 샤워를 그렇게 오래 해?
준희 (물 마시는)
은수 나랑, 얘기 좀 할래?
준희 (본다)

씬 54. 거실.

소파에 은수, 준희 나란히 앉아 있다.
은수, 준희를 관찰하듯 앉아 있고,
준희, 캔 맥주 마시고 있다.

은수 (준희를 계속 관찰하는) 맥주 맛있어?
준희 (고개 끄덕이고 맥주 마시는)
은수 오늘은 빨리 들어왔네. 성우 선배 안 만났니?
준희 (가만히 있는다)
은수 묻잖아.
준희 말하기가 싫다. 너한테는 많이 미안한데 별로 얘길 하고 싶지가 않아.
은수 (피식 웃음이 다 난다, 눈가 그렁해지는, 긴장감 놓지 말 것) 얘기하기가 싫어? 이젠 거짓말도 하기가 싫어? 넌 뭐가 그렇게 당당하니?
준희 (가만) ....
은수 너 토요일 날 집에 안 들어왔지?
준희 (눈 감고 답답하게 있다)
은수 (준희를 물끄러미 보다가 이 앙다물며) 나 없는 틈에 둘이 있으니까 좋디?
준희 (가만)

은수　(가만히 부른다) 준희야.

준희　(보면)

은수　(준희의 뺨을 힘껏 때린다)

준희　(맞은 채 그대로 있는다)

은수　둘이 같이 잤니?

준희　(눈가 그렁해 외면하면)

은수　(눈가 그렁해 이 앙다물고, 울지 말 것, 풀어지지 말 것) 자지는 말랬지, 내가. 제발 자지는 말라고, 바람피워도 좋으니까, 연애해도 좋으니까 자지만 말라고 부탁했었지. (비아냥조, 독하게) 나... 애 못 낳는다고 그 여자한테 얘기했니?

은수, 부릅뜬 눈에서 눈물 주룩 흐르고, 입술 떨리는 데서, 엔딩.

13부

우리가 서로 좋아한다고 생각되던
그 순간부터... 넌, 웃지 않아.
힘들어서지?
넌 나한테 그런 모습 들키지 말았어야 했어.
니가 힘들어하는데, 내가 어떻게 욕심을 내.

씬 1. 준희네 집 전경(밤).

씬 2. 준희네 거실.

12부 엔딩 씬에서 이어지는.

준희 (눈을 감고 맘 아프게 앉아 있다)

은수 (눈물 닦으며, 맘 아픈) 내가 지치길 기다리는 거야? 그래서 말하지 않는 거니? 두 사람 다 나한테 너무한다고 생각하지 않어?

준희 널 속일 마음은.. 없었어. 다치게 할 마음도. 다만....

은수 다만 뭐, 나하고 감정 끝났으니까 헤어지자구? (버럭) 니가 뭔데 사랑을 끝내!

준희 (담배 피운다)

은수 다시 한 번 말할게. 이혼 못 해줘. 세상이 그래. 결혼한 사람한테는 기득권이 있어. 나는 내 우선권, 기득권 모두 다 행사할 거야. 그 여자한테 이렇게 널 빼앗기지는 않을 거야.

준희 (가라앉은) 은수야.

은수 아무도 다치게 하고 싶지 않다고? 니네 둘은 안 다치겠지. 서로 좋아하는데

튼튼한 우방이 되겠지. 하지만 넌 날 다치게 했어, 날 너무 아프게 했어. 그래도 이혼은 안 돼. 난 하루도 널 떠나선 살 수 없으니까. (잠시) 살 수 있을 줄 알았어. 니가 날 떠났는데, 내가 널 못 떠날 이유가 없다고 생각했어. 근데 아니더라. 널 떠나선 갈 곳이 없어. (흐르는 눈물 닦으며) 나 토요일 날 집에 돌아왔어. 그날 한숨도 못 잤어. 그 시간에, 넌 그 여자랑 잤겠지.... 재미있었을 거야.

준 희　(은수를 아프게 보는)

은 수　어디까지 갔는지는 모르겠지만 끝까지 갔어도 괜찮아. 하룻밤이 무슨 대수야, 나랑은 천 날도 더 잤는데. 그러고도 헤어지잔 소리가 나오는데. 이 정도로 이혼해줄 거라고 생각했다면 오산이야, 이 정도로 내가 널 포기할 거라고 생각했다면 정말 오산이야. 더 참을 수 있어. (소파에서 일어나 강아지한테로 간다) 개야, 이리 와, 엄마한테 와. (강아지 안고, 문 쾅 여닫고 방으로 들어간다)

준 희　(맘 아프고)

씬 3. 방 안.

은수, 문 뒤에 기대 서서히 주저앉는다, 울음소리 들리지 않게 하기 위해, 이를 앙다물었지만, 신음 소리처럼 배어 나온다. 은수, 이를 앙다물고 흐느껴 울고.

씬 4. 거실.

준희, 소파에 두 손을 모아 잡고 입으로 깨물면서 눈 부릅뜨고 있는데 눈물 주룩 흐른다. 마음이 아프다.

씬 5. 성우네 베란다.

성우, 커피 마시며 생각하고 있다.

인서트 - 회상.

12부 씬 21 끝부분.

준희　(E) 더 이상 애쓰지 말아요. 이미 성우 선배도 나도, 은수조차도 우리들 마음대로 되는 건 없어요. 그냥 버려둬요, 어디까지 가나.

성우　(준희, 염려스럽게 본다) !

씬 6. 편의점 안.

동진, 굳은 얼굴로 전화 받고 있다.

동진　지금 뭐라 그랬어, 장어야, 장어야!

씬 7. 공중전화 부스 안.

장어, 부스 벽에 기대, 울며, 악에 받쳐 전화하고 있다.

장어　약 샀대요..... 많이 먹으면 죽는... 약 샀대, 나 두구 죽으려구, 약 샀대! 다 형 때문이야! 형 때문이야! (하며, 전화기 팽개치고, 주저앉아 우는)

동진　(E) 장어야! 장어야!

씬 8. 편의점 안 + 편의점 밖.

동진, '장어야, 장어야.' 하고 부르다가는 전화기 거칠게 놓고, 윗옷 입는다.

점 원　형, 왜 그래?

동 진　아버님 찾으시면 취재 때문에 나갔다 그래! (하고는 서둘러 밖으로 뛰어나가, 도로 쪽으로 가서는) 택시!

씬 9. 강남역 지하도 앞 + 지하도 안.

동진, 택시에서 내려 서둘러 지하도 안으로 뛰어 들어간다. 그리고는 사방을 두리번거리며 장어를 찾는다. 어디에도 장어는 없다. 동진, 건너편으로 가려고, 뛰어가다가 뭔가 이상해, 뒤돌면 한쪽에 장어, 널브러져 기진맥진해 앉아 있다.

장 어　(고개 숙이고, 앉아 있는, O. L)

동 진　(다가와, 장어 어깨 잡으며 걱정스런) 장어야.....

장 어　(눈물로 범벅이 돼, 고개 든다)

동 진　(맘 아픈) 장어야....

장 어　(애써 웃으려 하지만, 눈가 그렁해) 세미가... 죽어, 형....

동 진　!

씬 10. 약국 앞.

장어, 허탈한 모습이다. 기진맥진해 널브러져 앉아 있다.

동 진　(E) 몇 병이나 사 갔어요?

씬 11. 약국 안.

동 진　(약사 노려보며) 몇 병이나 사 갔어요?

약 사　(짜증나는) 이 사람이, 어디 와서 행패야, 행패가, 당신이 기자면 다야! 내가 약을 팔든 말든 당신이 무슨 상관이야, 엉!

동진 환각제로 사용해서 많이 먹으면 죽을 수 있다는 거 알아요, 몰라요?

약사 감기약으로 판 거뿐이라잖아?!

동진 그래? (옆에 있는 전화기 잡아당겨 전화 건다) 약물단속반 장 반장님 부탁드립니다.

약사 (놀라 동진을 본다)

동진 예, 장 반장님이십니까? 접니다, 이 기잡니다. 환각제 유통 건으로 전화했습니다. 장부 없이, 개인한테 대량 판매를 했습니다. 사 간 사람들 명단도, 물론 알죠.

그때, 놀라, 약사, '이 사람이.' 하며 전화를 끊어버린다.

동진 (약사 무섭게 노려보며) 언제 왔었어. (소리치며) 몇 시에 여기 왔었어?!

씬 12. 약국 앞.

유리창 안의 약사, 답답한 얼굴로 탁자를 탕 치며 난감해하며 서 있고,
동진, 씩씩대며 나와서.

동진 (장어 툭 치고) 가자. (성큼성큼 걸어가는)

장어, 동진 뒤를 쫓아가고.

씬 13. 길거리 공중전화 안.

동진, 전화 걸고 있다.

동진 강남역 사거리, 극장 방면 뒷골목 쪽입니다. 상습이에요. 환각제로 쓰이는 화학약품까지 불법으로 취급하고 있습니다. 네. 낼 청으로 들어가겠습니다. 조

사해주십시오.

전화 끊고, 밖으로 나온다.

씬 14. 공중전화 앞.

장어, 한쪽에 기대 길가를 바라보고 있다.
동진, 장어 쪽으로 가서 말 거는.

동 진　(장어 보며) 잘 데 있어?
장 어　날 따뜻하니까 아무 데서나 자면 돼요.
동 진　(지갑에서 돈 꺼내어 센다. 얼마 되지 않는다, 카드까지 꺼내어 준다) 여관에서 자. 비밀번호 없어두 쓰는 거야. 갈게, 연락해라.
장 어　(받으며) 내 말대로 아무 데도 없지요? 약두 사구... 진짜, 없어졌죠?
동 진　(답답한) 엄마한테 간 거 아닐까?
장 어　합숙소 갔었는데, 안 왔대요. 걔 엄마도 없어요.
동 진　....
장 어　형, 내가 귀찮게 해서 기분 나쁘지?
동 진　아니.
장 어　난 내가 주접스러운 거 알어요, 세미도. 하지만 난 그 말을 믿어요. 얻어먹을 수 있는 힘만 주신 것도 주님의 은총이다.
동 진　(가만히)
장 어　근데요, 사랑은 구걸이 안 되겠죠? 구걸한다고 사랑해주지는 않겠죠?
동 진　(답답한 얼굴이다)
장 어　세미는 그걸 알고 간 걸 거예요.
동 진　(장어의 얼굴 잡아 눈을 보며) 용기 잃지 말어. 찾을 수 있을 거야.
장 어　알아요. 걘 돌아올 거예요. 나 때문이 아니고, 형 때문에. 나 가요. (하고, 돌아서서 걸어가고)
동 진　(그런 장어 보며, 답답한 얼굴로 뒤돌아서 걸어간다)

씬 15. 정류장.

동진, 세미 생각하며 서 있다.

씬 16. 성우네 전경, 아침.

씬 17. 성우의 방.

성우, 장롱 열고 옷가지 챙겨 출근 준비를 한다. 그때, 문 열리고 성우 돌아보면,
영희, 힘없이 침대맡에 앉는다.

성우 (영희 보고) 엄마, 얼굴이 왜 그렇게 푸석푸석해, 어디 안 좋아요?
영희 (안 보고) 패드 하나 줘. 약국에서 큰 거 달랬더니 애들 쓰는 손바닥만 한 걸 줬어.
성우 (무심하게, 입가에 웃음 번진, 옷 보며) 엄마는 건강한가 봐. 아직도 달거릴 하고....
영희 있어, 없어?
성우 (옷 입으며, 아무 생각 없이) 엄마, 솔직히 말해, 작은 거 산 게 아니라, 엄마 돈 아낄라고, 내 거 쓰는 거지?
영희 (화낸다, 일어나) 싫으면 말어. (하고, 문 쾅 닫고 나간다)
성우 ?

씬 18. 영희의 방.

영희, 돋보기 쓰고, 책을 본다. 노크 소리 나고,
성우, 출근복 차림으로 조심스레 들어와, 영희 옆에 무릎 꿇고 앉으며.

성우 엄마, 농담이었는데, 화났어요?

영희 (책만 보며) 안 났어.

성우 (가방에서 패드 꺼내 옆에 놔주며, 눈치 살피며) 출근할게요. 무슨 일인지 모르지만 화 푸세요. 갈게요. (나간다)

영희 (답답하다, 책을 집어던지고, 자신에게 화난) 염병할 누무, 거... 이제 승질까지 별나지네. 출근하는 애한테, 웬 쏘가지야, 도대체! (서러운)

씬 19. 거실.

영희, 전화 받고 있다.

여자 (E) 강의를 3일 동안이나 안 나오셨네요. 결석 세 번 이상이면 자동으로 제적되거든요. 오늘은 나오실 거죠?

영희 (무뚝뚝하게) 안 나가요.

여자 (E) 네?

영희 제적시켜요.

여자 (E) 저, 그렇게 되면, 등록된 수강료는 돌려드리지 않는데요?

영희 그딴 돈 필요 없어요. (하고, 끊는다, 허탈한)

씬 20. 신문사 공원 벤치.

선주, 유란 앉아 있다. 선주, 껌 씹으며 얘기한다.

유란 넌 아무 소리도 하지 마. 내가 다 말할 테니까, 제발 입 꽉 다물고 있어. 자신 없으면 집에 가든가.

선주 (딴청 하며) 아유, 불쌍한 기집애. 걔두 잘난 척만 했지, 인생을 몰라. 사람이 젊을 때 있으면 늙는 게 당연하지. (유란 보며) 나 5년 전만 해도 너처럼 날씬했다. 폐경 맞고 살 디룩디룩 찌고, 그때 니들 나 비웃었지? 방구석에 앉아 밥만 처먹냐고. 사람 속 모르고 긁었지, 니들. 이제 모르긴 몰라도 영희 걔 지금보다 더 망가질 거다. 난 낙천적이니까 살찌는 걸로 때우지만 걘 아냐. 더 말라서 금세 이마에 검버섯이 뭉실뭉실 피고.

유란 (말꼬리 자르며, 어이없다) 넌 지금 그러길 바라고 하는 소리니, 아니면 걱정돼서 하는 소리니?

선주 반반이지.

유란 으이그.

선주 (웃다가, 갑자기 벌떡 일어나 손 흔들며) 오빠!

시간 경과.

선주, 캔 커피 뽑아 들고 온다.
현철, 답답하게 담배 피우며 앉아 있다.
유란, 현철을 걱정스럽게 보고 있다.
선주, 캔 커피 나눠주고 앉아 캔 따며.

선주 신경 쓰지 말아요. 여자들 빽하면 만난다, 안 만난다 그러는 게 장기니까.

유란 (선주 눈치 보고)

선주 난 사람들 마음이 별다르다고 생각 안 해요. 다 내 맘 같으려니 생각하지. 그렇다면 영희는 요즘 같은 때 이런 생각이 들 거예요. 오빠가 와줬으면 좋겠다. 안 와주면 열 받지.

현철 저도 한 번 가기는 했습니다. 근데 워낙 단호해서 말을 못 하겠더라구요.

유란 이런 부탁드리는 게 저희가 할 도리는 아닌 줄 알지만 영희가 너무 힘들어하는 거 같아서요, 보고 있을 수만은 없었어요. 어찌 보면 주 선생님이 저희보다 가깝다는 생각이 드네요. 어릴 때부터 보셨다니까.

선주 우리보다 더 친하다는 건 말이 안 되지, 얘. (현철 보며) 여자한텐 남자가 약이다 그런 의도죠, 우린. 가실 거예요, 안 가실 거예요?

현철 생각 좀 해보겠습니다. 상대방 마음도 모르고 제가 자꾸 다가서는 게 부담스러울 수도 있고. 말씀해주셔서 고맙습니다. 저 좀 바빠서, 회사가 뒤숭숭하거든요. 이만 가보겠습니다. (하고 일어나 간다)

유란 조심히 가세요. (하고, 선주에게) 선생님두 마음이 안 좋으신가 보다. 둘이 잘

돼으면 좋겠는데....

선 주　유란아. 난 두 사람 안 될 거 같다. 만 원씩 걸고 내기해도 좋아. 난 저 오빠랑 나랑 될 거 같애.

유 란　뭐?

선 주　일단 등치가 우린 맞지 않니? 빵빵해가지고. 영희하고 주 선생님은 뭐랄까, 땅콩하고 찐빵처럼, 언바란스하잖니?

유 란　그걸 제정신으로 하는 말이니?

선 주　(힘 빠지는 듯) 내가 제정신이겠니? 이 좋은 날, 허벅지나 찌르며 사는 주제에.... 가자. 우리 며느릿감이나 볼란다. (갑자기 웃으며) 야, 야, 나 요즘 우리 며느릿감 잡는 재미로 산다. 시어머니 노릇 할 만하드라, 얘.

유 란　(심란한) 너, 증말 제정신은 아니다. (가고)

선 주　유란아, 같이 가. (따라가고)

씬 21. 현철의 사무실.

책상에 앉아 담배 피우며 생각하고 있다.

유 란　(E) 선생님이 영희한테 힘이 되어주실 수 있을 거예요. 무척 약해져 있어요. 도와주셨으면 좋겠어요.

현철, 주머니에서 쪽지를 하나 꺼낸다.

유 란　(E) 영희 딸 성우 전화번호예요. 성우랑 의논을 해보세요.

현철, 전화한다. 신호음이 가면.

영 희　(E) 여보세요?

현 철　나다. 현철이...

영 희　(E) 왜 걸었어, 아직도 할 얘기가 남았어?

현 철　만나서 밥 먹자. 딸내미도 불러. 셋이 같이 만나자.

영희　(E) 우리 딸 바빠. 나도 무릎이 시어서 나가기 싫고. (하고, 툭 끊는다)

현철　(답답하다. 그때 노크 소리 나고 여사원 서류 들고 들어온다) 무슨 일이야?

사원　(조심스럽다) 정리해고 명단 나왔어요.

현철　! (어두운, 조심스레) 내 이름 있냐?

사원　없는데요, 내일 또 발표한대요.

현철　놔두고 나가라. (사원 나가고 한숨 쉬는)

씬 22. 성우 전시실 전경.

하숙　(E) 사표 얘긴 다시 꺼내지 마.

씬 23. 전시실 안.

성우, 하숙, 얘기하고 있다.

성우　(답답하게 하숙 보는)

하숙　끝난 얘기야. 두 번 다시 얘기하지 마. 정 쉬고 싶으면 휴가 가.

성우　그렇게 언니 마음대로 결정 내리지 마. 내가 말 쉽게 하는 사람이야? 고민 많이 했다고 했잖아. 다시 검토해.

하숙　검토할 거 없어. 니가 나더러 생각하랬지? 그래서 생각했어. 안 했으면 니 맘대로 해라, 그랬을 거야. 생각해서 결론 내린 거야.

성우　(단호하게) 여기 있기 싫어.

하숙　투정 부리지 마. 부산 민 실장이랑 통화했다. 너 오는 거 달갑지 않다더라.

성우　(착잡한)

하숙　너 가면, 니 맘대로 그쪽 일 좌지우지할 텐데, 그 사람이라고 좋을 거 같애?

성우　(작게 한숨 쉬고) 민 실장한테 내가 말할게. 나, 그 사람 위에 군림하자는 거, 아니야. 가두 밑으로 갈 거야.

하숙　(단호한) 얘가 몇 번을 말해!

성우　(안타까운)

하숙　(일어나며) 나, 박스 회사 간다. 주성우, 나가고 싶으면, 분명한 이유를 대. 피곤해서, 쉬고 싶다는 둥 그런 시답잖은 말 말고, 내가 보기 싫다든가 하는 분명한 이유, 알았어? (나가고)

성우　(답답하고)

씬 24. 비상구 계단.

성우, 생각 많은 얼굴로 계단 올라가다, 느낌이 이상해 올려다보면,
준희, 계단 위에 서 있다.
성우, 그냥 스쳐 지나가려 하면,
준희, 성우의 팔을 잡는다,
성우, 준희 보지 않고 외면하는데 답답하다.

시간 경과.

두 사람 계단에 나란히 앉아 있다.

성우　(안 보고) ... 난 너랑 이 이상은 아무런 기대도, 희망도 없어. 사람이란 참 단순해서, 앞으로 나갈 희망이나 기대가 없어지면 금방 지쳐. 목표가 없는데, 힘들게 가서 뭐 하나 하는 생각이 드는 거지. 우리는 올 만큼 온 거야. 첨 만나 좋은 느낌 받고, 설레고, 사랑하고, 입 맞추고, 지금까지.... 그 다음엔. (준희 보며) 넌 이혼하지 않을 거야. 우리 아버지처럼.

준희　내가, 이혼하면요.

성우　(서글프게 웃는) 다른 사람들도 처음엔 다 너처럼 말해.

준희　(조금 화난, 가라앉은) 다른 사람들 얘기 그만 할 수 없어요?

성우　(서글프게 준희 보는)

준희　난 서준희지, 박정민도 이 교수도 선배가 만났던 그 누구도 아니에요.

성우　(준희 보는, 눈가가 그렁하다, 서글프게) 준희야.

준희　......

성우　넌 왜 날 보고 웃질 않니?

준희　?

성우　(안 보고, 서글프게 웃으며) 넌 웃음이 많은 사람이야. 크게 웃진 않았지만, 입가에 언제나 작은 웃음이 떠나질 않았어. 지금도 기억이 나, 니가 니 부인을 보면서 환하게 웃던.... (쓰다, 사이) ... 우리가 서로 좋아한다고 생각되던 그 순간부터... 넌, 웃지 않아. (준희 보며) 힘들어서 (그렇)지?

준희　(외면하는)

성우　(서운한, 서글픈) 넌 나한테 그런 모습 들키지 말았어야 했어. 니가 힘들어하는데, 내가 어떻게 욕심을 내. (일어나 뒤돌아 간다)

준희　(맘 아프고)

씬 25. 복도.

현주, 재석, 사무실에서 나와 걸어온다.
재석, 나와서 기분 좋아서는 현주의 손을 잡으려 한다.
현주, 짜증스레 손 빼며.

현주　그만 만져, 닳어.

재석　난 니가 넘 좋다. 그렇게 꼬시는데도 안 넘어오는 니가 지조 있어 보여서 넘 좋아.

현주　맛이 가두 한참 갔어, 이 남자 증말.

하는데, 비상구 쪽에서 문소리 난다.
현주, 재석 멈춰 서면, 성우 걸어오고 있다.

재석　실장님 씨 어디 갔다 와요?

성우, 그 말 듣지 않고 사무실로 걸어 들어간다.

재석　(현주에게) 왜 저래, 운 것 같다.

현주　?

재석　운 거 같은데....

이때 다시 문소리 난다.
재석, 현주 보면 준희 고개 숙이고 걸어오고 있다. 두 사람을 스쳐 지나간다.
두 사람 그런 준희, 눈으로 쫓는다.
준희, 사무실로 들어가고.

재석　야, 둘이 왜 저기서 나오냐?
현주　아이구, 남 일에 신경 그만 써. 전시실에서 사장님 기다리셔.

하고는 재석 등 밀고, 간다.
현주, 그러다, 문득 이상하단 생각 들어, 다시 뒤돌아보고.

씬 26. 작업실 안.

은수, 작업복 차림으로 전화하고 있다.

은수　내 얘기 그만하고 언니 얘기하자, 형부는 어때?
언니　(E, 가라앉은) 니 얘기해.
은수　(짐짓 대수롭지 않게) 다 했어. 남자들 다 그렇잖아. 준희도 어쩔 수 없나봐. 걔라고 별다르겠어. 똑같은 남자지.
언니　(E) 너 파리 올래?
은수　여권은 준비시켜놨는데....
언니　(E) 아주 여기 와서 살란 말야. 나도 준희 씨 성격 잘 알어. 쉽게 돌아설 사람이 아냐. 여기 사람들이 이혼하고도 친구가 될 수 있는 이유가 뭔지 아니? 싸우지 않고 간단명료하게 헤어지기 때문이야. 두 사람 사이 더 나빠지기 전에 결론 빨리 내려.
은수　(눈가 그렁한) 끝낼 거면 벌써 끝냈어. 자꾸 그렇게 말하면 언니한테 전화 안 할지도 몰라.
언니　(E) 니가 잘못될까 봐 하는 소리야.

은수　내가 잘못되는 건 준희랑 헤어지는 거야. 준희랑 헤어지지 않으면 난 잘못될 거 하나도 없어. 전화 끊어.

언니　(E) 은수야, 은수야....

하는데, 은수 전화 끊는다. 은수, 눈물 닦아내고, 답답해져 손에 잡히는 거 아무거나 집어던진다, 그래도 답답함은 여전하다.

씬 27. 병원 약국 창구 + 대기석.

창구에서 동진, 약 받는다.

창구　두 달 칩니다.

동진　고맙습니다.

하고, 약 받고 대기석으로 간다.
장어, 얼굴에 핏기 없이 앉아 있다.
동진, 장어 옆에 앉아 밝은 목소리로.

동진　두 달 치야. 당분간은 괜찮을 거야. 월급 타면 더 사줄게.

장어　(동진이 주는 약을 받아 가만히 본다. 그러다 약 하나를 뜯는다)

동진　물 줄까?

장어　없어도 먹을 수 있어요.

동진　물이랑 먹는 게 좋아, 가져올게. (하고, 일어나려 하면)

장어　(잡으며) 물이 없는 곳에서도 약을 먹을 수 있기 때문에 이렇게도 먹어봐야 해요. 나중에 감호소 같은 데 가면 물 안 줘요. (먹고)

동진　(장어 보다가 고개 돌려 세미 생각한다)

씬 28. 화장터 실내, 몽타주성.

세미, 복도에 널브러져 앉아 있다. 오랫동안 많이 운, 지친 얼굴이다. 옆에서 '아이구, 아이구.' 하는 곡소리 들린다. 세미, 힘들고 넋 나간 모습으로 비틀비틀 일어나 분향소 있는 곳으로 간다. 텅 빈 분향소에 엄마 사진 걸려 있다. 세미, 분향소 안에서 불타는 화구 보다, 눈가에 눈물이 주룩 흐른다.

씬 29. 번화한 거리(강남역으로 가는 거리), 몽타주성.

세미, 뼛가루 상자를 목에 걸고 비틀거리며 걸어간다. 사람들이 쳐다봐도 아무런 상관이 없다. 세미 옆으로 동진의 차(장어도 같이 타고 있는) 비껴 지나가는데 서로 보지 못한다.

씬 30. 강남역 앞, 몽타주성.

동진의 차 멈춰 선다.
장어, 내려 역 앞에 쭈그려 앉는다.
동진, 차에서 내려 장어 보다가 장어 옆에 서서 담배를 피운다. 카메라, 둘을 보여주고 계단 밑으로 따라 내려가면 꺾어지는 길목에 세미, 상자 들고 앉아 있다.

씬 31. 역 앞, 몽타주성.

동진, 장어 보여준다.

씬 32. 지하도 안.

앉아 있는 세미, 지나가다, 이상한 눈으로 세미를 보며 스쳐 지나가는 사람들.

씬 33. 은수의 갤러리 전경.

씬 34. 갤러리 안.

은수, 서류 보고 있다.
인정, 퇴근 준비 차림으로 와서는.

인정 선생님, 저 선호 들렀다 그냥 가도 되죠?
은수 (편하게) 그래. (그리고는 밖에 있는 남자 가리키며) 누구야?
인정 제 남자 친구요.
은수 동진이, 끝난 거야?
인정 난 나 싫다는 남자 나도 싫어요.
은수 편리하다. 그게 그렇게 맘대로 되니?
인정 신세대는 다 그래요.
은수 난 구닥다리라 이해가 안 간다. (어이없다는 듯 인정을 보며) 가.
인정 갈게요. (나가고)

은수, 서류 보다 뭔가 드는 생각이 있다, 은수, 맘을 먹었는지, 심호흡하고, 전화기를 들어, 전화를 한다. 신호 가고, 떨어지면.

하숙 (E) 네, 이매지 김하숙입니다.
은수 (말을 못 하겠다) .....

씬 35. 하숙의 사무실.

하숙, 서류 보며 전화 받고 있다.

하 숙　여보세요? 말씀을 하세요.

은 수　(E, 어렵게) 안녕하세요, 저, 은수예요.

하 숙　? ... 어머, 은수 씨, 어쩐 일이야, 반가워요.

은 수　(E) 저, 오늘 저한테 시간 좀 내주실 수 있어요?

하 숙　오늘?

씬 36. 은수의 갤러리 안.

은 수　그쪽에 갈 일이 있는데, 뵀으면 싶은데, 상의드릴 것도 있고.....

하 숙　(E) 상의? 그래, 합시다. 어디서 만날까? (장난) 준희 씬 일하는 중이라 같이 갈 수 없을 텐데.... 퇴근 전에 마무리할 게 있거든.

은 수　아뇨. 사장님만 뵀으면 좋겠는데.... 주 실장님 일로 그러는데.....

씬 37. 하숙의 사무실.

하 숙　주 실장? (웃으며) 왜 그럴까, 둘이 거래하면서 나 모르는 문제가 있나, 좋아요. 보자구. (사이) 그래, 거기서, 다섯 시 반, 오케이, 네, 그때 봅시다. (하고, 끊고, 이상하고)

씬 38. 은수의 갤러리.

은수, 서서 창가 보며, 생각하는, 조금은 불안하다.

씬 39. 성우의 사무실 안 + 복도.

모두, 일하는 분위기다. 열린, 문틈으로 하숙, 성우하고 준희를 보다가 뭔가 있나 싶은 얼굴이다, 문 닫고 가고.

씬 40. 카페, 전경.

하숙, 커피를 마시고 있다, 생각이 많은 얼굴이다.
은수, 그때 카페로 들어서고.

씬 41. 카페.

은수, 하숙, 커피를 마시고 있다.

하 숙 준희 씨가 주 실장 때문에 힘들대?

은 수 (어렵게 말 꺼내는) 언니처럼, 언니라고 생각하고 말씀드리고 싶어요. 건방지게 생각하지 말아주셨으면 좋겠어요.

하 숙 물론. (떠보듯) 일로 둘이 싸웠대?

은 수 그게.....

하 숙 (말꼬리 끊으며, 다 안다는 듯, 답답한) 뭔 일이 있긴 있었구만. 그래서 주 실장이 사퓨 썼구만, 그래.

은 수 ?!

하 숙 주 실장 지금 사표 내놓고, 수리해달라고 난리야. 개두 입이 무거워서 말을 안해 몰랐지, 서준희 씨랑 싸웠구만.

은 수 (도대체 뭔가 싶다, 차 마시는)

하 숙 은수 씨, 회사 일이란 게 그래. 남들이 만나서, 내 맘처럼 움직이는 게 그게 쉽지 않아. 주 실장, 책임자로서 남자 사원들 이끌려면, 못된 성질..... 그거 욕할 수만은 없는 거야. 은수 씨가 준희 씨 좀 달래주면 안 되나?

은 수 ......

하 숙 나, 오래 못 있어요. 은수 씨 말, 충분히 알았으니까, 준희 씨 좀 도와줄게. 그리고 은수 씨도 이왕 나온 김에 준희 씨랑 데이트하면서, 주 실장 편에 서서 얘기 좀 해줘요. 주 실장도, 서준희 씨도 나한테 다 필요한 사람들이야. 흩어지게 하고 싶지 않아. 퇴근할 때 됐으니까 내가 전화해줄게.

은 수　(난감한) 아니에요.

하 숙　(애 야단치듯) 으른이 그러라면 그러는 거야. (하고, 휴대폰으로 전화하는)

은 수　(이게 아닌데 싶다)

씬 42. 성우의 사무실.

성우, 전화 받고 있다.

성 우　(어색한 웃음) 네, 어머니께 말씀 많이 들었어요.

현 철　(E, 웃음 띤) 어떻게 말해요? 나쁘게 말해요?

성 우　전혀요.

현 철　(E) 일단 만납시다, 만나서 저녁 먹고, 얘기합시다.

성 우　네.

씬 43. 카페.

하숙, 전화 끊으며, 혼잣말.

하 숙　왜 이리 통화 중이야. (차 마시며) 좀 있다 다시 해보자구.

은 수　(난감해서 차 마시고)

씬 44. 성우의 사무실.

성 우　그럼 거기서 뵙겠습니다. 네.

전화 끊고, 느낌 이상해 고개 들면, 준희 서 있다.

성 우　왜 아직 안 갔어?

준 희　애기해요.
성 우　약속 있어. (하고는, 가방 챙긴다)

그때, 전화 오고.

성 우　(가방 챙기며, 무심히) 전화 좀 받아줘.

준희, 마지못해 전화 받고,

준 희　여보세요?

성우, 그 사이에 가방 들고 사무실 나가고,
준희, 그런 성우 보고.

씬 45. 카페.

준희(화난 듯한), 은수 앉아 있고, 하숙 일어나며.

하 숙　(준희에게 웃으며) 주 실장 성질 별난 거, 준희 씨가 이해해라. 한 살이라도 어린 사람이 참어.
준 희　......
은 수　(준희 보고)
하 숙　계산은 내가 하고 할게.
은 수　(일어나며) 그냥 가세요.
하 숙　(은수, 어깨 잡아 앉히며) 앉아 있어요. (계산대로 가고)
준 희　(은수 보며, 화난) 너, 무슨 짓 한 거야?

씬 46. 카페 밖.

하숙, 차 문을 여는데, 누군가 툭 친다, 뒤돌아보면, 현주다.

하 숙　아우, 놀래라.
현 주　(웃으며) 여기서 뭐 하세요, 아까 퇴근하시는 거 같더니?
하 숙　넌?
현 주　전시실에 있다, 작품 받고.. 김 대리님, (손으로 길 건너편 가리키며) 저기서 친구 만나 술 마신다고 해서, 가는 길이에요. 사장님은요?
하 숙　(무심히) 서준희 씨, 부인 좀 만났어. (하며, 턱으로 카페 안을 가리킨다)
현 주　(카페 안, 보고, 심란한 표정 짓고, 하숙에게) 사장님, 서준희 씨랑, 실장님이랑요...
하 숙　?
현 주　(아차 싶어 얼버무리며) 아, 아니에요.
하 숙　(이상하다, 단호한) 뭔 말이야?
현 주　(걱정스런) 두 사람, 낮에, 운 거 같더라구요. 걱정돼요.
하 숙　? (다시 카페 안 보고, 현주에게) 가라.
현 주　네. (인사하고 가고)
하 숙　(찜찜한 얼굴로 차에 타서는, 시동 걸고 차 몰아 가고, 어두운)

씬 47. 카페 안.

은 수　(찻잔 내려놓고, 준희 보며, 서글픈 비웃음) 겁나니?
준 희　(무섭게, 가라앉은) 무슨 말했어?
은 수　넌 니가 비겁한 거 알아? 감히 두려워서 내 앞에선, 날 떠난다고, 그 여잘 사랑한다고 말 못 하고, 기껏 그 여자한테만 찾아가, 귓속말로 어쩌구저쩌구. 단언하는데, 니들은 만나는 동안 내내 그렇게밖엔 못 할 거야, 아무한테도 말 못 하고, 인정받지 못하고 니들끼리만....
준 희　(화가 나, 외면한다)
은 수　피하는 거니?
준 희　(은수 바로 보며) 아니. 난 지금껏 널 한 번도 피한 적 없어. 다만, 고민하는 거야. 난 니가 싫어져서 성우 선밸 만난 게 아니야, 하지만, 이러면, 니가 싫어질 수도 있어.

은 수　(눈물 그렁해지는, 여전히 서글픈 비웃음 도는) 협박치곤 대단하다. 미안한데, 난 널 잡을 수만 있다면, 어떤 짓도 할 수 있어. 하숙 선배한테 무슨 말했냐구? 너랑 주 실장이랑 바람났다구 했어.

준 희　!

은 수　(서글픈 비웃음) 놀랬니? 다음번에, 이럴까 해. 성우, 그 여자 만나, 머리채를.

순간, 준희, 은수의 빰을 친다.
은수, 눈 감는다. 마음이 한없이 가라앉는다.

준 희　(창가로 고갤 돌리고, 있는데 눈가가 붉다)

은 수　(천천히 눈 떠, 준희를 본다, 화나지 않는다)

준 희　(맘 아프다, 어렵게) 니가, 이렇게 된 게 내 잘못인 줄은 알어. 하지만, 이러는 건 아니야. (맘 아픈, 그렁해) 니가 미워질까... 두렵다. (일어나며) 길진이 만나고 갈게. (나간다)

은 수　(눈물 주룩 흐르고, 닦아내고, 차 마신다, 어쩌다 여기까지 왔나 싶다, 건조한)

씬 48. 레스토랑, 밤.

현철, 앉아 있다. 그때 종업원, '손님 중에 주현철 씨.' 하는 소리 들린다. 현철, 고개 돌리면, 계산대 옆에 성우 서 있다.

씬 49. 성우 집 베란다.

영희, 걸레로 꽃잎 닦아주고 있다.

씬 50. 레스토랑.

현철, 성우, 차 마신다.

현철　(어색하게 웃으며) 말하기가 면죽스럽네. 난, 성우, 성우 씨 봤어요.

성우　(어색하게 웃으며, 보면)

현철　갓난쟁이일 때 어머니가 친정에 데려온 적이 있어요. 그때 봤어요. 어릴 적 모습이 남아 있네.

성우　(약간 웃으며) 그래요?

현철　어머니가 나 만난 거 기분 나빠요?

성우　아니에요. 저, 그리고 말씀 놓으세요.

현철　그럴까?

성우　(엄마 생각하는) 참, 죄송한데, 몰랐어요, 어머니가 안 좋으신지. 그냥 기분이 안 좋으시구나 그렇게만 알았어요.

현철　자식들이 그렇더라구. 나도 우리 부모한테 그랬고 내 자식들도 나한테 그래.

성우　.....

현철　(한숨 쉬고, 결심하고) 오늘 내가 만나자 그런 건, 어머니한테 프러포즈했다가 거절당했는데, 부모도 늙으면 자식에게 기대더라고, 어머니한테는 보호자가 성울 거라는 생각이 들어서, 원조 좀 받을라고.... (웃으며) 미안, 내가 원체는 터프한데, 오늘 좀 버벅대네.

성우　(작게 웃는)

현철　나이 이만큼 먹어서 누구를 사랑한다는 거 쉽지는 않아. 사실, 누가 정확하게 콕 찔러서 그 사람하고 사랑하며 평생 살 자신 있냐, 그러면, 대답 못 해. 다만 의지가 되고 싶다, 나는 성우 엄마한테, 성우 엄마는 나한테. 그렇게는 말할 수가 있겠지.

성우　(아주 어렵게) 네. (마음이 아프다)

현철　부모란 말이야, 자식한테 약해진 모습을 보이고 싶지가 않아. 엄마 우는 거 본 적 있어?

성우　아니요.

현철　나도 내 자식들 앞에서 약한 모습 보인 적이 없어. 그런데 살다 보니까 울고 싶을 때가 있더라구. 마누라 있을 땐 많이 울었어. 영원한 우방 아냐, 내 약점을 잡아 혼내지를 않지.

성우 (조심스럽게) 자녀분들한테는 말씀하셨어요?

현철 우리 자식들은 애저녁부터 진심인지는 모르지만 나보고 재혼하라 그랬어. 지들도 버거웠겠지. 걔들을 위해서도 난 엄마랑 살고 싶어.

성우 주 선생님이 (웃는데, 눈가 붉다) 좋아요.

씬 51. 레스토랑 앞.

성우 차 앞에 두 사람 서 있다.

성우 제가 바래다드릴게요.

현철 차가 있으면 내가 성우를 바래다주고 싶은데 (자기 다리 가리키며) 두발자전 거뿐이네.

성우 (웃음)

현철 가요. 옆에 바로 버스 있어. 난 어린 사람 운전하는 거, 못 미더워, 안 타.

성우 그럼, 조심해 가세요.

현철 그럽시다. (하고 간다)

성우 (가는 현철 보는)

씬 52. 성우의 차 안.

성우, 운전해 간다. 눈가 그렁하다, 서글픈 웃음 진, 엄마 생각한다.

성우 (혼잣말) 주성우... 엄마까지 보내고 너 혼자, 이제 어떻게 살래? ....

씬 53. 미술학원 전경.

씬 54. 학원 교실, 텅 빈.

이젤 널려 있는,
길진(작업하다 만 차림), 준희, 앉아 얘기하고 있다.

준 희　개업했다 소리 듣고, 한 번 와보고는 싶었는데, 늦었다. 미안하다.
길 진　(쓰다) 유학까지 하고 와서 기껏, 학원 선생이라니, 내 꼴 우습지?
준 희　(쓴웃음) 아니.
길 진　(걱정) 넌 손, 재수술 안 받냐?
준 희　(쓰다) 안 돼.
길 진　(안된 맘 든다) 참, 너 재영이한테 연락 받았냐? 너 찾던데?
준 희　날? 그놈 뉴욕 있잖아. 조교 생활한다며, 왔어?
길 진　그게 아니라, 그쪽에서 페인팅 쪽 조교를 찾나 봐. 니 의향 묻는다고 전화 왔더라. 너, 손 그래도 페인팅은 할 수 있잖아. 나야, 밥 먹을라고 한국 나왔지만, 넌 아니잖아. 부인 능력도 있고, 갈 맘 없니? 재영이가 너 너무 아깝다고, 같이 아틀리에 쓰면서 작업했으면 좋겠다고 하던데.... 조교 하면서, 공부도 더 하고...
준 희　! (작심한 듯한) 재영이 전화번호 있니?

씬 55. 빵집 안.

성우, 빵을 구경하고 있다.

주 인　무슨 빵을 찾으세요?
성 우　(웃음) 엄마가 좋아하는 빵이요.
주 인　?
성 우　(빵을 고른다)

씬 56. 영희의 집, 거실.

영희, 주방에서 설거지를 하는데 초인종 소리 나, '성우니.' 하고 문을 열면, 현철, 꽃 한 다발(장미, 신문지에 둘둘 만)을 들고 불쑥 들어온다.

영 희　(놀라, 뒤로 주춤하고) !

현 철　(현관에만 들어서서, 꽃다발을 영희에게 떠넘기듯 주며) 받어라.

영 희　(받으며, 놀란 가슴이 진정이 안 된) 어, 어쩐 일이야?

현 철　그 꽃 이쁘지?

영 희　(얼결에, 꽃 보는) ?

현 철　오늘, 니 딸 만났다. 우리 둘이 얘기 끝냈다. 넌 몸만 오면 된다. 안 올 생각 마. 니 딸이 너, 나 준댔어.

영 희　뭐, 뭐?

현 철　니 딸두 곧 올 거야. 내가, 그 전에 너 만날려고, 총알 타고 왔어, 나 가봐야 돼, 나오지 마라. 다음엔 차 먹고, 밥 먹고, 그러고 갈 거니까, 이렇게 가는 거 너무 서운해 말고. 간다. (하고, 나간다)

영 희　(이게 무슨 일인가 싶다) !

씬 57. 성우의 아파트 앞.

성우의 차, 멈춰 서고 성우(빵 봉지 들고) 내려, 뒤돌아서면 준희 서 있다.

성 우　!

씬 58. 공원 벤치.

성우, 준희 나란히 앉아 있다.

준 희　(어렵게 얘기하는, 고개 숙이고) 세 시간 기다렸어요.

성 우　(외면하고) 서른 시간을 기다렸어도 내 대답은 똑같애.

준 희　(성우의 손잡는다) 이러지 말아요.

성우　(이 앙다물고 외면한다)

준희　나 봐요.

성우　……

준희　봐요, 제발.

성우　(이 앙다물고 준희 보는)

준희　(가만히 보다가 어렵게) 지금부터 내가 하는 말은 입에서 나오는 게 아니에요. 아주 많이 생각하고, 더는 생각할 수 없어서, 하는 말이에요.

성우　?

준희　성우 선밸… 사랑해요. (음악 흐르는)

성우　(준희 보다가, 눈물 그렁해져, 고개 숙이는)

준희　(단호하게) 나 봐요.

성우　(안 보는)

준희　(자기 손으로 성우 얼굴 돌려) 내 말 들었어요? 다시 말해봐요, 나한테서 갈 수 있다고.

성우　(눈물 주룩 흐르면 고개 돌린다)

준희　말할 수 없죠. 그런데 왜 그랬어요, 그러면서 왜 그렇게 자신 있게 얘기했어요.

성우　(울면서 준희 본다)

준희　(성우 보고 있다)

성우　(울며) 준희야, 나 어떡하니?

준희　(보면)

성우　(입술 떨리는) 이 욕심을 어떡하니.

준희　(눈가 그렁해, 마음 아프게) 말해요.

성우　(숨 크게 들이켜고, 토해내듯) 너랑… 살고 싶어.

하고, 차마 더는 말 못 하고, 고개 트는 데서, 엔딩.

세상 모든 상처받은 사람,
외롭고 소외된 이들에게 건네는 격려와 위로!

노희경 첫 에세이!

노희경 감성 폭발 에세이

지금 사랑하지 않는 자, 모두 유죄

상처 받은 당신에게, 그리움 많은 당신에게,
미련 잦은 그대에게 보내는 참으로 뜨거운 위로!

"사랑에 배신은 없다.
더 사랑했다 한들 한 계절 두 계절이고,
일찍 변했다 한들 평생에 견주면 찰나일 뿐이다.
모두 과정이었다. 그러므로 다 괜찮다."

노희경 마지막 대사집!

노희경이 전하는 사랑과 희망의 언어

겨울 가면 봄이 오듯 사랑은 또 온다

노희경 드라마 작가 데뷔 20주년 기념
22편의 드라마와 책에서 뽑은 명대사·명문장 200!

"역시 언제 읽어도 마음이 뭉클해지고,
늘 위로를 받습니다." _toallee
"이 대사를 읽으며 엄마를 이해하게 되었고,
엄마를 위로하고 안아주고 싶어졌어요." _므찐맘
"지금 제가 딱 그 마음!
작가님에게 응원 받은 것 같아요." _kj5296

드라마보다 재미있는 노희경
소설에서만 맛볼 수 있는 인물들의 심리 묘

15만 부 돌파!

노희경이 엄마에게

세상에서 가

자궁암으로 일찍 돌
서른의 노희경이 울미

"내가 그녀를 사랑했
목숨처럼 사랑했다는
지금까지 하루도 거트
그녀로 인해 울음 운
제발 몰라라, 제발 몰

힐링 러브 스토리!

노희경 화제의 원작 소

괜찮아 사랑이

조금 '특별한' 커플의 성
세상에서 가장 아름다운

살면서 반드시 사랑해나
나를 찾아 떠나는 주인공
한여름 소낙비처럼 가슴
휴먼 러브 스토리!

'보는 드
미방송
오리지

14부

이젠 포기하는 게 더 힘들어졌어요.

울지 마요. 아주 빨리 결정을 내릴 거예요.

그게 모두에게 최선의 방법인 줄 아니까.

울지 마요. 약해지지 마요.

씬 1. 성우 아파트 벤치.

13부 엔딩 씬에서 이어지는,
성우, 준희, 벤치에 앉아 있다. 성우, 눈가 그렁해, 외면하고 있다. 도대체 무슨 말을 한 건지, 자기 자신도 모르겠다. 마음만 아프다.
준희, 고개 숙이고 잠시 있다가, 눈가 붉어져 성우 보며.

준희 성우 선배.
성우 (안 보고) 말해.
준희 미안해요.
성우 ?
준희 (성우 못 보고) 언제나 내가 하고 싶었던 말들을, 선배에게 하게 한 것 같아요. 사랑한다는 말도, 살고 싶다는 말도 내가 먼저 했어야 했는데.
성우 .....
준희 용기가 없어서는 아니었어요. 다만, 내가 지고 있는 짐이 너무 무거워서... 알죠?
성우 (눈가 그렁해 고개 끄덕인다) 알아. 내가 어이없는 사람이란 것도... (눈물이 복받친다, 참으며) 사람들은 그럴 거야, 나이 든 여자가 어린 사람 꼬드겨, 일이 이 지경이 됐다고.... 나두 알아, 말도 안 되는 소린 거, 연하에 유부남, 그의 부인까지 알면서... 잘난 것도 없는 상처만 수두룩한 여자가... 너한테 날 어떻게 해달라는 게 아냐. 그냥 말 안 하고 있으면, 가슴이 터져버릴 것만 같아서... 그래서.

준희　(맘 아프게, 성우 보며) 사랑해요.

성우　(울며, 고개 끄덕이며) 알아. 나두, 너 많이 사랑해. 하지만, 내 욕심에 지쳐서 돌아오지 않아도, 정말 괜찮아. 니가 힘들면, 난 그게 더 힘드니까, 포기해도 돼.

준희　(성우를 보다, 성우의 머리를 안는다)

성우　(눈물 참으며, 허물어지지 않으려 이 앙다물고 있고)

준희　(울지 않으려 눈 부릅뜨며, 천천히 말하는) 이젠 포기하는 게 더 힘들어졌어요. 울지 마요. 아주 빨리 결정 내릴 거예요. 그게 모두에게 최선의 방법인 줄 아니까, 울지 마요. 약해지지 마요. (무언가, 다짐하는 눈빛)

씬 2. 성우의 아파트 엘리베이터 앞.

준희, 성우(고개 숙인), 엘리베이터 앞에 서 있다. 준희, 엘리베이터 버튼 누르고, 성우 보며, 맘 아프지만 따뜻하게.

준희　인사해야죠.

성우　(고개 못 들고) 눈 부었어, 그냥 가.

그때, 엘리베이터 문 열리고,
성우, 그 안으로 들어가, 층수를 누른다.
준희, 그런 성우를 보고 있다.
문 닫히려 하고, 준희, 돌아서려 할 때,
성우, 버튼 눌러 문 열고.

성우　(작게, 떨리는) 준희야!

준희　(성우 돌아보면)

성우　(눈가 그렁한, 무슨 말을 해야 할지 모르겠다) .. 잘 가.

준희 (맘 아프게 웃으며) 쉬세요.
성우 (애써 웃으며, 작게 고개 끄덕이고)

엘리베이터 문 닫히고,
준희, 돌아서서 현관 빠져나와 아파트 앞으로 나간다.

씬 3. 주차장.

준희, 자기 차로 가서는 차 문 열고, 차에 타, 시동 걸고, 간다. 맘 아파, 이를 앙다물었다.
카메라, 가는 준희의 차, 보여주고, 현관 앞으로 이동하면,
성우, 눈가 그렁해 준희 가는 모습을 안타깝게 보고 있다.

씬 4. 달리는 준희의 차.

씬 5. 준희의 차 안.

준희, 눈가 그렁해, 이 앙다물고 운전해 간다.

씬 6. 준희의 집, 거실.

은수(평상복 차림), 소파에 쪼그려 앉아 길진이의 전화 받고 있다.

은수 (가슴이 철렁한) 뉴, 욕, 이요?
길진 (E) 거기 가면 은수 씨 힘든 건 아는데, 준희 생각해요. 환쟁이는 배를 곯아도 그림을 그려야지, 월급쟁이 못 해요. 전혀 이해 못 하는 건 아니죠?
은수 언제, 가는데요?

길 진　(E) 일단 재영이하고 연락이 돼야죠. 참, 준희가 아까 재영이 전화번호 물었는데 못 갈쳐줬거든요. 지금 부를 테니까, 좀 적어주세요.

은 수　(서글프다, 자기도 모르게 무슨 일을 꾸미나 싶다) ......

씬 7. 빌라 복도.

준희, 걸어온다.

씬 8. 거실 + 현관.

준희, 들어서서 뭔가 이상해, 거실 쪽을 본다.
은수, 소파에 멍하니 앉아 있다.
준희, 본 척도 않고, 방으로 들어간다. 준희, 그런 은수 보고.

씬 9. 침실.

은수(잠옷 차림), 화장대 의자에 앉아 로션을 바르고 있다.
준희(퇴근복 차림 그대로), 침대에 고개 숙이고 생각하며 앉아 있다.
은수, 거울로 준희 보며, 무심히 말하는.

은 수　(O. L) 뉴욕 가?

준 희　(은수 보는)

은 수　길진 씨, 전화 왔어. 나 몰래 무슨 일 벌려?

준 희　(말 않는) .....

은 수　(서운한, 거울로 준희 보는)

준 희　내일 저녁, 갤러리로 갈게. 만나서, 할 애기 있어.

은 수　(관찰하듯) 무슨 애긴데, 지금 해. 연애하느라 바쁘신 분이 거기까지 왜 와.

준 희　만나서 같이 저녁 먹자. (말하고 일어나 나가려 문 열면)

은수　어디 가?
준희　서재에서 잘게. (하고 나간다)
은수　(갑자기, 눈가가 붉어진다, 해도 너무한다 싶다, 분노 가득한)

씬 10. 침실 문 밖.

준희, 문 닫고 나오는데, 문에 로션이 부딪혀 박살 나는 소리가 들린다.

은수　(E, 화난) 너, 뭐 하는 거야, 지금!
준희　(그 소리 듣고 서 있다, 맘 아프지만 서재로 간다)

씬 11. 서재 안, 어두운.

준희, 문 잠그고 들어와 앉는다.

은수　(문고리 열려 하며, E) 문 열어, 비겁하게 숨지 말고, 문 열어!
준희　(맘 아프다)

씬 12. 서재 앞.

은수, 한 손으로 문고리 잡고, 한 손으로 문을 두드리며 소리치는.

은수　(눈가 그렁해 화나, 소리치는) 뉴욕에 가?! 날 만났던 곳에서 그 여자랑 살림을 차려? 니가 지금 나한테 무슨 짓을 저지르는 줄, 알어! 니가 나한테 어떻게 이럴 수가 있어! 문 열어, 나쁜 자식아!

씬 13. 서재 안.

준희, 굳은 듯한 자세로 미동도 않고 앉았다. 문 두드리는 소리.

씬 14. 서재 앞.

은수, 기진맥진한 채 방문에 머리를 기대서 있다가, 뒤돌아, 방문에 기대 주저앉는다. 눈에서 눈물 한 줄기 주룩 흐른다.

은수 (혼잣말처럼) 준희야..... 이게 뭐야, 우리가 어떻게... 이게 뭐야... 이럴 바엔, 헤어지자.... 이게 뭐니, 이게 뭐니....

씬 15. 여관 앞.

장어, 여관 건물 벽에 기대 허탈한 모습으로 서 있다.
잠시 후, 동진, 여관에서 나와 장어 앞에 가 선다.

동진 들어가 자라. 돈 계산했어.
장어 (보지 않고) 지하철역에서 자고 싶어요.
동진 너 몸 안 좋아. 내가 가서 있을게. 세미 만나면, 너 여기 있다고 말해줄게. 아니 데리고 올게. 내 말 들어.
장어 .....
동진 (안된 맘 든다, 어깨 한 번 쳐주고) 들어가 자라. (하고 돌아서 가는데)
장어 형!
동진 (돌아보고)
장어 내가 세미 좋아하면서 왜 좋아한다고 말 못 하는지 알아요?
동진 (보면)
장어 나는 걔한테 희망을 줄 수 없기 때문이에요. 근데 형은 희망을 줄 수 있는데 왜 좋아한다는 말을 안 해요? 가진 거 많은 사람들은 다 그래요? 세상은 나빠요. 있는 사람들은 있는 사람들끼리만 놀려 그래, 그러니까 세상이 이렇게

나빠지는 거예요. (하고는 들어간다)

동 진　(들어가는 장어 보며 답답하고)

씬 16. 거리.

동진, 생각하며 걸어가고 있다.

인서트 - 12부 씬 39에서, 현철과 있었던 일.

동 진　내가 걜 좋아하는지 싫어하는지조차도 모르겠어요.

현 철　내가 알려줘?

동 진　(보면)

현 철　너, 그 아가씨 만났을 때 집에 빨리 가고 싶냐? 걔 손잡고 싶냐?

동 진　(가만)

현 철　말 못 하네. 그럼 사랑하는 거야.

현실.

동진, 서서 담배를 피워 문다.

인서트 - 12부 씬 48, 은수와 있었던 일.

동 진　(자기 비하조로) 난 아무래도 속물인가 봐. 차라리 잘됐다 싶어.

은 수　우리 언니 프랑스에서 현지인하고 사는 거 알지? 언니는 강의 나가고 형부는 거기서 중장비 트럭 운전해. 그 사람들한테는 학벌이나 가진 거 문제 안 돼. 그 사람들한테 문제가 되는 건 사랑뿐이야.

동 진　외국, 얘기야. 그리고 걜 사랑하지 않아.

은 수　너하고, 준희는 도대체, 정말, 어느 정도가 사랑이니?

현실.

동진, 답답한 얼굴로 가로수에 기대 생각하고 있다.
그러다, 한숨 쉬고, 도로 쪽을 보고 '택시.' 하고 부른다.
택시, 서고, 동진, 택시에 탄다.

씬 17. 택시 안.

동진, 기사에게 말하는.

동 진 서대문이요.
기 사 네. (하며, 가고)
동 진 (의자에 기대, 창문 너머 힐끗 생각 없이 보고 눈 감으려다가 갑자기 눈을 번쩍 뜨고, 뒤돌아본다)

씬 18. 도로(느린 화면).

세미, 뼛가루 상자를 들고, 사람들 사이를 걸어간다.
카메라, 돌아가면, 택시 뒤창으로 동진, 놀라 쳐다보고 있는 모습 보인다.

씬 19. 택시 안.

동진, 기사에게 다급한 목소리로.

동 진 차 좀 세워주세요.
기 사 ?
동 진 어서요!

씬 20. 도로.

택시 멈춰 서고, 동진 뛰쳐나와, 사람들 사이에 세미 있는 곳으로 뛰어간다. 세미와 가까워지면, 가는 세미의 어깨를 돌려세운다. 세미, 눈가 그렁해 동진을 보고.

씬 21. 고수부지.

동진, 세미와 조금 떨어진 계단에 앉아 담배 피우고 있다.
세미, 물가 난간에 앉아 뼛가루를 뿌리고 있다. 아무 생각 없다. 강물에 뼛가루가 떠내려간다. 세미, 떠내려가는 뼛가루를 보다가 눈물이 그렁하다. 잠시 외면하고 앉아 있다가, 일어나, 다시 뼛가루를 보다가 그렁한 눈에, 이를 앙다물고 상자를 발로 차 강물에 빠뜨린다.

동 진 (담배 피우다) !

세미, 울며 성큼성큼 동진 있는 곳, 반대편으로 걸어간다.
동진, 뛰어와 세미를 돌려세우며.

동 진 세미야.....
세 미 (뿌리치며, 버럭) 놔! (다시 가려 하고)
동 진 (세미를 뒤에서 안으며) 이러지 마.
세 미 (몸부림치며) 놔!

시간 경과.

동진과, 세미, 계단에 나란히 앉아 있다.

세 미 (눈가 그렁한, 동진 안 보고) 내가 찾아간 날, 목을 맸대요.
동 진 .....

세 미　아주 나쁜 엄마예요. (서글프게 웃는) 내가 얼마나 자길 보고 싶어했는데.... (눈물 나는) 내가 얼마나 보기 싫었으면.....

동 진　(세미를 안타깝게 본다)

세 미　(눈물 닦고, 짐짓 아무렇지도 않게) 나는 왜 이렇게 사람들한테 나쁜 짓만 하는지 모르겠어요. 내가 엄말 안 찾았으면, 안 죽었겠죠. (다시 서글퍼진다) 이 세상 아무도 날 사랑하지 않아요, 엄만 날 사랑할 줄 알았는데.... (눈물 주룩 흐르는) 엄말 안아주려고 다시 갔었어요. 지난번에 엄마라고 못 불러서, 미안해서....

동 진　(안타까운) 세미야.....

세 미　(울며) 한 번만이라도 안아보고 싶었는데, 사랑한다는 말은 못 들어도 그리웠다는 말은 듣고 싶었는데, 아저씨, 죽고 싶어요. 죽으면 아무것도 못 느끼겠죠. 아무것도, 아무것도.....

동 진　(눈가 그렁해, 세미를 안는다)

세 미　놔요! 이런 동정 필요 없어요.

동 진　(세미를 더 세게 안는다) 동정 아니야.

세 미　놔요.

동 진　(더욱 세게 안으며) 아니, 아니. (두 손으로 세미의 얼굴 잡고 눈물 그렁해) 널 사랑한다.

세 미　(동진을 본다)

동 진　(세미를 다시 안는다) 널 사랑한다. (세미를 다시 보며, 입 맞추는)

입 맞추는 두 사람.

씬 22. 성우네 거실.

성우, 영희, 탁자에 앉아 있다.
영희, 성우가 사온 빵을 만지작거리고 있다.

성 우　(영희 하는 양을 보다가) 맛없어요?

영 희　(입에 넣으며) 맛, 있어. (빵을 입에 넣고)

성우 (영희 못 보고) 아저씨... 좋더라.

영희 (성우를 본다)

성우 마음에 들어요.

영희 맘에 들긴... 멧돼지처럼 생겼지.

성우 (맘 아픈 것, 참고) 난, 두 분 합쳤으면 좋겠더라.

영희 (본다)

성우 빵 사 오면서 생각했는데, 엄마, 아저씨랑 사는 모습, 자연스럽게 그려지는 거 있지. 아주 보기 좋게 살 거 같애.

영희 그런 말 마. 친구로 그냥 보자는 거지... 아저씨가 뭔 소릴 했는진 몰라도, 엄마는 너랑 살 거야.

성우 (눈가 그렁하지만, 애써 웃으며) 난 엄마랑 안 살 건데?

영희 (보면)

성우 (외면하며, 눈물 참으려 해도, 잘 되지 않는다) 엄마, 기분이 되게 이상해. 딸 보내는 엄마 마음이 이럴까, 서운하고 그렇다. (웃으려 하지만, 안 된다)

영희 (성우 보다, 외면하며, 맘 아픈) 그... 아저씨랑 엄마가 만약에, 이건 정말 만약인데, 만약에 살게 되더라도, 성우야, 그건 엄마 마음 반, 그리구 반은 성우, 너 때문이야.

성우 (보면)

영희 너, 커서 줄곧, 엄마... 니 결혼식장에 누가 니 손 잡고 들어갈까, 그런 생각했어. 삼촌도 없고, 친척이라곤 나이 칠순 가까운 이모부 하난데, 그 양반 요즘 풍기가 있어서 다리도 저는데... 엄마는....

성우 (눈가 그렁해, 웃으려 하며) 엄마, 내가 그 아저씨 손잡고 들어가면 되잖아. 그렇게 해줘라. 그렇게 멋있는 아버지가 있다고 생각하면 자랑스러울 텐데.

영희 (눈물 닦고, 눈물 안 보이려 일어나며) 자, 쓸데없이, 내가 애야? 니가 허락했대도 내가, 아니면 아닌 거야. 늦었어. 자. (하고 들어가버린다)

성우 (고개 돌리고, 눈물 닦고)

씬 23. 영희의 방.

영희, 휴지로 코 풀고, 문가 쪽 보며 혼잣말.

영 희　저걸 두고 내가 어딜 간다구. 다 큰 척해도 아직 앤데.... (맘 아프게 고개 틀고)

씬 24. 거실.

성우, 괜스레 빵 조각을 뜯으며, 맘 아프다. 맘 아프게 고개 틀고. (F. O)

씬 25. 준희네 집 전경, 아침.

씬 26. 주방.

식탁에 토스트와 계란 프라이, 우유 놓여 있다.
은수, 포크를 놓다가, 문득 느낌이 이상해 주방 입구 쪽 보면,
준희(출근 차림으로), 서 있다.

준 희　.... 나 출근해.
은 수　(외면하고 할 일 하면서) 그 여자 만나러 가는 거겠지.
준 희　(답답한 얼굴로 외면하고)
은 수　(무심히) 빵 먹고 가.
준 희　그냥 갈래.
은 수　(고개 들어 준희 보며) 그래? 그럼, 먹지 마. (하고는 손으로 식탁 위를 훑어, 차려놓은 음식들 바닥에 밀어 떨어뜨려버리고는 준희를 스쳐 지나가, 침실방으로 들어가버린다)
준 희　(그런 은수 본다, 맘 아프다)

씬 27. 주차장.

준희, 차 문 열다, 자기 집 올려다보며, 눈물 그렁해.

준 희　(E) 은수야, 용서해.

준희, 차 타고, 가고.

씬 28. 거실.

은수, 소파에 앉아 생각한다.

언 니　(E) 은수야, 이혼해. 준희, 안 돌아와. 한번 깨진 거울은 다시 붙여도 금이 가. 마음 독하게 먹어.

은수, 이 앙다물고, 전화한다. 통화 가고 상대 전화 받으면.

은 수　거기 XX 산부인과죠?
병 원　(E) 예, 맞습니다.
은 수　수술 받으려고 하는데 오늘 가면 받을 수 있나요?

씬 29. 신문사.

동진, 기사 쓰고 앉아 있다. 그때 전화 온다.

동 진　여보세요?
세 미　(E) 세미예요.
동 진　(미소 지으며) 잘 잤니?
세 미　(E) 신문사 앞이에요.
동 진　(시계 들여다보며) 시간 잘 맞춰 왔네.

씬 30. 신문사 공원 벤치.

장어, 벤치 탁자 위에 김밥이며, 음료를 잔뜩 늘어놓고 있다.

장 어 (기분이 좋다, 먹을 걸 꺼내놓으며) 많이 샀죠. 왜냐면 내가 많이 먹으니까...

동 진 (장어가 하는 양, 보다가, 세미 보며) 누구랑 또 놀았니?

세 미 ?

장 어 (그 말에 놀라) 세미가 안 그랬어요. 그치, 세미야. 내가, 내가 형들한테 그냥 돈 조금 달라고 했어요, 정말이에요. 난 거짓말은 안 해요, 알죠, 형?

동 진 (답답한 기분 든다) 니네들 먹는 거 얼마 안 해. 돈 필요하면 나한테 말해.

세 미 (기분이 상한다)

동 진 (그런 세미 눈치 채고, 미안하고, 짐짓 밝게 웃으며) 내일 바다 보러 갈래? 출장 가는데, 같이 갔으면 좋겠다.

세 미 생각해보구요.

동 진 (고백하듯 세미의 본명을 부른다) 여자야.

세 미 (고개 들어, 동진 보는)

동 진 (세미, 여자로 보는 진지한) 같이 가구 싶어.

세 미 !

씬 31. 신문사 앞.

동진, 세미, 장어 서 있다.

동 진 (따뜻하게) 나 일하러 들어가야 돼. 가봐.

세 미 가서, 우리 자고 와요?

동 진 응.

장 어 (눈치 보며) 나도, 가요?

동 진 (웃으며) 물론이지. 형, 들어간다, 여자 잘 데리고 가. (하고, 들어가고)

세미　(뒤돌아, 걸어가고)

장어　(걸어가며) 세미야, 형이 너 진짜 좋아하나 봐. 막 웃지, 그치? 너보고 여자라고 진짜 이름 부르지? 나보고, 자기가 형이래지? 그치?

세미　그래. (가다가 동진 들어간 신문사 쪽 한 번 돌아본다)

씬 32. 신문사 로비.

동진, 들어가는 길이다. 그때, 동료 뛰어와 '큰일 났어.' 한다.

동진　사건 났어?

동료　(턱으로 게시판 쪽 가리킨다)

게시판 앞, 사람들이 웅성웅성한다.

동진　왜 그래?

동료　주 위원님 이번에 걸렸어. 지금 이사실에서 난리 났어.

동진　!

씬 33. 이사장실.

이사장, 난감한 얼굴로 자리에 앉아, 외면하고 있고,
현철, 소리치고 있다,
비서들, 양쪽에서 현철의 팔을 잡고 '이러지 마세요.' 하며 늘어진다.

현철　(눈가 붉어져, 소리치는) 뭘, 이러지 말어, 이 새끼들아! (이사에게) 이 신문사가 누구 때문에 이만큼 자리매김했는데, 니들이 나한테 이럴 수 있어! 30년, 내 청춘 다 바쳐서, 신문 같지도 않은 신문, 폼 나게 만들어놨더니, 이제 필요 없으니, 가세요! 쓴물, 단물 다 빨아먹고, 빈껍데기만 남으니까, 가라고?! 니가 사람이야, 이 새끼야!

이사장 .....

비서 1 (현철을 말리며) 참으세요, 나라가 흉흉해서 그런 거지 이사장님이 무슨 잘못이 있습니까?

현 철 나라가 흉흉해? 웃기지 마, 새끼야, 대가리에 똥만 든 놈들. 신문에 신자도 모르는 노무 새끼들! 내가 니들한테 굽신거리지 않고, 정치판 욕이나 하니까, 그거 꼴 보기 싫어서, 자르는 거 내 모를 줄 알고! 회사에 돈이 없어! 니들, 밑구녕 닦을 돈은 있어도, 월급 줄 돈은 없어! 이사장 너 이 새끼! 니 하룻저녁 술값만 아껴도 내 월급은 나와! 알어, 이 개새끼야! 니들이 감히 날 정리해골 시켜!

비서 1 그게 정부가 하라잖습니까?

현 철 (비서, 멱살 잡으며) 이 나라 정부가 니들은 가만 놔두고, 날 자르라디? 노는 놈은 놔두고, 일하는 놈 자르라디? 나 없으면 나라가 잘된다디?! 말해, 이 새끼야! (하며, 비서를 이사장의 책상 쪽으로 집어던진다)

그때, 간부들 문 열고 들어와, 현철을 잡아끌며, '나갑시다.' 하고.

현 철 (소리치고) 놔, 이누무 새끼들아!

간부들, 그 기세에 눌려 주춤하면.

현 철 (이사장에게) 드러워서 간다. 하지만, 이건 알아둬라. 넌, 국민의 입이 아니라, 국민의 똥만도 못한 자식이야. (돌아서서, 간부들 밀치며) 나와, 이 간신배 같은 놈들!

씬 34. 신문사 복도.

현철, 이 앙다물고, 걸어간다.

씬 35. 영희의 집.

영희, 전화 받고 있다.

영 희 (놀라, 가라앉은) 무슨 말이야?
선 주 (E) 글쎄, 선생이 바꼈더라구. 머리가 번쩍번쩍한 사람이 들어오는데 긴장했잖니.
영 희 본론만, 말해.
선 주 (E) 더 말할 게 뭐 있니, 오빠 잘렸다니까, 모가지가 뎅강 했다구.
영 희 !

씬 36. 신문사 로비.

선주, 전화하고 있고,
유란, 그 옆에 말조심하라며 걱정스레 서 있다.

선 주 우리 지금 주 선생 기다리거든, 만나면, 기분 어떤가 알아가지고 다시 전화해줄게. 알았지, 기다려, 끊는다. (하고 끊고)
유 란 (걱정스런, 선주 밉게 보며) 저, 누무 입.. 말마다 밉상이네.
선 주 영희 증말, 팔자 드세지 않니? 남편도 단명을 시키드니, 오빠랑 산다 소리 나오니까, 바로 그 사람도 목이.... (손으로, 목 잘리는 시늉)
유 란 (어처구니가 없다) 난 너랑 다니면서 하루하루가 죄짓는 거 같애. 왜 그러니, 정말. 어떻게 거기다 대고 잘렸단 말을 하니?
선 주 그럼 잘린 목을 붙었다고 하니?

유란, 기가 막힌다. 말하기 싫어, 가는데,
선주, 유란을 붙잡으며.

선 주 (턱으로 앞 가리키면서) 저기 봐, 저기.
유 란 (보면)

현철, 현관으로 나가는 게 보인다. 그 뒤를 동진이 부르며 쫓아 나간다.

동 진　선배님! 선배님!
선 주　오, (빠, 하려는데)
유 란　(선주 입을 틀어막고)

씬 37. 신문사 앞.

현철, 밖으로 나오면,

동 진　선배님! (하고 뛰어와 잡는다)
현 철　(동진 얼굴 보지 않고) 동진아.
동 진　저랑, 술 한잔하고 가세요.
현 철　나, 지금 울고 싶다. 니 앞에서 울기 싫으니까 보내줘라.
동 진　(뭐라 말할 수가 없다, 잡은 팔 놓고)
현 철　(간다)
동 진　(안타깝고)

씬 38. 버스 정류장.

현철, 고개 숙이고 서 있다, 하늘 보고 한숨 쉬는데, 눈가가 그렁하다.

씬 39. 영희의 집, 거실.

영희, 현철을 생각하며 앉아 있다.

현 철　(E, 빼기듯) 나, 능력 있다, 알지? 너 하난 충분히 책임질 수 있어, 앞으로 10 년은 너끈히 돈 벌 수 있다, 정말이야, 나 멋지지 않냐?

영희, 답답하고, 걱정스럽고.

씬 40. 하숙의 사무실.

하숙, 서류 보다 문득, 드는 생각 있다.

인서트 - 13부 씬 41, 카페에서(카페 씬 찍을 때 추가로 찍을 것).

은 수　준희 씨가, 주 실장님 때문에 많이 힘들어해요.

현실.

하숙, 다시 생각하는.

인서트 - 13부 씬 46, 카페 앞에서 현주 만났을 때.

현 주　(카페 안, 보고, 심란한 표정 짓고, 하숙에게) 사장님, 서준희 씨랑, 실장님이랑요...

하 숙　?

현 주　(아차 싶어 얼버무리며) 아, 아니에요.

하 숙　(이상하다, 단호한) 뭔 말이야?

현 주　(걱정스런) 두 사람, 낮에, 운 거 같더라구요. 걱정돼요.

현실.

하 숙　(인터폰 누르고) 주 실장 좀 오라 그래.

시간 경과.

하숙과 성우, 커피를 마시고 있다.

하 숙　어제, 윤희 만나 정민이 소식 들었다. 부인이 임신했다드라.

성 우　(대수롭지 않게) 잘됐네.

하 숙　아무렇지 않니?

성 우　(안 보고, 희미한 웃음) 응.

하 숙　(대견스레 보며) 난 니가 그렇게 명료한 게 맘에 들어. 넌 사람들이 모르는 걸 알고 있어.

성 우　(어이없는, 웃음) 내가?

하 숙　인간은 철저한 망각의 동물이란 거, 넌 그걸 알어, 그리고 실천하지. 대부분의 사람들은 시간이 가면 잊혀지는 일들을, 마치 영원히 못 잊을 것처럼 울고불고 매달려. 넌 안 그래. 끝나면, 끝나는 거고, 잊을 건 잊어. 멋있어.

성 우　(피식 웃으며) 그게 멋있는 거야?

하 숙　(성우, 걱정스레 보며) 성우야.

성 우　(보면)

하 숙　어떤 일이 있어도, 지금처럼 널 버리진 마라. 아무리 큰 상처도 시간 앞에선, 치료돼, 알지?

성 우　이상하네, 오늘따라, 왜 그래?

하 숙　(피하듯, 작게 웃으며) 그냥. (하다가, 옆에 있는 봉투 집어 성우 주며) 이거 받아라.

성 우　?

하 숙　이거, 착한생각, 정은수 씨한테 좀 전해줘라. 지난번에 일한 거 결제 대금이야.

성 우　(외면하며, 어렵게) 나 가기 싫은데 현주 보내면 안 돼?

하 숙　(성우 보며) 니가 직접 전해줬으면 좋겠어. 두말 마, 가.

성 우　(답답하다, 봉투 들고, 일어나 나가려 하면)

하 숙　성우야.

성 우　(돌아보면)

하 숙　길이 아니면, 가질 않는 거지, 그치?

성 우　?

하 숙　(일어나 자리로 가, 서류 보며) 낼 보자. 곧장 들어가.

성우　(나가고)
하숙　(고개 들어, 성우 나간 문 보고, 고개 갸웃하며, 아닌가 싶고)

씬 41. 성우의 사무실.

현주, 재석, 미선 모두 일하고 있다.

성우　(하숙이 준 봉투를 보고 있다가 미선에게) 서준희 씨 어디 갔니?
미선　S갤러리 가신다고 나가셨는데요.
성우　(재석을 보며) 거긴 김 대리가 가기로 한 거 아닌가?
재석　(얼버무리며) 업무량이 너무 많아서.....
현주　김 대리님이 보낸 거 아니에요. 서준희 씨가 가고 싶다고.. 작품도 보고 김 작가도 만난다고.
성우　(생각하다 가방 챙기며) 미선아, 나 S갤러리 갔다가 거래처 들러 바로 퇴근할게. (하면서 나간다)
미선　네.
현주　(성우가 나간 문을 보고)

씬 42. 하숙의 사무실.

하숙, 결재하다가 인터폰으로.

하숙　미선 씨, 주 실장 바꿔줘.
미선　(E) 서준희 씨 만난다고 S갤러리 가셨는데요.
하숙　!

씬 43. S갤러리 전경.

밖에서 보면 준희, 작가와 팸플릿 보며 얘기하고 있다. 얘기가 끝났는지 인사하고, 악수하고 나온다.
준희, 차 쪽으로 걸어가 문 열려 하는데 누군가 어깨를 친다.
돌아보면 성우, 어색하게 웃고 있다.

씬 44. 카페.

성우, 준희, 차 마시고 있다.

준 희　나 보고 싶어서 왔어요?
성 우　(차 마시며 고개 끄덕이며, 작게 웃으며) 응. 오늘 종일 못 봤잖아.
준 희　사무실 들어가서 보면 되잖아요.
성 우　사무실에서 못 봐. 거래처 들렀다가 바로 퇴근할 거야.
준 희　(무심히) 어디 가는데요?
성 우　(어색하다, 눈길 피하며) 너, 몰라도 되는 데.
준 희　저, 어제 친구 만났어요.
성 우　(준희 보면)
준 희　잘하면 미국에 일거리가 있을 거 같아요. 돈벌인 안 되지만, 밥 먹고, 작업할 수 있는 길이 있을 거 같아요.
성 우　?
준 희　외국 나가서 살 수 있어요?
성 우　(마음이 떨린다, 어려운, 준희 못 보고) 나, 너한테 이렇게 욕심내도 되는 거니?
준 희　(성우 맘 알겠다) 이제 그만 생각해요. 좀 웃어봐요. 힘든 거 알지만, 지금 너무 힘들어하면 나중엔 지쳐서 정말 행복해도, 행복한 줄 모르게 돼요. 가끔은 철없이 웃기도 해봐요. 나두 잘 못 웃지만 선배도 참 안 웃어요, 알아요?
성 우　(서글프게 웃는)
준 희　(그런 성우 보며 맘 아프게 웃는)

씬 45. 성우의 차.

성우, 차 안에 타 안전벨트 매고,
준희, 차 밖에서 그런 성우 보고 있다.

준 희　널 봐요.
성 우　(준희 보며) 이제, 도망치지 않을 거야.
준 희　(작은 미소) 도망치면 잡아올 거예요.
성 우　갈게. (차 몰아가고)
준 희　(그런 성우 보는)

씬 46. 진찰실.

은수, 의사(2부에 나왔던)와 상담 중이다. 은수, 눈가 그렁해 앉아 있고 의사는 안타까운 얼굴로 은수를 보고 있다.

의 사　수술하려면 보호자 동의가 있어야 해요.
은 수　(안 보고) 보호자, 없어요.
의 사　이 수술은 물리적인 것보다는 심리적인 게 훨씬 더 많이 문제가 됩니다. 죄송하지만, 지금 환자분 상태로는 수술할 수가 없습니다.
은 수　수술해야 된다면서요.
의 사　물론 하셔야 되죠. 그런데 이렇게 즉흥적으로는 안 됩니다. 남편과 상의하시고 같이 오세요.
은 수　상의 끝났어요. (눈가 그렁해 외면하면)
의 사　정은수 씨, 돌아가세요. 그리고 좀 더 생각하시고 충분히 준비가 됐을 때 다시 오세요. 보호자 데리구요. 말씀 끝났습니다. (하고, 인터폰으로) 다음 환자.
은 수　(고개 돌리는데 눈가 그렁하다)

씬 47. 진찰실 밖.

은수, 답답한 얼굴로 걸어간다.

씬 48. 오피스텔 전경.

수 위 (E) 누구 찾아오셨습니까?

씬 49. 수위실 앞.

영희, 수위랑 얘길 하고 있다.

영 희 아, 네... 저, 307호 주현철 선생님 만나러 왔는데요, 전화를 안 받으시는데, 안 계신가요?
수 위 계실 텐데요, 한 시쯤 들어오셨고, 나가시는 거 못 봤는데, 인터폰 해드릴까요?
영 희 아니요, 저... 올라가서 봬도 될까요?
수 위 (영희를 훑어보며) 잡상인 아니시죠?
영 희 아무것도 안 들고 왔어요.

씬 50. 현철의 집 안.

현철, 추리닝에 러닝 바람에 술을 마시고 있다.
초인종 소리 난다. 아랑곳 않고 술만 마신다.

씬 51. 문 앞.

영희, 끈기 있게 초인종을 누른다.

씬 52. 현철 집 안.

현철, 술 마시다, 마지못해 일어나 문 열며,

현 철　누구유?

하고, 보면, 영희다.

시간 경과.

영희(물 잔 놓여 있는), 술 마시는 현철을 보고 있다.

영 희　(맘 아프다) 그만 마셔.
현 철　(안 보고, 술잔 내려놓고) 물 한잔 마시고 간댔지, 마시고 가.
영 희　속 많이 상해?
현 철　안 상해.
영 희　그런데, (맘 아퍼, 눈물이 날 것 같다) 왜 그러고 있어.
현 철　그냥... (눈물 핑 도는, 맘 다잡고) 영희야.
영 희　말해.
현 철　어제, 아니, 전번에도, 내가 너한테 한 말 말이다, 그거 다, 취소다. 그리 알어.
영 희　(눈가 그렁해 현철을 본다)
현 철　난, 내가 잘나가는 괜찮은 놈인 줄 알았다. (눈물 그렁해) 너 보다시피 손바닥만 한 이 집이 전부지만, 자식들 남부럽지 않게 키웠고 빚 없이 장가 다 보냈고 앞으로 한 10년 정도는 더 직장 생활해서 잘 꾸려나가면 말년엔 재미나게 살 자신, 있었다.
영 희　그, 런데?
현 철　너, 폐경 왔을 때 나한테 그랬지, 다 살았단 기분 들었다고. 나 말이다, 오늘에야 그 말이 무슨 말인지 알았다. (사이) 오늘, 당신 잘렸소, 그러는데, (눈물이 왈칵 날 것 같다) 그게 꼭, 너 같은 자식은 이젠 이 사회에서 필요 없다, 나가 죽어라... (눈물 나는, 닦고) 내가 너무 세상을 철없이 산 거 같다. 주제를 알았어야 했는데. (눈물 닦으며 고개 숙이고 앉아 있다) 바보 같은 놈, 바보 같은 놈.

영 희　(현철을 가만히 보다가 다가가 안아준다)

현 철　(운다)

영 희　(눈물 흘리며) 덩치는 산만 해가지고 왜 울어. 나보다 강한 줄 알았는데 의지하고 살긴 글렀네.... 그리고, 아까 한 말 취소해. 나 오빠랑 살려고 맘먹었는데.... 우리 그냥 이러고 살자. 설마 밥이야 굶겠냐, 울지 마, 응. (하고 다독인다)

현 철　(영희 품에서 엉엉 울고)

영 희　울지 마요, 주현철 씨... 울지 마. 아이고, 애기... (하며, 맘 아프게, 머리 쓰다듬어주고)

씬 53. 은수의 갤러리 앞 주차장.

성우, 차 안에서 갤러리를 본다. 마음이 착잡하다. 마음 다잡고 가방 메고 차에서 나온다.

씬 54. 갤러리 안.

인정, 사무를 보고 있다. 문소리가 나면, 고개 들어 보고.

인 정　어떻게 오셨어요?

성 우　(어렵게) 정, 은수 씨, 계세요?

인 정　선생님 곧 들어오실 텐데, 어디서 오셨어요?

성 우　이, 매지에서 왔어요.

인 정　준희 아저씨 회사에서 오셨구나.

성 우　(어색하게 웃는)

인정　잠깐 그쪽에 앉아 계시겠어요?
성우　네. (테이블에 앉는다)
인정　차 드릴까요?
성우　아니에요. (하고, 시선 틀다가 은수 작품 본다. 답답하다)

씬 55. 갤러리 근처 도로.

은수 차, 오고 있다.

씬 56. 갤러리.

성우, 시계 보다 문득 고개 들어 둘러보면,
준희, 은수의 사진이 보인다. 행복한 모습이다. 맘이 아프다. 피하고 싶다.

성우　(일어나 인정에게) 저, 여기요.
인정　(보며) 네?
성우　(봉투 테이블에 놓으며) 이거, 전해드리러 왔거든요. 다음에 다시 올게요.
인정　곧 오실 텐데...
성우　아니에요, 가보겠습니다. (나가고)
인정　(그런 성우가 이상하다)

씬 57. 주차장.

성우, 차 몰아 나간다.

씬 58. 갤러리로 꺾어드는 골목.

은수, 차 몰아 온다. 카메라 이동하면 성우, 차 몰아 온다. 차 안의 은수, 순간 얼굴이 굳는다.
성우, 오다가 순간 얼굴 굳는다. 은수, 차 안에서, 곁눈질로 성우 보며 스쳐 가고, 성우, 차 안에서, 은수 외면하고 스쳐 지나간다. (느린 화면)

씬 59. 달리는 은수의 차.

은수, 가슴이 뛰는 듯하다, 자기가 헛걸 본 건가 싶다.

씬 60. 도로변.

성우의 차, 가다가 선다.

씬 61. 차 안.

성우, 팔짱 끼고 답답하게 생각하고 있다. 당황스럽고, 가슴이 뛴다, 어찌 할 바를 모르겠다.

씬 62. 갤러리 안.

은수, 들어온다.

인 정　오셨어요?
은 수　누구, 왔다 갔니?
인 정　이매지에서 왔었어요. (봉투 내밀며) 이거 드리라구요.

은수, 문 쪽 돌아보고, 그때 준희의 차 멈춰 서는 게 보인다. 은수, 화가 난다.

시간 경과.

두 사람 테이블 앞에 앉아 있다.
은수, 장부를 대조하고 있고,
준희, 그런 은수를 보고 있다.

준희 아직 멀었니?
은수 (일하며) 아직 멀었어.
준희 밥 먹자. 내일 해.
은수 (보며) 무슨 할 얘기가 있어서 그렇게 서둘러?
준희 (보면)
은수 그래. 일어나자. (하며, 탁자 위 정리하면서) 무슨 얘길 할 건지 듣자. (보며) 주 실장도 왔다 가고 너도 오고 두 사람이 번갈아가며 나한테 오는 이유가 뭔지 듣자.
준희 ?
은수 (이 앙다물고, 장부 치우다) 어디로 가?

씬 63. 카페 전경.

씬 64. 카페 안.

창가 쪽에 준희, 은수, 와인 마시며 앉아 있다.
은수, 무표정하게 마시고 있고,
준희, 은수를 안타깝게 보고 있다.

은수 (잔 내려놓으며) 뜸 들이지 말고 얘기해.
준희 (은수 가만히 보다가 외면하고, 가라앉은, 맘 아프지만, 단호하게) 너한테 이런 말, 하는 거 아닌 줄 알아.

은수　(준희 보면서 다시 잔을 들고)

준희　(은수 보고) 은수야, (눈가 붉어져) 미안해.

은수　(눈가 그렁해 놀라지 않으려 애쓰는 듯 부르르 떨린다) 무슨, 뜻이야?

준희　(은수 보며) 나 (마음 아파 눈가 그렁한 채) 성우 선배, 사랑한다.

은수　!

준희　(더는 차마 못 보겠어서 외면하고)

은수　(어이없는 웃음 살짝 번지고 눈가 그렁해) 뭐라구? 나, 잘 못 들었어, 지금 뭐라 그랬니?

준희　(은수 외면하고, 맘 아프지만, 단호하게) 성우 선배, 사랑한다. (눈가 그렁하다)

은수　(들고 있는 잔 자기도 모르게 부르르 떠는, 눈물 그렁한 채 어이없어, 차라리 웃음이 나는, 우는 듯, 웃는 듯하는) 하!

그런, 은수 얼굴에서, 엔딩.

15부

우리.... 셋이서 같이 살자.

나도 널 보낼 수 없고, 넌 그 여자를 보낼 수 업고,

그 여자는 널 보낼 수 없고, 다 보낼 수 없으니까,

다 모여서... 괜찮지 않어?

씬 1. 카페 밤 전경, 밤.

씬 2. 카페 안.

14부 엔딩 씬 연결 느낌.

은수 (가슴이 떨려, 잡고 있는 술잔이 부르르 작게 떨린다, 눈물 그렁한 채 기가 막혀 외면하며) 하! (잠시 그렇게 있다가, 목소리 떨리지만, 짐짓 태연한 척) 다시, 말해봐.

준희 (고개 숙이고 있다가 그 말에 은수 본다, 눈가가 붉어지도록 맘 아프지만 더 이상은 도망치지 않겠다는 마음이다)

은수 (맘 아픈, 눈물이 왈칵 날 것 같다, 참고) 나는, 니가, 사랑한다는 말을 모르는 줄 알았어. (맘 아프다) 할 줄 아네. 나쁜 자식. (잔에 담긴 술을 준희 얼굴에 끼얹는다)

준희 (가만 눈을 감는다) ......

은수 (눈물 그렁해 보다가, 일어서서 나가는)

준희 (턱 가로 흘러내린 술을 닦아내며, 은수를 보며 맘이 아파 눈물이 날 것만 같다)

씬 3.　카페 밖.

은수, 눈물 흘리며 차로 와서는 차 키로 차 문을 열려 한다, 손이 부르르 떨린다.
준희, 나와 그런 은수의 팔을 잡으며.

준 희　(맘 아픈, 참고) 은수야... 이러지 마.
은 수　(준희 손을 뿌리치며, 무섭게 보면서) 이러지 말어! 뭘 이러지 말어! 내가 뭘 어쨌는데!
준 희　(맘 아프다, 은수 잡고) 저쪽 자리에 앉어. 내가 운전할게.
은 수　혼자 갈 거야, 니 도움 필요 없어, 저리 가!
준 희　(안타깝다) 은수야, 제발.. 이러지 말자.
은 수　(준희를 노려보면서) 뭐, 이러지 마? (가방으로 준희를 마구 때리면서 소리친다) 이러지 마, 이러지 말라구?! 그럼, 어떻게 할까, 어떻게 해, 이 나쁜 새끼야!

씬 4.　준희네 집 전경.

씬 5.　준희의 거실.

은수, 술 마시고 있다, 마음 아프지만, 참으려 한다, 냉정해지려 애쓴다.
준희, 은수 앞에 마음 아프게 고개 숙이고 앉아 있다.

은 수　(술잔 내려놓으며, 준희 보며, 편하게 얘기하려 애쓰면서) 그 여자를, (힘들다) 사랑하게 된 이유가 뭐야? 내가 뭘 잘못했니? 잘못한 게 있으면, 용서해주면 안 돼? (눈물이 날 것만 같다) 준희야, 돌아오면, 안 돼?
준 희　(고개 숙이고) ....

은수 (떨리는) 준희야....

준희 (맘 다잡고) 성우 선배, 많이 상처받고 약한 사람이야. 나는 그 선배한테서 나를 봤어.

은수 (듣고 있기가 아프다)

준희 난, 지금껏 단 한 번도 내가 원한 걸 가진 적이 없어. 많은 걸 원한 것도 아니야. 어려서부터 줄곧 내가 원한 건 판화 하나였어. 그걸 가지지 못했으니까, 난, 아무것도 가지지 않은 거야. 선배 역시, 자기가 원하는 걸 한 번도 가진 적이 없어. 내가 그 선배에게 돌아가지 않으면 선밴, 이제 정말 이 세상 아무것도 믿지 못할 거야. 그렇게 만들기 싫어. (사이) 넌 강해. 날 잊을 수 있을 거야.

은수 (서글픈 웃음 지으며, 눈가 그렁해) 내가, 강해? 내가, 그렇게 강해 보였니? 그 여자, 상처 많은 사람이라구? 나는, 상처가, 없어 보여?

준희 .....

은수 난 고아야. 아이도 못 낳아. 그 여자가 아무리 상처가 많다고 해도 나만큼 많어? 그래, 우리 부모님 돌아가셨을 때, 나 눈물 한 방울 안 흘렸어, 강해서? 아니. 너무 놀라고 믿기지가 않아서. (사이) 아일 가질 수 없다고 할 때도 그래, 나 울지 않았어. 니 말대로 운다고 해결될 일이 아니었으니까. 울고 싶었지만 참았어, 그게 잘못이었니? 그 여잔, 너한테 동정을 살 만큼 그렇게 약해 보였니? 니가 약해 보이는 사람한테 점수를 줄 줄 알았다면, 난 충분히 약해 보일 수 있었어. (눈물 나는) 난 니가 이렇게 강한지 몰랐어, 그래서 기대지 않았던 거야.

준희 (은수를 외면한다) 더 이상 얘기하지 말자.

은수 (참고) 그래, 정말 지금은, 내가 강한 거 같다. (눈물 그렁해 준희 보며) 너한테 무릎 꿇고 가지 말라고 빌고 싶은데 그게 안 돼. 너랑 그 여자랑 같이 돌아다니는 내내 난, 내가 너한테 뭘 잘못했는지 생각해봤어. 뭘 잘못했길래 널 뺏기나. (준희 보며, 눈물 흐르는) 내가 니 손 다치게 한 게 그렇게 원망스러웠니?

준희 (눈가 그렁해지는)

은수 (복받치는, 애원조) 그건 내 잘못이 아니었어. 신호등은 파란불이었고, 다른 사람들도 건너고 있었고, 차가 문제였던 거야. 너도 그렇게 얘기했잖아.

준희 (눈물 주룩 흐른다. 손으로 닦는다)

은 수　너 손 다치고 3년 동안 매일, 니 손 볼 때마다 미안해하면서, 나 충분히 죗값을 치르고 있다고 생각했어. 세상이 좋아져서 손 고치면 판화 하라고 작업장에도, 집에도 니 작업대 치우지 않았어. 준희야, 내가 잘못한 게 있으면 다 용서해, 이러지 말고.

준 희　그것 때문이 아니야. 성우 선배를, 사랑하기 때문이야.

은 수　(울며) 그럼, 난, 이제 어떡하니? (맘 아퍼 고개 틀고)

씬 6.　준희의 서재.

스탠드 불빛만 켜 있는,

준희, 책상 앞 의자에 앉아, 맘 아프게 있다. 눈가가 그렁하다. 어찌 할 바를 모르겠다.

씬 7.　침실.

불 꺼진 방에, 창가로 가로등 불빛만 새어 들어온다.

은수, 침대에 기대어 바닥에 쭈그리고 앉아 있다.

은 수　(눈물 주룩 흐르는, 넋이 나간 듯하다, 혼잣말) 난 여기까지 올 줄은 몰랐어, 이렇게까지 될 줄은 몰랐어. 적당히 끝날 줄 알았어. 준희야, 난 정말, 이렇게 될 줄은 몰랐어.....

씬 8.　베란다.

새벽이 밝아오고 있다, 창가로 환한 빛이 새어 들어온다.

준희, 까칠한 얼굴로 문틀에 앉아 있다, 밤새 운 얼굴이다. 준희, 한참을 그대로 앉아 있다, 은수 방 쪽으로 시선 튼다.

씬 9. 거실, 침실 앞.

준희, 문 앞에 서서 생각이 많다, 문을 열까, 그만둘까 하다가, 다시 맘 다잡고 문을 조심스레 연다.

씬 10. 침실.

준희, 문을 열고 들어서다 순간 멈칫하며 눈가가 붉어진다. 맘이 너무 아프다.
카메라, 이동하면, 은수, 이불도 안 덮고 바닥에 쭈그리고 누워, 지쳐 잠들어 있다.
준희, 차마 그런 은수를 볼 수가 없다. 울지 않으려 이를 앙다물고, 침대에서 이불을 들어, 무릎을 꿇고 은수가 깨지 않게 조심스레 덮어준다. 떨리는 손으로 뺨으로 흘러내린 머리카락을 넘겨주려다, 깨어날까, 차마 하지 못하고, 은수를 물끄러미 보기만 한다. 은수가 안쓰러워 눈물이 왈칵 난다. 창가로 고개를 트는데, 눈물 주룩 나고, 이 앙다물어 참고.

그런 두 사람 한 화면에 보이고, F. O.

씬 11. 성우의 회사 전경, 낮.

전화벨 소리, 이펙트.

씬 12. 성우의 사무실.

미선, 전화 받고 있다.
재석, 현주 일하는.

미 선	네, 이매집니다. (사이) 여보세요? (사이) 어머, 준희 아저씨 왜 출근 안 하세요?

성우, 일하던 손 멈추고, 미선에게로 눈길이 간다.

미 선	(걱정스런) 네... 네에... 네, 알았어요. 그렇게 말씀드릴게요. 몸조리 잘 하시구요. 네, 끊어요. (전화 끊는다)

성 우	(그런 미선 보며 조금 긴장해, 일하고)

미 선	(어느새 성우의 자리로 와서는) 저, 실장님.

성 우	(보며) 응.

미 선	준희 아저씨요, 몸이 안 좋으시다고, 오늘 출근 못 하시겠다는데, 실장님 바꿔드릴까 하다가, 목소리가 너무 안 좋으셔서 말았는데....

성 우	(미선 안 보고) 많이 아프대?

미 선	그러신 거 같아요.

성 우	그, 그래 알았어, 자리에 가.

미 선	(자리로 가고)

성 우	(답답한 생각 든다)

그때, 성우의 자리로 전화벨 울리고 성우, 긴장해 전화기를 본다.
전화벨 계속 울리고.

현 주	(걱정스런) 실장님, 제가 전화 받을까요?

성 우	어, 아, 아니야. 내가 받을게. (심호흡하고 전화기 들고) 여보세요?

하 숙	(E) 주 실장?

성 우	(실망(?)하는) 아, 네.

하 숙	(E) 내 자리로 좀 올래.

성 우	네. (하고, 전화 끊고, 서류를 무심히 챙기는)

재석, 일하는 현주, 팔꿈치로 치며, 성우 좀 보라고 하고,
현주, 재석에게 가만있으라고 눈치 주고.

씬 13. 하숙의 사무실.

성우, 서류철 앞에 놓고 자기 생각에 빠져 앉아 있다.
하숙, 차 두 잔 가지고 와서 그 자리에 앉으며.

하 숙 오사카에서 온 연락 받았냐?

성 우 (그제야, 정신 드는 듯) 어? 응, 받았어. 옹기 작품 수주 건 말이지, 양수리에 연락해서 부탁해놨어.

하 숙 (차 마시며) 빠르다. 요즘 난 달러 만지는 재미에 산다, 왜 일찍이 외국에 내다 팔 생각을 안 했는지 몰라. (생각난 듯) 참, 차 마셔라.

성 우 (생각하다가) 응. (차 마시고)

하 숙 (그런 성우, 어둡게 보다가, 작심하고) 성우야.

성 우 (차 마시며, 무심히) 왜?

하 숙 너, 서준희랑, 무슨 일 있니?

성 우 ?!

하 숙 (성우 못 보고, 찻잔만 만지며) 둘러칠 생각 마라. 나, 며칠 전 은수 만났어.

성 우 (답답하다, 하숙 외면하고) ......

하 숙 (어렵게) 별말은 안 했는데, 느낌이 불안했어. (심호흡 한 번 하고) 너랑 나랑 아무리 친해도 할 말 못 할 말, 있다는 거 알아. 그런데... 이번엔 해야겠다.

성 우 (눈가가 붉어진다, 아무 말도 할 수가 없다) 아니, 하지 마.

하 숙 (사실이구나 싶다, 안타깝다) 보낼 수 있을 때 보내.

성 우 (눈가 그렁해지며, 외면한다)

하 숙 (못 보고) 지금까진 아무 일 없었을 거라고 믿고 싶다. 조금 흔들리는 거겠지, 그렇게 믿고 싶어. 그렇다면, 일은 쉬워. 너 하나 참으면 되는 거야. 보내. 떨쳐버려.

성 우 (이 앙다물고) 왜, 그래야 되는데.

하 숙 (단호한) 불륜이니까.

성 우 (언니까지 그렇게 말하나 싶어, 어이없는 웃음 나는, 서글픈, 눈물 그렁해, 외면하고)

씬 14. 비상구 계단.

현주, 재석, 자판기 커피 마시며 얘기하고 있다.

재석 (조심스럽고 조용하게) 너 내가 비밀 하나 말해줄까? 남한테 안 옮기면 말해줄게.

현주 ?

재석 (주위를 탐색하고) 소리 지르지 말고 놀래지 말고 들어라. 너, 서준희랑 주 실장이랑(엄지, 검지 손가락 맞부딪히며) 너, 이렇고 이런 관계다, 놀랬지? 몰랐지?

현주 (어이가 없다) 그래, 몰랐어. 내가 아는 거는 당신이랑 나랑(재석 흉내 내며) 그런 사이라는 거밖에 몰라.

재석 (웃으며) 그럼 그렇지. (심각하게) 절대 말하지 마.

현주 (걱정스런) 도대체 몇 명한테 손가락 가지고 장난쳤어?

재석 (이상하다) 처음이야. 근데 너 왜 안 놀래냐?

현주 자기는 누가 자기랑 나랑 잘 때 침실 엿보면 좋니, 안 좋니?

재석 안 좋아.

현주 그 사람들도 똑같은 거야. 남 말 하지 말어.

재석 (버벅대며) 그게, 그게, 내가 남 말 하는 게 아니구.

현주 (말꼬리 끊으며) 둘이 사귄다고 말한 것도 아니고, 막말로 여관에서 나온 걸 본 것도 아니면서, 남의 가정 파탄 낼 일 있냐? 김재석, 입 좀 가만둬. 자긴 입만 쉬게 해두, 복 받을 거야.

재석 그게.

하는데, 순간 현주, 재석의 입을 틀어막았다 놓으며, 비상구 쪽 보라고 눈길 준다.
재석, 왜 그러나 싶어, 비상구 쪽을 보는데,
성우(손에 휴대폰 든), 문 열고 들어와, 두 사람 아랑곳 않고 계단을 걸어 내려간다.

재석, 아차 싶어, 자기 입을 자기가 틀어막고, 성우를 피한다.

현 주 (재석을 한심하게 보며) 지 입 막을 짓을 왜 할까, 증말. 그런 얘기, 배 속에 넣어놓고 다니면 어디가 탈 나니? 정말 밉다. (하고 나간다)

재 석 (입맛 쓰고)

씬 15. 전시실.

성우, 휴대폰 앞에 놓고, 보고 있다. 전화를 기다리는 듯하다. 성우, 답답하다, 생각 많고.

씬 16. 준희의 거실(혹은 작업대 있는 곳).

준희, 떨리는 손으로 판화를 파고 있다, 그 앞에 뉴욕의 전원도시 풍경 사진이 있다(은수와 살던 곳임). 그때, 은수 오는 느낌 나고, 준희, 사진을 판화 밑에 넣고는, 머리를 쓸어 올린다.

은수, 그 옆에 와, 준희 건조하게 보며, 서글픈 웃음 짓고는, 힘없는.

은수 그 여자 전화번호 좀 줘. 사무실 전화 거니까 여사원이, 없다더라. 휴대폰 있지. 번호 좀 줘.

준 희 (안 보고) 얼굴이 안 좋아. 자라.

은수 전화번호 달라 그랬지.

준 희 (외면하면)

은수 너 참 고단수다. 사람 괴롭히는 게 프로급이야.

준 희 ?

은수 생전 거들떠도 안 보던 작업대는 왜 들여다보니? 그거 보면서, 손 안 다쳤으면 할 텐데, 은수가 밉다, 은수가 밉다, 그러고 있니?

준 희 싸우기 싫어.

은수 난 싸우고 싶어. 적어도 싸운다는 건 미련이 남았다는 거 아니겠어? 싸우자,

우리.

준 희　(가만히 있다)

은 수　(가만히 있다가 생각난 듯이) 아, 아. 싸울 일 생겼다. 나한테 그 여자 명함이 있어. 거기에 그 여자 전화번호가 있겠네. (방으로 가고)

준 희　(가는 은수 보고) !

씬 17. 침실.

은수, 핸드백을 무심히 뒤지고 있다.
밖에서 준희, 문 두드리며 은수를 부르고 있다.

준 희　(E, 문 두드리는 소리 들리며, 무서운) 은수야! 은수야!

은 수　(문 쪽 보며, 성우를 저렇듯 생각하나 싶어 서운하다, 눈가 그렁하다)

씬 18. 성우의 전시실.

성우, 작품을 보고 있는데, 탁자에 있던 휴대폰이 울린다. 성우, 서둘러 탁자로 와서는 전화를 받는다.

성 우　(긴장한) 여보, 세요? (사이) 여보세요?

준 희　(E) 준희예요.

성 우　(반가움에 눈가가 그렁하다) 그래.

씬 19. 서재.

준희, 전화하고 있다.

준 희　은수 전화가 갈 거예요. 받지 말아요.

성 우　(E, 걱정스러운) 너 괜찮아?

준 희　네.

씬 20. 전시실.

성우, 테이블 의자에 앉아 휴대폰 받고 있다.

성 우　(눈가 그렁해) 괜찮으면 됐어. 그럼 됐어.

준 희　(E) 다시, 전화할게요.

성 우　전화, 할 거니?

준 희　(E) 네. (사이) 끊어요.

성 우　그래, 끊자.

성우, 전화 끊고, 휴대폰 탁자에 놓고, 맘 아픈데, 전화벨이 울린다. 성우, 휴대폰 보며 받지 않는다. 답답하다. 작심하고, 파워 버튼 눌러버린다. 그리고는 다시 내려놓고, 답답한.

씬 21. 침실.

은수, 전화기 들고 있다, 신호음은 가는데 받지 않는다. 그러다, 메시지가 흘러나온다.

응답기　지금은 연결이 안 되고 있습니다. 잠시 후에 다시 걸어주십시오. 죄송합니다.

은수, 입가에 쓴웃음이 돈다.

씬 22. 서재.

준희, 책상에 답답하게 앉아 있고,
은수, 벽에 기대서 있다.

은 수　그 여자한테 내 전화 받지 말라고 말했니? 내가 전화해서 욕이라도 할까 봐?

준 희　....

은 수　그 여자 엄마한테 전화하면 어쩔래? 거기에두 전화해서, 내 와이프가 전화하면 받지 마세요, 할래?

준 희　(화가 난다, 눈 감고, 이를 앙다물었다)

은 수　(그런 준희 보며, 서글픈 웃음이 난다) 넌 날 참 몰라. 난, 그렇게 못 해. 오늘도 만약, 내가 전화해서 그 여자가 받았다면, 난 아마 아무 말도 못 하고 내가 먼저 전활 끊었을 거야.

준 희　(보며) ?

은 수　(눈가 그렁해 쓴웃음 지으면서 쪼그리고 앉는다) 넌 날 참 믿지 않아. 하숙 선배 만났을 때도 날 못 믿고, 닦달하고, 지금도 그 여자한테, 그 여자 엄마한테 전화한다는 말에, 눈빛이 변하고, 하! 내가 내 자존심에, 너 아닌 누구한테 가서 날 좀 어떻게 해달라고, 빌 것처럼 보여, 정은수가? (어이없는 웃음 난다)

준 희　(은수 안 보고)

은 수　니 말대로 난 참 강한가 봐. 그렇게 하고 싶은데 되질 않아. 우리, 참 나빠지고, 있지. 생전 안 하던 오해를 하고, 뺨을 치고, 소리도 지르고.

준 희　미안, 하다.

은 수　(눈물 주룩 흐른다. 눈 감는다) 이제 다 온 거니, 정말 다 온 거니? (허탈한 웃음 번지는)

씬 23. 카페 전경.

동진, 들어가는 모습 보인다.

씬 24. 카페 안.

세미, 장어, 동진 앉아 있다. 세미, 장어는 여행 준비를 해 왔다.

동 진　(미안한) 미안해.

세미, 장어　(동진 보며) ?

동 진　회사에 안 좋은 일이 생겨서 출장이 취소됐어.

세 미　(실망하는 빛이 역력하다)

장 어　(세미 눈치 보고)

동 진　(세미 다독이는) 다음에는 약속할 수 있는데.... 휴가 받으면 가자.

세 미　(동진 안 보고) 언제 받는데요?

동 진　여름에.

세 미　(동진 보다가, 어렵게) 우리 여름까지 만나요?

동 진　(세미 보며, 진지하게) 니가 도망가지 않으면.

세 미　(기분 좋다, 차 마시고, 동진 보고) 난 상대가 먼저 떠나길 바라기 전엔 안 가요.

동 진　(마음이 놓인다. 기분 좋게 차 마신다)

장 어　(두 사람 사이좋은 게 눈치 보인다, 머뭇대다) 형.

동 진　(장어 본다) 왜?

장 어　나 만 원만 주면 안 돼요?

세 미　(그런 장어 보고, 짜증이 난다)

장 어　나, 오락하고 싶은데, 만 원만 주면 안 돼요?

세 미　내가 어제 5천 원 줬잖아.

장 어　어제 다 했어.

동 진　(돈 꺼내주며) 여, 여다.

장 어　(좋아하며) 형, 나 오락하고 올게요. 둘이 얘기해요. 차 다 마실 때까지 올게요. (하고, 나간다)

세 미　(짜증난) 장어야!

동 진　놔둬. (미소 지으며) 자리 비켜주는 거야.

세 미　(가만히 있다가 동진 보며) 하나, 물어봐도 돼요?

동 진　?

세 미　사랑한다는 말 누구한테나 해요?

동 진　(세미 보면)

세 미　(고개 숙이고) 난 사랑한다는 말 들은 거 처음이거든요. (다시 동진 보며) 몇 번 했어요?

동 진　솔직하게 말해야 되는 거니, 거짓말해야 되는 거니?

세 미　솔직하게요.

동 진　한 열 번쯤 한 거 같애.

세 미　(기분 나쁜 듯 차 마시고)

동 진　(세미를 예쁜 듯 본다)

이때 탁자에 있는 전화가 울린다.
동진, 세미 놀란다. 두 사람 자리 지나가던 종업원.

종업원　(동진에게) 받으세요. 그쪽으로 온 전환 거 같아요.

동 진　(세미 보고) ?

씬 25. 공중전화.

장어, 전화하고 있다.

장 어　형, 난데, 길 가다가 친구를 만났거든요. 밤에 세미랑 나랑 묵는 여관으로 올래요? 나 친구랑 놀러 갔다가 거기 가 있을게요. 형 보고 싶으니까 꼭 와요.

동 진　(E) 장어야! 장어야!

장 어　(전화 끊고, 서글픈 웃음 짓는다)

씬 26. 작은 가게.

장어, 포도주 한 병과 플라스틱 잔 두 개를 사고 10원짜리까지 모두 꺼내 돈을 낸다.

씬 27. 가게 앞.

장어, 술병을 들고, 기분 좋아 뛰다시피 걸어간다.

씬 28. 카페 앞.

동진, 세미 나와 있다.

동 진 일하러 들어가야 돼. 먼저 가.
세 미 아저씨 먼저 가세요.
동 진 너 먼저 가.
세 미 밤에 우리, 또 봐요?
동 진 응.

그때, 누군가 뒤에서 동진을 부른다.

남 자 동진아!

동진, 세미 뒤쪽 돌아보면,
동료로 보이는(지금까지 나왔던 동료 아님) 남자 서 있다.

동 진 명우구나?
남 자 그래, 차 마시러 왔냐?
동 진 응. 넌.
남 자 (손으로 카페 가리키며) 취재원 만나기로 했어. 같이 들어가자.
동 진 난 벌써 마셨어.
남 자 (세미 보며) 누구냐?
세 미 (어색하게 서 있고)
동 진 (세미 보고, 남자 보며, 자신 있게) 애인.

세 미　?!

남 자　(웃으며) 그래. 그럼 가봐라. (세미 보며) 갈게요. 다음에 만나서 같이 술 한잔 해요. 난, 같은 신문사 다니는 박명우라고 합니다. 또 뵙겠습니다. (하고 가고)

동 진　(남자 들어가는 거 보고, 고개 돌려 세미, 본다)

세 미　(떨떠름한) 왜, 그렇게 말해요?

동 진　뭘?

세 미　그냥, 아는 애라고 말하지. 아저씨 챙피하잖아요.

동 진　(세미 맘 알겠다, 미소 띠고) 니가 왜 챙피해 이쁜데, 챙피하긴커녕 자랑스럽다, 임마.

세 미　(어색하게 웃으며) 정말요?

동 진　그럼.

세 미　밤에 봐요. (하고, 뒤돌아, 입가에 행복한 웃음 띠우며 가고)

동 진　(가는 세미 보며, 따뜻한 웃음 짓고)

씬 29. 여관방 전경.

장 어　(E) 고맙습니다, 아저씨 고맙습니다.

씬 30. 여관 계산대 앞, 복도.

장어, 작은 상 하나, 주인에게 받아서 들고, 웃으며 방으로 걸어간다.

씬 31. 여관방 안.

장어, 가게에서 사 온 물건들로 상을 차리고 있다. 잔을 이리 놓을까, 저리 놓을까 움직여보다가, 바로 놓고, 술병을 옷에 잘 문질러 닦아놓는다. 그리고는 한쪽에 놓았던 들꽃 한 송이를 상에 두고, 장식한다. 자기가 하고도 기분이 좋은 얼굴이다. 주머니에서 쪽지를 꺼내어 상 위에 펴놓고, 일어나 상을 한 번 보고는 기분 좋아서, 나간다.

인서트 - 쪽지 내용.

장 어 (E) 나 급한, 볼일 있어서 나가. 얘기 많이 해. 아침에 올게.

씬 32. 오락실 안.

장어, 주인과 얘기하고 있다.

장 어 아저씨, 여기 밤에 몇 시까지 해요?
주 인 (시큰둥한) 한 시까지 해.
장 어 (기분 좋은) 그럼, 한 시까지 여기 있어도 되죠?
주 인 (짜증스런 눈초리로) 돈 있어?
장 어 그럼요. 있어요. (하면서, 돈을 주머니에서 꺼내 보여준다, 구깃구깃한 천 원 권과 동전 보여준다)
주 인 (짜증스럽고)
장 어 (웃으며) 많죠?

씬 33. 준희 집의 주방.

준희, 스프를 끓여 접시에 담고 있다.

씬 34. 침실.

은수, 침대에 앉아, 골똘히 생각하고 있다.
그때, 노크 소리 나고, 준희, 문 연다.
은수, 아무런 미동도 않고 그대로 앉아 있다.

준희, 은수 앞에 무릎 꿇고 앉아, 걱정스런.

준 희　스프 끓였어, 먹자.
은 수　(외면하며) 나가.
준 희　(맘 아프다) 물 갖다 줄까...
은 수　생각하는 중이야. 어떡하면 좋을지, 어떡해야 좋은지, 생각하는 중이야. 나가.
준 희　(안타깝게 은수 보다가, 일어나 나간다)
은 수　(골똘히 생각하는) ......

씬 35. 거실.

준희, 소파에 앉아 답답하게 한숨 쉬다가, 문득, 문 옆에 있는 강아지에게 눈길이 간다, 마음이 아프다.

준 희　(서글픈 웃음, 손 내밀며, 아이한테 하듯) 개야, 개야, 이리 와.

강아지, 꿈쩍도 않는다.

준 희　이리 와. 어서... 이리 와봐.

강아지, 꿈쩍도 않는다.

준 희　(마음이 아프다, 서글픈 웃음 지으며, 창가로 시선 틀고)

씬 36. 침실.

은 수　(넋 나간듯, 혼잣말) 생각해야 돼, 생각해야 돼. 정은수, 정신 차려. 생각해야 돼.

씬 37. 성우의 사무실 전경, 저녁 무렵.

재석, 현주, 퇴근하기 위해 나오고 있다.

재 석 라면 먹고 가자.
현주, 미선 좋죠.

하고, 가고.

씬 38. 성우의 사무실 안.

성우, 자리에 앉아, 준희 책상을 보고 있다.

인서트 - 성우의 착각.

준희, 일하다 느낌이 이상해 고개 들어, 성우 보며.

준 희 (웃음 띤) 뭘 그렇게 봐요?

현실.

성우, 어색하게 웃는다.

몽타주성.

1, 성우, 준희의 자리에 앉아, 전원 꺼진 컴퓨터 자판을 두드려본다.

2, 준희가 썼을 만한 연필을 들어, 손가락 사이에 끼고 굴려본다.

3, 준희의 서랍을 하나하나 뒤져본다. 그러다, 9부에서 사줬던 스카프를 발견한다. 성우, 서글프게 웃으며 스카프를 만져본다.

회상 1.

9부, 씬 37.

준희 (잠시 생각하다, 편하게) 신촌에 아는 사람 있어요?
성우 (무심히) 응, 친구가 거기서 카페 해.
준희 종로에 아는 사람 있어요?
성우 특별히 그런 건 아닌데.... 고등학굘 거기서 다녀서 그런지, 동창들을 자주 만나, 왜?
준희 돈암동은요?
성우 돈암동? .... (생각하다) 있겠지, 뭐. 근데 왜 자꾸 그런 걸 물어?
준희 (편하게) 성우 선배도, 나도 아는 사람이 전혀 없는 데가 어딘가.... 그런 곳이 있다면 거기 갈려구요.
성우 ! ..... (그랬구나 싶어, 서글픈 한숨 나고, 운전대 잡고 앞을 보다가, 고개 돌려 다시 준희 보며) 일산에 아는 사람 없어? 난 없는데.
준희 (성우 편하게 보며, 슬며시 웃음 밴) 나두 없어요.
성우 좋아. 거기 가자. (하고, 시동 걸고, 차 출발하고)

회상 2.

9부, 씬 42.

성우 (준희 안 보고, 스카프만 보며, 안 웃고, 짐짓 무심하게) 내가 너 스카프 하나 사줘두 되니?
준희 ......
성우 (스카프만 고르며) 못 하고 다닐 것 같음 말고, 강요하는 거 아니야.
준희 (성우 안된, 편하게) 정말 사줄래요?
성우 (준희 보는) ?

준 희　(스카프 하나 꺼내며) 난 아까부터 이게 맘에 드네.

성 우　! (준희가 고맙다, 작은 웃음)

회상 3.

8부, 씬 29.

성 우　(준희 안 보고) 이런 거 물어도 되나 모르겠는데, (보고) 내가 어디가 좋았니?

준 희　(입가에 웃음 머금고, 생각하다가) 성우 선밸 보면, 늘 화난 사람처럼 보였어요. 세상 누구에게나..... 그 화를 풀어주고 싶었어요. 자신은 없지만, 사는 거, 화낼 일만 있는 건 아니거든요. 그러고 보내기엔 이 세상이 아까우리만치 아름다워요. (성우 보며) 모르죠?

성 우　(생각하며, 걷는)

준 희　(성우 편하게 보며, 앞 보고 걸어가다) ..... 난 어디가 좋았어요?

성 우　(편하게, 준희 안 보고) 안 좋았어.

준 희　(웃고)

성 우　...... 니가 좋은 이유? ..... 음.. 거짓말을 하지 않을 것 같아서.... 그래, 적어도 거짓말은 안 할 것 같아서.....

현실.

성우, 스카프를 예쁘게 개는 성우의 손, 성우, 다 접은 스카프를 다시 서랍에 넣고 닫는다. (그런 성우의 손)

씬 39. 달리는 성우의 차.

씬 40. 차 안.

성우, 눈가 붉어져 운전해 가고 있다.

성 우　(N) 그에게서 전화가 올까.. 아니, 그가 올까. 지나간 사람들처럼 오지 않으면 어떡하나. 그땐, 정말 어떡하나. 난, 어떡하나.

씬 41. 현철의 오피스텔 전경.

씬 42. 현철의 집 안.

영희, 방을 걸레질해 닦고 있다.
현철, 까칠한 몰골에 후줄근한 러닝, 추리닝 바지 입고, 재떨이와 담배를 양손에 들고 엉거주춤하게 서 있다.

영 희　(현철 있는 쪽을 닦으며) 이리 나와.
현 철　(영희가 하라는 대로 엉거주춤 자리를 옮긴다)
영 희　(현철이 비킨 자리 닦고) 나와.
현 철　(또 옮긴다)
영 희　(짜증난다, 현철 보며) 오빠, 오빠 그 과자 어디다 좀 놔두고 나 좀 도와주면 안 돼? 꼭두새벽부터 와서 허리가 휘게 일하는데, 가엾지도 않니?
현 철　(어쩔 줄 몰라 하며) 그, 그럴까? 난, 니가 되려 성가실까 봐, 도, 도와줄게. (손에 든 물건 보며, 버벅대는) 이걸 어따 둔담, 이걸 어따 놓나. (하고는 주방 쪽으로 간다)
영 희　(그런 현철을 귀엽다는 듯이 보다가 방을 닦는다)

시간 경과.

영희, 현철 앉아 있다.

영 희　나 언제 데려갈 거냐 묻는데 왜 말을 안 해?

현 철　(영희를 외면하고 괜히 발만 만지고 있다)

영 희　(답답한) 하라는 말은 안 하고, 드러운 발은 왜 그렇게 쪼물딱거려?

현 철　(발 만지던 손 놓으며) 드럽긴, 아까, 씻었는데.

영 희　아까 언제, 어제 저녁에? 수염도 안 깎고, 세순 했어? 정말 왜 저런지 몰라, 홀애비 티 팍팍 내면서, 보기 싫어 죽겠어, 증말.

현 철　(손으로 얼굴을 부비며) 세순 뭐한다고 하고, 수염은 뭐한다고 깎냐? 보여줄 사람도 없는데, 괜한 면도날이나 닳고, 비누나 쓰지.

영 희　(속상한 마음 든다, 한숨 쉬고 고개 돌리고)

현 철　(영희 보지 않고, 담배 피워 물고) 우리 살지 말자.

영 희　(순간 고개 돌려 현철을 본다) ?!

현 철　(답답한) 다 늙어서 얼굴 마주 보고 손가락만 빨고 살 수도 없고, 너 데려다 고생시킬 거 생각하니까, 맘두 아프구...

영 희　(눈가 붉어진다, 서운한) 난 오빠, 이렇게까지 안 봤는데, 참 못났다, 증말. 어우, 등치가 아깝다, 등치가 아까워. 그 등치로 길거리 휴지를 주워서 고물장수를 해도 둘이 먹겠네.

현 철　(답답한) 나, 고물장수 할 마음 없다.

영 희　(더욱 서운한) 언제는, 내가 사는 데 용기가 될 거 같다며? 그거 내가 한 말 아니지, 오빠가 한 말이지?

현 철　(맘 아프다)

영 희　오빠 때문이 아니라 나 때문에, 어떻게 좀 살아보려고 애쓰면 안 돼, 용기 갖고, 사내답게 그럼 안 돼? 나한테 꼭 이런 모습 보여야겠어?

현 철　(외면하며) 너 보기 싫다. 가라.

영 희　(눈물 그렁해) 정말 이 말은 하는 게 아닌 줄은 아는데, 오빠 이럼 고태골 간 내 남편보다 더 나쁜 놈이야.

현 철　(미안한) .....

영 희　(갈 채비하면서) 나도 두말하기 싫은 사람이야. 나랑 살지 말지, 24시간만 생각하고 결론 내줘. 나랑 안 살고 친구처럼 얼굴만 보자, 그런 소린 귓등에도 안 차니까, 하지 말어. 딸 놔두고 바람난 암고양이 모냥, 남자 집에 드나드는 그런 짓 난 못 해. 밥 챙겨 먹어, 국 가져다놨어. (하고, 일어서서는, 현철 보고, 속상한) 난닝구 좀 빨어 입구!

씬 43. 속옷 가게 있는 길거리.

영희, 생각 많은 얼굴로 터덜터덜 걸어가다가, 속옷 가게를 지나친다. 그러다 멈춰 서서 현철 생각나는지, 속옷 가게로 다시 들어가고.

씬 44. 속옷 가게 안.

영희, 주인에게 얘기하고 있다.

영 희 (주인 안 보고, 어색한) 남자 러닝 대자로 두 장하구, 팬티 대자로 석 장 주세요.

주 인 싼 걸로 드릴까요, 비싼 걸로 드릴까요?

영 희 (외면하며) 비싼 걸로 주세요.

주 인 네. (하며, 속옷 찾고)

영 희 (심란하게 한숨 쉬고)

씬 45. 성우의 집 전경, 밤.

수돗물 소리 나는.

씬 46. 주방.

성우, 무표정하게 설거지를 하고 있다.
영희, 식탁에 앉아 성우 눈치 보듯 물 마시다가, 용기 내어 말 거는.

영 희 성우야.

성 우 (돌아보고)

영희 (어렵게) 엄마, 할 얘기 있어.

성우 (다시 고개 돌려 설거지하며, 너그러운 웃음 짓고는) 하세요, 일하면서 들을게.

영희 우리, 화투 칠래?

성우 (돌아보고) ?

씬 47. 거실.

성우, 영희, 화투 치고 있다. 서로 화투를 치는 것이 아닌 듯 다른 생각이 많다. 두 사람 모두 화투판만 보며.

영희 성우야.

성우 네.

영희 (말을 꺼내기가 힘이 든다) 엄마....

성우 네.

영희 아저씨랑 살까 해.

성우 (순간 눈가 그렁해진다, 화투 내려놓고, 고개 작게 끄덕인다)

영희 (화투 내려놓고, 맘 아프게 성우 보며) 아저씨, 좋은 사람이야.

성우 (끄덕인다)

영희 (눈물 날 것 같지만, 참고) 엄마가 너 두고 가는 게 아니라, 아저씨가, 니 옆에 온다, 그렇게 생각해줬으면, 엄만, 좋겠어.

성우 (말 못 하고 끄덕인다)

영희 (눈물 왈칵 나는) 엄마가 너한테 못 할 짓 하는 거 알어.

성우 (고개 돌리고 눈물 닦는다)

영희 (눈물 나려는 것 참고) 엄마 생각 많이 했어. 널 두고 어떻게..... (가슴이 아프다) 그런데 나중에, 나중에 내가 너한테 혹시라도 짐 되면... 너 시집가면 시부모 모시고 살 수도 있는데... 사람 일 모르는 거니까, 엄마 망령 나거나 중풍이라도 오면, 내 의지도 없이 내가 망가지면 우리 딸 힘들어 어떡하나... (참고) 나이 오십 넘으면서 그런 생각 때문에 엄마 하루도 안 편했어. 너 홀어머니에 외동딸이라고 정민이한테 채였을 때, 말은 안 해도 엄마, 그 집 부모 멱

살이라도 잡을 만큼 화났었어. 내가 어떻게 키운 딸인데.... (우는)

성 우 (가만히 눈물을 흘리고 있다)

영 희 너 짐 덜어주려고, 엄마 시집가는 거야. 누가, 아저씨 물으면 친아버지라고 그래. 아저씨가 주 씨가 아니라 김 씨만 돼도 엄마 갈 마음 안 냈어. 다 널 위해서라고 생각해줬으면 좋겠다.

성 우 (울며) 알아요, 알어.

영 희 성우야, 미안해.

성 우 (외면하고 울면서) 엄마, 정말 잘 살아야 돼. 못 살기만 해봐, 내가 가만 안 둘 거야, 아주.

영 희 (성우 보며, 안쓰러워 손으로 가슴 쓸어내리며, 눈물 닦고)

그런 두 모녀 한 화면에 잡히고.

씬 48. 여관 전경.

씬 49. 여관방 안.

세미, 벽에 기대앉아 심란하게 동진 전화하는 거 보고 있고, 동진은 전화 받고 있다.

동 진 (걱정스런) 장어야.

장 어 (E) 정말이에요, 형. 친구가 왔어요. 동두천 친군데, 나쁜 친구 아니에요.

동 진 들어와.

장 어 (E) 형, 나 못 들어가.

씬 50. 공중전화 부스 안.

장어, 전화하고 있다.

장어 (맘 아픈) 형, (사이) 사실은, 나 들어갈 수 있는데... 안 들어갈래.

동진 (걱정) 왜?

장어 (눈가 붉어져) 형, 사랑은 둘이서 하는 거지, 셋이서 하는 게 아니잖아.

씬 51. 여관방 안.

전화 들고 있는 동진, 난감하고.

씬 52. 공중전화 부스 안.

장어 세미랑 얘기 많이 해요. 난 내일 아침에 갈게. 끊어요. 형. (하고, 전화 끊고, 밖으로 나간다)

씬 53. 공중전화 부스 앞.

장어, 눈가 그렁해 터덜터덜 걸어간다.

씬 54. 여관 앞.

장어, 한쪽에 서서 여관방을 올려다본다. 방에 불이 꺼진다. 불 꺼지는 방을 본 장어, 눈가 그렁하다.

씬 55. 여관방 안.

불 꺼져 있고 창가에서 불빛이 들어온다.

세미, 동진, 벽에 기대앉아 있다. 동진은 생각이 많고 세미, 그런 동진을 보고 있다. 둘 다, 옷 입은.

세미　아저씨 옛날에 사랑하던 여자 있댔죠. 그 여자랑 왜 결혼 안 했어요?

동진　(서글픈, 가만히 있다) .....

세미　말하기, 싫어요?

동진　아니. (잠시 있다가) 너한텐 그래, 너한텐 말해야 될 것 같다.

세미　(동진을 보면)

동진　(눈가 그렁해, 세미 보지 않고) 난 참, 사랑을 할 줄 모르나 봐. 지금 너한테 말하는 게 어색하고 쑥스럽고. (세미 보며) 세미야.

세미　네. (동진을 보면)

동진　(세미 보지 않고) 아저씬 남자가 아니야.

세미　(동진을 보고 있다)

동진　어렸을 때 교회를 나갔었어. 그때 성경에서 이런 구절을 읽은 기억이 있어. 모든 사람들은 아이를 낳아야 하는 배태의 의무가 있다. (사이) 그때부터, 내 꿈은 아주 이쁜 여자랑 아이 서넛쯤 낳아서 행복하게 사는 거였어. 주님 말씀 지키면서. 젊어서는 일하고 늙어서는 밭 갈고.... (맘 아프다) 스물네 살 때 스물두 살짜리 여자 친구랑 결혼을 약속하고 군대를 갔었어. 거기서 사고를 당했어. 허리를 다쳤지. 치료를 받고 허리는 괜찮아졌지만 아이를 낳을 수도, 여자를 안을 수도 없게 됐어. (눈가 붉어지는, 진정하려고 애쓰며)

세미　(눈가 그렁해 보는) .....

동진　여자 친구한테는, 그 사실을 말할 수가 없었어. 그래서, 무턱대고 니가 싫어졌으니까 가라, 그렇게만 얘기했어. 걘 그 말만 믿고 떠났지. 그리고 그 이후로 난, 아무도 사랑하지 않은 거 같애. (아프다) 널 사랑하지만, 널 안아줄 수는 없어. (하고, 세미 보는데, 웃으려 해도 되지 않고 눈물만 그렁하다)

세미　(맘 아픈) 난, 아저씨를 안아줄 수 있어요.

동진　(눈가 그렁해 외면하며 고개를 흔든다)

세미　(동진의 얼굴을 돌려 마주 보며) 나 사랑하죠?

동진　(세미를 보며 고개를 끄덕인다, 눈물 나는)

세미　내가 못 배워서, 가진 게 없어서, 천해서 싫지 않죠?

동진　(고개를 끄덕인다)

세미　나두 아저씨가 날, 안아줄 수 없다 해도 싫지 않아요.

동진　(눈물을 주룩 흘린다)

세미　(동진에게 입 맞춘다)

동진　(세미를 안는데, 눈물이 흐른다)

세미　(동진의 머리를 쓰다듬으며) 아저씨 여자 친구는 아저씨가 안아줄 수 없어서 간 게 아닐 거예요. 아저씨가 솔직하지 못했기 때문에 갔을 거예요. 고마워요, 나한테 솔직하게 말해줘서.

동진　(세미 얼굴 한 번 보고 입 맞춘다)

시간 경과.

동진, 윗옷 벗고 벽에 기대앉아 있고, 속옷만 입은 세미, 동진의 어깨에 기대 잠이 든 듯하다. 동진, 슬프게 웃으며 세미 보며 세미의 머리를 넘겨준다.

동진　(마음속의 말, E) 여자야, 나는 너한테만은, 남자였구나. 그래, 남자였구나.

동진, 눈가 그렁해 세미 이마에 입 맞추고.

씬 56. 여관 앞.

장어, 벽에 기대앉아, 씁쓸한 웃음 지으며 눈물 흘린다.
그런 장어의 모습에서, 희뿌연 새벽 오는(밝지 않은, 어두운).

씬 57. 영희의 방, 새벽녘.

영희, 자고 있고,
성우, 영희의 머리를 만져준다. 그리고는, 이불 잘 여며주고 일어나 나간다.

씬 58. 거실 + 베란다.

화투, 거실 바닥에 그대로 널려 있다.
성우, 방에서 나와, 베란다로 가서 문을 열고, 문틀에 기대, 베란다에 놓여 있는 준희가 준 선인장을 본다. 눈가가 그렁해진다.

성 우　(아프게) 준희야, 나, 혼자, 살 자신 없다. 자신, 없어. (눈가 그렁해지는)

씬 59. 준희네 거실, 준희의 작업대.

준희, 스탠드 불만 켠 채 떨리는 손으로 판화를 하고 있다. 판화대 옆쪽으로 보면 사진이 한 장(씬 16에 보였던) 보인다.
그때, 문소리 난다. 카메라 돌면, 은수, 방에서 나온다.
준희, 천을 끌어다가 작업대를 덮는다. 카메라, 은수 쪽으로 가면 은수, 그런 준희를 물끄러미 본다.

씬 60. 준희네 거실.

준희, 의자에 고개 숙이고 앉아 있다.
은수, 준희 보며, 서글픈.

은 수　그 여자가 너한테 많은 걸 주고 있나 보다. 나를 버릴 수 있는 용기, 다시 판화를 할 수 있는 용기. 그 여자 줄려고, 판화 하고 있었니?
준 희　(가만히 있다)
은 수　(준희 보며, 눈가 그렁해, 서글픈 웃음을 지으며) 내가, 28시간 꼬박 생각을 했는데, 아주, 아주 좋은 결론을 내렸다.
준 희　(아프게 은수를 보면)
은 수　나도 좋고, 너도 좋고, 그 여자도 좋고.
준 희　......

은수 (눈물 그렁한 채 입가에 잔잔한 미소 띠우며) 우리, 셋이 같이 살자.

그런 은수의 표정에서, 엔딩.

16부

세상 사람 모두 다 뭐라고 해도, 난 준희 못 보내.

이번엔 내 욕심대로 할 거야, 내 욕심껏 할 거야. 난 이기적이 될 거야.

나만 알 거야. 33년 동안 살면서 처음으로 행복이 뭔지 알았어.

처음으로 나한테 믿음을 준 사람이야.

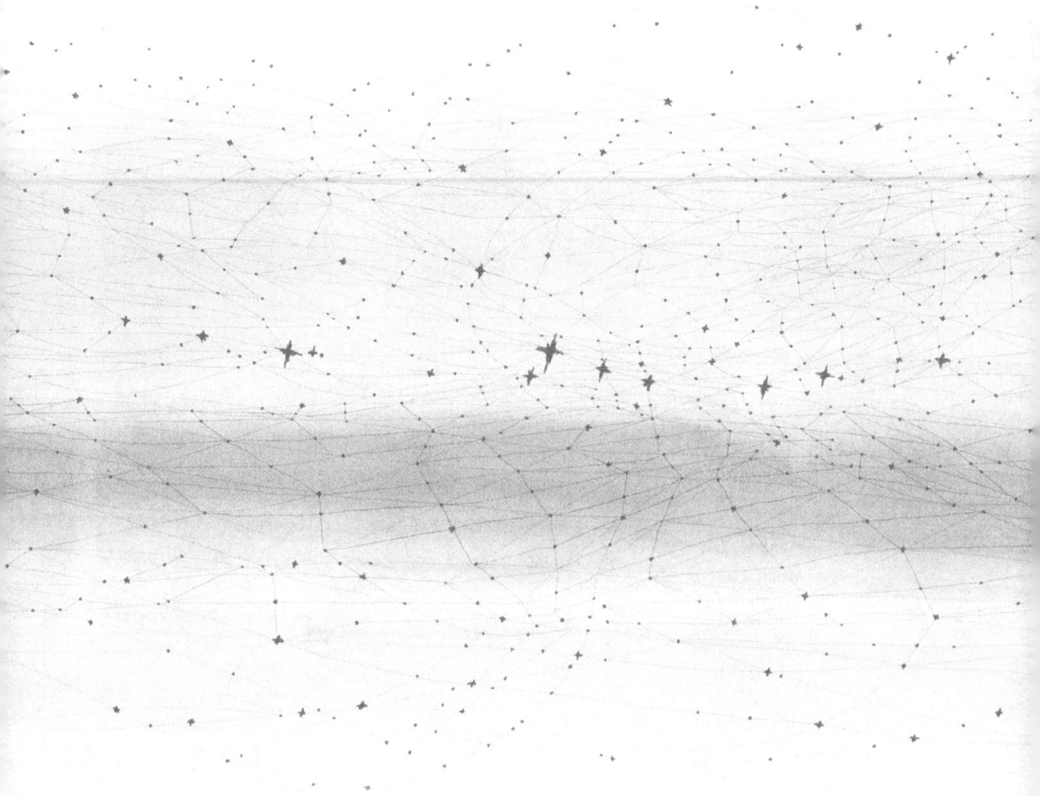

씬 1. 준희의 집 전경, 새벽.

씬 2. 준희의 거실.

준희, 맘 아픈 얼굴로 고개 숙이고 있다.
은수, 준희 보며 눈물 그렁해, 마음이 아프지만, 이제 더는 화낼 기력도 없어, 힘없는 웃음 입가에 머금고 말하고 있다. (15부 엔딩 씬에서 이어지는)

은 수 어때, 좋은 생각이지? 너는 침실을 쓰고 나랑 성우 선배는 서재를 쓰고, 아니, 이상한가? 너랑 선배랑 침실을 쓰고 내가 서재를 쓸까? 아니다, 너랑 내가 침실을 쓰고 선배가 서재를 쓰나, 어느 방법이 좋을 거 같애?

준 희 (마음이 아프다) 은수야.

은 수 나도 널 보낼 수 없고, 넌, 그 여자를 보낼 수 없고, 그 여자는 널 보낼 수 없고, 다 보낼 수 없으니까, 다 모여서... 괜찮지 않어?

준 희 (맘 아픈) 은수야, 내 말 잘 들어.

은 수 (준희를 본다)

준 희 시간이 흐르면 흐를수록 우린 우리 생각하고 다르게 아주 나빠질 거야. 난 너한테 잘못하고 싶지 않지만 맘과 다르게, 정말 맘과 다르게 너한테 나쁘게 행동하게 될 테고, 너 역시 나한테 그렇게 될 거야. (힘주어) 헤어지자.

은수 (외면하는데 눈물이 뚝 흐른다)

준희 (눈가 그렁해지는) 우리, 친구로 남자. 친구로 남아야 할 사람들이 부부로 만났다고 생각하자. (맘 아프지만, 은수를 체념시킬 마음이다) 나, 성우 선배랑 살고 싶어.

은수 (울음이 나지만, 참고) 그 여자가, 니 첫사랑이자 마지막 사랑이 됐구나. 나는, 내가 그렇게 될 줄 알았는데.... 니가 내 프러포즈 받고 아니다, 아니다 하면서도 나랑 결혼해주고, 그리고 지금까지 살아주고 그래서 난 이번에도 니가 내 말대로 돌아와줄 줄 알았어. 지금껏, 너한테 사랑한다는 말, 한 번 듣지 못했지만, 니가 죽을 때쯤이면 은수야, 너랑 살았던 게 가장 행복했다, 사랑한다, 그렇게 말해줄 줄 알았어.

준희 (눈물 주룩 흐르며) 미안하다.

은수 (눈물 닦고, 맘 다잡고 외면하며) 그만 해. 그 말. (눈 감고, 맘 아파, 이 앙다물고) 니 말대로 해줄게, 그만해.

준희 (외면하는데, 눈물이 주룩 흐른다)

은수 (맘 아프게) 하지만, 시간이 조금 걸릴 거야. 많이는, 걸리지 않아. 나 한번 마음먹은 일, 속 안 끓이는 앤 줄 알지? 조바심 나도 조금만 기다려, 니 뜻대로 해줄게. 그리고 한 가지 약속해줘. (우는) 내가 너 때린 거, 니가 나 때린 거, 내가 너한테 욕한 거, 다 잊어줘. (도망치는 마음이다) 나 들어가서 잘게, 너무 피곤하다. (일어나, 방으로 들어가 문 닫고)

준희 (은수가 안타까워, 눈물 나는, 이 앙다물어도, 눈물이 멈추질 않는다)

씬 3. 침실.

은수, 침대에 기대 앉아 있다, 울지 않으려 이를 앙다물었지만, 온몸이 한기 들린 듯 바들바들 떨린다. 은수, 오기 부려 침대에서 이불을 끌어내어 누워, 머리끝까지 덮었다. 온몸을 바들바들 떨면서, 울지 않으려 애쓰지만, 결국엔 울음 토해내는, 은수 그렇게 오래 울고, F. O.

씬 4. 사무실 텅 빈 복도, 아침.

씬 5. 사무실 안.

성우, 일을 하다 준희 자리를 본다. 썰렁하게 비어 있다. 답답한 듯 한숨 쉬고 다시 일을 하다가는 도저히 안 되겠는지 나가버린다.

재석 (그런 성우 보다가, 현주를 툭 치며, 조용하게) 야, 서준희 안 와서, 열 받고 심란해져서, 나가는가보다 그치?
현주 (목소리 죽여, 미선 눈치 보며) 조용히 해.
미선 (아무 생각 없이) 무슨 소리예요?
현주 (당황해서) 엉, 어, 너 이쁘단다.
미선 !
현주 (재석에게) 조용히 해.

씬 6. 전시실 앞.

성우, 화단에 앉아, 멍하니 생각하고 있다.
그때, 하숙, 전시실 문 열고, 그런 성우를 걱정스레 보다가, 옆에 와 앉으며.

하숙 (성우 안 보고) 누구, 기다리니?
성우 (고개 숙이고) 응.
하숙 (성우 보고) 누구 기다리는데?
성우 (안 보고, 무심히) 서준희.
하숙 ?!
성우 (무심하게) 온댔는데, 안 오네.
하숙 (그런 성우 보고, 걱정스런)
성우 (준희 생각하는)

씬 7. 여관 전경.

씬 8. 여관방 안.

세미, 곤하게 자고 있고,
동진, 출근 준비를 다 한 차림으로 앉아, 자는 세미의 얼굴을 만지고 있다. 그러다, 이마에 작게 입 맞추고 세미를 편안하게 보다가는 일어나 조용히 문 열고 나간다.
카메라, 돌아가면, 세미 머리맡에 쪽지 보인다.
쪽지와 세미, 자는 얼굴 한 화면에 잡힌다.

동 진 (E, 쪽지 내용과 같은) 여자야, 행복했다. 꿈 조심히 꾸고, 다시 보자.

씬 9. 여관 앞.

동진, 여관 문 열고 나와, 걸어간다.
카메라, 뒤로 돌아가면 장어, 여관 건물 벽에 기대, 가는 동진을 보고 서 있다. 입가에 서글픈 웃음 띠었다.

씬 10. 영희의 거실.

영희, 전화하고 있다.

영 희 (놀란, 서운한) 무슨 소리야?!
현 철 (E) 당분간 나, 못 볼 줄 알라구.
영 희 (기가 막힌다, 눈가 붉어져) 못 봐? 아주, 못 봐? 말해봐, 왜 못 보는지?

씬 11. 현철의 집 안.

현철, 외출복 차림에 여전히 까칠한 모습으로 전화하고 있다.

현 철 (답답한) 아주, 못 보는 게 아니구, 그냥... 내가 연락할 때까지 전화하지 말라고.

영 희 (E) 어디 가는데?

현 철 (미안한 마음에 짜증난다, 목소리 높여) 그만 물어! 내가 너랑 살지도 않는데, 일거수일투족 꼭 말해야 하냐?

씬 12. 영희의 거실.

영 희 (서운한) 뭐?!

현 철 (E) 니가 내 마누라야, 뭐야, 자식아! 왜 사람을 닦달해서, 사내놈이 쪼잔하게 변명하게 만드냐고, 엉?

영 희 (기가 차다, 눈물이 핑그르르 돈다) 어머, 어머, 기막혀, 기막혀, 정말.....

씬 13. 현철의 집 안.

현 철 기막혀? 그럼 귀 뚫어, 자식아! 같이 살던 여편네도, 안 하던 짓을 니가 왜 해? 남자 하는 일, 알아서 니가 뭐 할래? 나이 먹어, 어련히 알아서 잘할까, 어디 가냐, 저리 가냐? 니가, 나 어디 감 따라올래?! 변소간 가도 따라올 거야?! 자식이... 끊어, 임마.

현철, 전화 끊고 일어나, 그래도 성이 안 풀려 전화 보며, 구시렁대는.

현 철 사내 알기를 우습게 아는 거야, 뭐야, 못 본다, 그럼 못 보는 줄 알지.. 건방지게.

씬 14. 영희의 거실.

영 희 (전화기를 들고) 여보세요, 여보세요? 오빠. (하고는 전화 연결 버튼을 두드린다. 그러나, 끊긴 전화가 될 리 만무하다, 짜증나, 거칠게 전화기 내려놓으며) 정말, 징그럽게 속도 썩이네, 이누무 할아방구.

그때 초인종 소리 나고,
영희, 돌아보고.

씬 15. 길거리.

걸어가고 있는 현철, 허탈한 모습이다.

씬 16. 영희의 거실.

영희, 기막힌 얼굴(O. L)로 선주를 보고 있다.

선 주 (호들갑스럽다) 그 사람은 목을 맸는데(손으로 자기 목을 조르는 시늉을 하면서) 혀가 한 자나 뽑히고 그렇게 죽었대, 야.

영 희 (기가 차서, 선주 넋 나간 듯 보는)

유 란 (선주 눈치 주며, 팔뚝 꼬집고)

선 주 (유란 손 탁 치고는 아랑곳 않고, 말하는) 차라리 정리해고 당한 날은 괜찮았다드라. 부인한테 글쎄, (흉내) 여보 나, 고물장사라도 해서 당신 먹여살릴 거니까, 걱정 말어.

영 희 (넋 나간) 고물장사, 해서?

선 주 그래. 그런데, 그 다음 날 바로, 그냥 목을 맸대잖니? 남자들 일자리 뺏기는 거 너, 그거 정말 정말 심각한 일이다. 목구멍에 풀칠 못 한다, 그 차원을 넘어 죽고 싶다, 죽어야겠구나, 그 차원이라니까.

유 란　(선주 말이 불안불안하다, 영희 눈치 보고)

영 희　(선주가 기도 안 찬다)

선 주　막말로, 어느 날 갑자기 30년 여자더러, 너 살림하지 말고 지금부터 돈 벌어 와라, 그러면 어떻겠니, 난감하지? 마찬가지야, 평생 일만 하던 남자더러, 당신 일 그만하고 이제부턴 집에서 살림이나 해라. 목매고도 남을 일이지, 암만, 목매고도 남지.

영 희　(선주의 말이 어처구니가 없다) 그래서, 오빠가 목이라도 맸다는 말이야, 지금? (가라앉은) 천만에. 그 오빠 그럴 사람 아니야. 왕년에 베트남도 갔다 왔대. 전쟁에서도 살아남은 사람이 이깟 일로, 맘 약하게 먹고, 어쩐다? 그럴 리가 없어. 니 남편이라면 그랬을지는 모르지만 오빤 아냐.

선 주　(열 받아서) 내 남편이 어째서?

영 희　허구한 날 일 팽개치고, 노름방 드나들며, 화투 치고 다니다가, 진땅만땅 술 먹고, 달려오는 배추 트럭 피하려다, 무 트럭에 치어 죽었잖아, 니 남편. 미안한데, 그 오빤, 니 남편처럼 막사는 사람이 아니야.

선 주　(눈물이 그렁해져서) 나쁜 년. 너, 어떻게 그렇게.. 사람 가슴에 염장을..... (삿대질하며) 야, 니 남편은 바람피우다가 물에 빠져 안 죽었어?! 니 남편 장례 치를 때 우는 년들 중, 열에 아홉은 니 남편 첩년들이었어, 왜 이래, 정말!

유 란　(난감하다) 왜 이러니 정말, 니들 왜 이래.

영 희　(눈물 그렁해, 선주 보며, 가라앉은) 좋다. 얘기 접자. 내가 말이 심했다. 그런데, 너두 사람이라면 친구라면, 내 심정 헤아렸어야 됐어. 나 위로받고 싶은 사람이야.

선 주　(눈가 붉어져 외면하고)

유 란　(달래는) 영희야, 니가 이해해라. 선주가 지 딴에는 너 걱정한다는 게, 얘가 말 바로 못 하는 거 너도 알잖니?

영 희　그래, 알았다. 이제 그만 가라. (방으로 들어가고)

유 란　(선주에게) 넌 도대체 언제나 철이 들래?

선 주　(눈 흘기며) 샘나는데 그럼 어떻게 해.

씬 17.　영희의 방.

영희, 눈물 그렁해 속상해서 구시렁대는.

영 희　뭔 일만 저질렀어봐 그냥. 지 몸 털끝 하나라도 다치게만 해봐라, 머리털을 다 뽑아버릴 테니까. 밉살맞은 할아방탱.

씬 18. 복덕방.

현철, 문 열고 들어선다.
철제 의자에 앉아 있는 주인, 현철 보고 말하는.

주 인　어떻게 오셨습니까?
현 철　(버벅대는) 예, 저.. 저, 방을 좀, 요즘 집값이 어떤가, 뭣 좀 뭣 좀 해볼라고.....
주 인　아, 그러세요. (소파로 앉으며) 그럼 이리로 좀 앉으세요, 앉아서 말씀하시지요.
현 철　(착잡한) 그럴까요. (하고, 소파에 앉는다)
주 인　커피 드시겠습니까?
현 철　네? ... 네네.
주 인　(다방에 전화 걸고)
현 철　(고개 숙이며, 한숨 쉬고 착잡하고)

씬 19. 길진 화실 전경.

은수, 도로변에 차 세워놓고 앉아 있다, 무표정하다.

길 진　(E) 사표 낸다구?

씬 20. 길진의 화실 안.

길진, 준희, 걸상에 걸터앉아 얘기하고 있다.

길 진　결정 빨리 내렸네, 잘했다야.

준 희　(어색한 웃음)

길 진　일은 저질러놓고 볼 일이야. 재영이도, 아주 반가워하더라. 너 간다니까, 작업이 절로 된대. 자식이 혼자 있으면서 외로웠나 봐. 참, 아틀리에랑, 아파트 같이 쓰자 그러드라. 외곽 쪽 칼리지에 벌써, 손 써놓은 거 같드라.

준 희　(일어나며) 갈게.

길 진　그래. 나두 애들 올 때 됐다. 가서 터 잘 잡아라, 니들 사는 게 괜찮다 싶으면, 나도 가볼까 싶다.

준 희　그래.

길 진　은수 씨한테 안부 전해주고, 뉴욕에서 보자 그래.

준 희　(외면하며, 쓴웃음)

씬 21. 은수의 차 안.

은수, 운전하고 있고 준희는 옆좌석에 앉아 있다.

은 수　(차분하게) 사표 낼 거야?

준 희　(창밖만 보며) 응.

은 수　뉴욕에, 정말 갈 거야?

준 희　그럴까 해.

은 수　성우 선배한테 말 좀 전해줄래?

준 희　(은수를 보면)

은 수　너, 그림 다시 하게 해줘서 고맙다구.

준 희　(마음이 아프다, 외면한다)

은 수　(무표정하게 운전해 간다)

씬 22. 성우의 회사 근처.

은수의 차 멈춰 서고 준희, 내린다.

준희 조심해 가.

은수 응.

준희 (회사로 걸어간다)

은수 (그런 준희 아프게 보다가, 눈물 그렁해 휴대폰 건다, 신호음 가고 떨어지면) 여보세요?

씬 23. 하숙의 사무실

하숙, 전화 받고 있다.

하숙 (어색한 웃음 지으며) 어, 은수 씨?

은수 (E) 저 지금 회사 근천데, 사장님 뵐 수 있을까 해서요. 준희 씨하고 주 실장님은 몰랐으면 좋겠는데.

하숙 (답답한) 그래요. 어디서 볼까요. (사이) 네, 네. 알아요. 그래요. 거기서 봐요. 네.

하고, 전화 끊고, 생각하는데, 노크 소리 난다.
하숙, 문 쪽 보면, 준희 들어온다.

시간 경과.

하숙, 준희 앉아 있다. 하숙은 준희의 사표를 들고 있다.

하숙 (답답한) 서준희 씨, 왜 그런지 물어도 될까?

준희 (못 보고) 대답할 수, 없습니다.

하숙 (준희 안타깝게 보다, 사표 보며) 내가 이거 거절하면, 안 되겠지.

준희　.. 네.
하숙　수리.... 아니, 고려해볼게요.
준희　일어나보겠습니다.
하숙　가봐요.
준희　(나간다)
하숙　(마음이 착잡하다)

씬 24. 비상구 계단.

준희, 벽에 기대 담배 피우고 있고,
성우, 눈가 그렁해 안타깝게 준희를 보고 있다.

준희　(담배 피우다, 성우 보며, 안타까운 웃음 작게 웃는다) ....
성우　(눈물 나지만, 참고) 얼굴이, 많이 까칠해.
준희　(성우가 안타깝다) 선배두요.
성우　니가, (외면하며) 오지 않아도, 괜찮다고 생각했어.
준희　(맘 아퍼, 성우를 안는다)
성우　(눈가 그렁한) 미안해.
준희　(눈가 붉어져) 아무 말도 하지 말아요. 다 잘될 거예요.
성우　(눈물 나는) 그래도, 미안해.
준희　(맘 아프다)

씬 25. 카페 안.

은수, 하숙, 차 마시고 앉아 있다. 은수는 차 마시고 하숙은 은수를 안타깝게 보고 있다.

은수　(찻잔 내려놓고, 하숙 보며) 걱정 많이 하셨죠?
하숙　(못 보고, 차 마시며) 내가 뭘....

은수　(애써 웃으며) 너무 걱정 안 하셔도 돼요. 저, 아주 강하거든요. (눈물 나는 거 참고, 외면하며) 언니한테 갈 거예요. 언니가, 도와줄 거예요.

하숙　(안타깝게) 은수 씨.

은수　(눈물 참으며, 애써 밝게) 주 실장님한테 부탁이 있는데, 좀 전해주시겠어요?

하숙　(보면)

은수　(눈가 그렁해 외면하며) 제가 다 알아서 해드릴 테니까, 서두르지 말라고, 재촉하지 말라고요. 오래 걸리지 않는다고, 아주 빨리 해결할 거라고....

하숙　(걱정스런) 은수 씨, 무슨 생각하는 거야?

은수　(애써 웃으며) 좋게 헤어지고 싶어요. 제가, 졌어요. 두 사람이 원하는 대로 해주기로 했어요.

하숙　(속상하다, 안타깝다)

은수　저 이만 가봐야겠어요. 갤러릴 너무 오래 비워놔서, 찻값 미리 계산했어요. (피하듯, 일어나) 갈게요. (하고 나간다)

씬 26. 카페 밖.

은수, 울음이 날 것 같아, 입 틀어막고 서둘러 간다.
카페 창가로, 하숙, 그런 은수를 안타깝게 보고 있다. 하숙, 뭐가 뭔지 모르겠다.

씬 27. 진찰실 안.

은수와 의사 앉아 있다.

은수　(건조한) 내일 오후에 수술 잡아주세요.

의사　(걱정스런, 그러나 단호한) 저번에도 말씀드렸죠. 보호자 동의 없이는 안 돼요.

은수　(단호한) 내 보호자는 나예요. 만약 해주시지 않는다면 다른 의사 찾아갈 거예요.

의 사　(은수를 안타깝게 보다)

은 수　(이 앙다물고) 잡아주세요.

의 사　(체념하고, 전화하는, 잠시 후) 조 박사님? (작은 웃음) 네, 안녕하시구요. 부탁이 있어 전화드렸어요. 토탈 히스테로토미 환자가 있어요. 그쪽에서 수술을 받았으면 싶은데, 도와주시겠어요? 네. 네. 잘됐네요. 그럼, 다시 전화드리겠습니다. (전화 끊고, 은수 보며) 낼 오후 두 십니다. XX 병원으로 오세요. 수술이 커서, 그 병원으로 가야 해요. 저두 갈 겁니다.

은 수　(눈물 날 것 같아, 이 앙다문) 고맙습니다. (외면하고)

씬 28. 병원 앞, 주차장에 서 있는 은수 차.

은수, 이 앙다물고 병원에서 나와, 차에 탄다.

씬 29. 은수의 차 안.

은수, 이를 앙다물어도, 눈물이 멈추질 않는다.

은 수　(자신에게 다독이는 혼잣말) 잘한 거야, 잘한 거야, 너무너무 잘한 거야. 은수야, 울지 마. 울지 마. (하면서도 이 앙다물고 울고, F. O)

씬 30. 현철의 집 앞.

영희, 문 두드린다. 기척이 없다. 영희, 심호흡하고 다시 문을 두드린다. 그때 뒤에서 현철의 목소리 들린다.

현 철　남의 집을 왜 그렇게 두드리냐?

영 희　(돌아보면 현철이다)

현 철　(장을 봐 온 듯한 모습으로 입가에 희미한 웃음 번진 채 서 있다) 몸은 조그

마해서, 주먹 한번 세네.

씬 31. 현철의 집 안.

영희, 현철, 테이블에 앉아 있다.

영 희 (현철 밉다) 어디 갔었어?

현 철 (귀엽다는 듯 보고 웃으며) 어디 갔는 줄 알면 뭐 하게?

영 희 얼굴을 손톱으로 긁어놓기 전에 얘기해.

현 철 (웃으며) 일자리 알아보러 갔었다.

영 희 !

현 철 (어색해서, 외면하고) 신문 떠나서는 할 짓도 없고.... 보급소 하나 알아보고 왔다.

영 희 (현철 보는, 눈가 그렁하다)

현 철 어떻게든 밥은 먹고 살아야 될 거 아냐. 작지만 열심히 하면 한 달에 돈 백은 벌겠더라. 편집위원에서 보급소 소장으로 자리 옮겨 앉은 게 좀 우습긴 하지만 난 그런 거 안 부끄러워. 일 안 하고 노는 놈이 부끄럽지, 왜 부끄러워. 넌 부끄럽냐?

영 희 (눈가 그렁해, 고개 저으며) 아니.

현 철 딸한테 전화해라.

영 희 (보면) ?

현 철 아버지가 밥 사준다고 그래. 나 면도 좀 하고 올란다. (하면 욕실로 들어간다)

영 희 (현철이 좋다, 입가에 서글픈 웃음)

씬 32. 현철의 욕실.

현철, 세수를 하러 물을 받다가 문 쪽 보고, 희미하게 웃으며.

현 철　내가 첫째두, 둘째두 마누라 복은 있나 보네. (웃으며, 턱에 비누 바르고)

효과 - 전화벨 소리.

씬 33. 성우의 사무실.

성우, 전화 받고 있다.

영 희　(E) 밥 먹재. 아저씨가 사준대.
성 우　(서글픈 웃음) 네, 엄마. 알았어요, 그리로 갈게요. 네, 끊어요.

하고, 전화 끊는다, 그리고, 준희 자리로 시선 틀면,
준희, 쇼핑백과, 색에 짐 챙기고 있다.
성우, 마음이 아프다, 고개 숙이고,
현주, 재석, 미선, 두 사람 눈치 보며 퇴근 준비를 한다.

씬 34. 사무실 복도.

현주, 재석, 미선, 어두운, 심란한 얼굴로 퇴근하고 있다.

씬 35. 성우의 사무실.

성우, 자리에 고개 숙이고 앉아 있는데, 눈물이 그렁하다.
준희, 짐을 다 챙기고, 서랍 닫으며 성우를 본다. 안쓰러운 마음 든다. 준희, 성우 옆으로 가서 한쪽에 있는 의자를 끌어다 앉는다.
성우, 고개 숙이고 굳은 듯 있다.

준 희　(성우 손을 잡는다, 애써 웃으려 하지만, 눈물만 찬다)

성우 (준희 못 보고, 외면하고)

준희 (애써 웃으며, 맘 아프다) 매일, 못 볼지도, 몰라요. 전화할게요.

성우 (마음 아프다. 외면한 채 고개 끄덕인다)

준희 (어렵게, 손으로 성우의 얼굴을 돌려, 맘 아프게 입 맞춘다)

성우 (눈을 감으며, 눈물이 주룩 흐른다, 입술 떼고, 천천히) 전화, 할 거지?

준희 (고개 끄덕인다)

성우 우리 집, 전화번호, 알지?

준희 (끄덕인다)

성우 가. 안 나갈게.

준희 (마음 아프게 보다, 책상으로 가 짐 드는데)

성우 (그런 준희 보다) 준희, 야.

준희 (돌아보면)

성우 (울음 참으려 해도, 나오며) 나, 오래, 혼자 있게, 하지 마.

준희 (눈가 그렁해) 네.

성우 (눈물이 왈칵 나, 참으려 외면하고, 그래도 우는)

시간 경과, DIS.

성우, 혼자 사무실에 앉아, 제 가슴을 손으로 쓸어내리며 울고 있다.

씬 36. 주차장.

준희, 눈가 붉은 채 회사에서 나와, 조수석에 짐을 놓고, 다시 운전석으로 와서 문 열고 차에 탄다.

씬 37. 차 안.

준희, 시동 걸다, 문득, 짐을 본다. 쇼핑백에서 성우가 사줬던 스카프가 삐죽 나와 있다. 준희, 눈가 그렁해지며, 스카프 보다가는 스카프, 손으로 잡고, 운전대를 잡고는 차 몰아 간다.

씬 38. 달리는 준희의 차 안.

스카프, 손에 잡고, 운전해 가는 준희, 울지 않으려 이를 앙다물었다.

씬 39. 성우의 사무실.

성우(눈물 멈춘), 잠시 앉아 있다. 조심스레 서랍을 연다.
서랍 안에 3부에서 준희가 줬던 사탕이 들어 있다.

준 희　(E, 밝은) 사탕 드세요?
성 우　(E, 밝은) 이거 어디 아까워 먹겠니?

성우, 사탕 보다, 서랍을 닫는다. 그리고, 머리 넘기며, 다시 눈물이 그렁해지는데, 노크 소리 난다. 성우, 혹여 준희인가 싶어, 기대하는 마음으로 문 쪽 보면,
어느새, 하숙 들어와, 문에 기대서 있다.

씬 40. 전시실 앞.

성우, 가방 메고 성큼성큼 걸어가고 있다.
하숙, '성우야.' 하며 뒤따라 나온다.
성우, 오기 서린 얼굴로 멈춰 선다.
하숙, 걱정스런 얼굴로 멈춰 서고, 다시 성우 앞으로 와.

하 숙　나랑 데이트 좀 해.
성 우　(하숙 보며, 짐짓 당당하려 애쓰는) 약속 있어.

하숙　취소해.

성우　못 해. (차로 가, 차 타고 가버린다)

하숙　(걱정스레, 성우 보고)

씬 41. 한식 전경 밤.

씬 42. 한식집 안.

성우(어색하게 웃는, 그렇게 기분 좋은 상태 아니다), 영희(현철 어이없이 보는), 현철, 앉아 저녁을 먹고 있다.

현철　(신이 나, 성우에게 너스레를 떤다) 베트남 전쟁이, 말이다. 인류 역사상 왜 가장 비극적인 전투로 남았느냐 하면 말이야, 미국이 진 단 한 번의 전쟁이란 점도 있지만 말이야, 거기서, 사람이 많이 죽었어요. 왜냐? 무길 많이 썼거든, 에무십육은 총도 아니고, (두 팔을 쫙 버리며) 이따시만 한 박격포를 너두 나두 들구.. 그뿐이야, 화학전도 가장, 치열했어, 고엽제로 쓰는 그 뭐시냐, 그 뭐시냐.

영희　(성우 눈치 보며, 말꼬리 끊는) 그래서?

현철　(순간 멍한) 그래서?

영희　그래서 어쨌다구 그게?

현철　거기서두, 살아남았다, 구.

성우　(작게 웃는)

영희　살아 있으니까, 지금 이 자리 있지, 죽었음 오빠가 귀신이야, 이 자리에 있게. 뻥 좀 애지간히 쳐요. (성우 눈치 보며) 생전 안 하던 짓을 하네.

성우　(어색하게 웃으며, 먹고)

현철　(영희에게) 너는 그렇게 자꾸 따지지 좀 마라. 남편 될 사람이 말하는데, 뻥? 내가 뻥튀기 장사냐, 뻥치게.

영희　살이 왜 쪘나 했더니, 알고 보니, 그게 다 허풍살이구만.

현철　너, 니 딸 앞에서, 면박 주냐?

성 우　(웃고)

현 철　아차! 실수다, 실수. (웃으며) 니 딸이 아니라 내 딸이지.

영 희　(성우 눈치 보고)

성 우　(엄마 생각해서 하는 마음) 아버지, 술 한 잔 받으세요. (하고 술 따른다)

현 철　좋지. (하며, 술 받고)

영 희　(미안하게, 성우 보고)

현 철　(성우 보며 술을 받아 마시고 내려놓는다, 성우 보며, 진지하게) 엄마 나 만나서 고생 좀 할 거다. 하지만, 외롭겐 안 할 거야. 엄마두, 너두. 그건 믿어줬으면 좋겠다.

성 우　(고개 끄덕인다. 마음 아프게) 네. 믿어요. (현철 보고, 눈물 그렁해) 우리 엄마, 행복하게 해주세요.

현 철　(끄덕인다)

성 우　(눈물 그렁해 입가에 미소 띠우고, 영희 보며) 엄마는 좋겠다.

영 희　(미안하고, 맘 아퍼, 성우 못 보겠다)

성 우　(그런 영희 손잡고, 애써 웃고)

씬 43. 한식집 앞.

성우, 현철, 영희 나와 있다.

현 철　나는 엄마랑 산책 좀 하고 갈 테니까 먼저 집에 가 있어라.

성 우　네.

영 희　나 그냥 얘하고 들어갈래. 아니, 오빠, 애 차 타고 갈래, 집 앞에 내려달라면 되잖아.

성 우　그러세요.

현 철　(성우 보며) 혼자 가라. 맘 안 좋을 거다. 울면서 가. 하지만, 우는 것도 오늘 하루다.

성 우　(눈물 안 보이고 싶다, 피하고 싶은 마음이다) 그럴게요. 저 먼저 갈게요.

영 희　(안쓰러운 마음) 성우야.

성우, 못 들은 척 서둘러 차에 타, 차 몰아 간다.
영희, 가는 성우 보고.

현 철 (영희 팔 잡으며) 말은 안 해도 속이 속이 아닐 거다. 잠시 혼자 있게 내버려 둬. 어디 가서 소주 한잔 더 하자. (하고 영희의 어깨에 손 얹는다)

영 희 (손 치며) 놔, 이거.

현 철 건방 떨지 말고 따라와. (하고, 영희 끌고 간다)

씬 44. 성우의 차.

성우, 눈물 그렁해 차 몰아 간다.

씬 45. 성우의 집 앞.

성우의 차 선다. 차에서 내려 문 잠근다. 이때.

하 숙 (E) 주성우.

성 우 (고개 들어 보면 하숙, 술병 들어 보이며 서 있다)

하 숙 나 오늘, 집 나왔다.

씬 46. 강남역 안.

세미, 장어 출입구 쪽을 보며, 동진을 기다리고 있다.

장 어 (세미 눈치 보며) 세미야, 나 오늘도 어디 가 있을까?

세 미 (장어 보고, 장어 손을 꽉 잡아, 주머니에 넣는다)

장 어 ?

세 미 (장어 보지 않고) 옆에 있어. 아저씨가 영화 구경시켜준댔어. 그리고 명심해.

난 아저씨랑 안 살어.

장어　?

세미　난 너랑 살 거야.

장어　(외면하고)

세미　내가 날 제일 마음에 들어하는 게 뭔 줄 아니? 주제를 아는 거야. (장어 보고 웃으며) 아저씨가 참 늦는다. (하고, 다시 출입구 쪽 보고)

장어　(세미, 서글프게 보고 웃고, 출입구 쪽으로 시선 틀고)

이때, 카메라 돌면 험악한 얼굴의 세미의 양부, 깡패 두엇과, 야비한 웃음 지으며 세미와 장어를 보고 서 있다.

씬 47. 전철 안.

동진, 입가에 잔잔한 미소를 띠우며 세미 생각하고 있다.

몽타주.

회상.

1. 처음 세미 만났을 때, 1부에서 '이걸로 엿이나 사 먹어.' 하는 부분.

현실.

2. 강남역 도로.

장어, '세미야, 뛰어.' 소리 지르고 도망가고 있다. 세미, 사람들 밀치며 '나와!' 하고 도망가고 카메라 돌면 깡패들과 양부, 뒤쫓아 오고 있다.

현실, 전철 안.

3. 세미 생각하며, 웃으며 가는 동진.

회상.

4. 고수부지에서 동진, 세미에게 사랑한다고 말할 때.

현실.

5. 장어, 깡패들에게 두들겨 맞고 있다. 피 터져 있다. 도망치던 세미, 뒤돌아 보며 '장어야!' 부른다.

회상.

6. 여관에서 입 맞췄을 때.

현실.

동진, 세미 생각하며 여전히 기분 좋게 전철 타고 가는.

현실.

7. 끌려가는 세미, '이거 놔, 놔!' 하는데, 깡패들 세미를 양쪽에서 잡고 있고 세미의 양부, 세미 얼굴을 세게 친다.

회상.

8. 동진, 자는 세미의 머리를 만지던 모습.

현실.

9. 전철 안의 동진, 서서 여전히 웃음 띤 모습, 전철 멈추면, 기분 좋게 가는

동진.

현실.

10. 가로등에, 피 터져 기대앉아 있는 장어. 아무런 움직임 없는.

현실.

11. 깡패의 등에 업혀 늘어져 있는 세미, 입가에 피 흐르고 넋 놓은 눈가에 눈물이 주룩 흐른다. 눈 뜨고 기절한 듯하다.

씬 48. 성우의 집, 전경.

씬 49. 성우의 주방.

성우, 양주(국산 쓸 것)를 언더락 잔에 따라, 한 컵 쭉 마셔버린다.
하숙, 그런 성우를 걱정스레 보며, 술 마시고 있다.
성우, 다시 잔에 나머지 술들을 모두 붓고는, 한입에 마셔버린다, 그리고 잔, 테이블에 놓으며.

성우　다 마셨어.
하숙　(걱정스레 성우 보다) 성우야.
성우　술 마시쟀지, 술 마셨으니까, 가. (하고, 방으로 들어가는)
하숙　(걱정스레 성우 보는)

씬 50. 성우의 방.

하숙, 침대맡(혹은 책상 의자)에 앉아 성우를 안쓰럽게 보고 있다.

성우, 바닥에 앉아, 울고 있다.

하숙　다시 한 번 생각해, 이러는 거, 아냐.

성우　(울면서도 오기 부리는) 다시 생각해도 내 결론은 똑같애. 열 번을, 백 번을 생각해도 똑같애, 가.

하숙　은수, 여린 애야, 이런 일 감당 못 해.

성우　(서운한, 소리치는) 나는 감당할 거 같애?! 경험이 있으니까, 이번에도 다른 경험을 빗대서 너끈히 이겨낼 거 같애?!

하숙　(말 못 한다)

성우　(서러운) 언닌 지금껏 나 지켜봤으면서, 그런 소릴 해? 한 번 배신당하고, 두 번 헤어지면서 내가 얼마나 망가지는지 봤으면서 그런 소릴 해?! 그 여자가 착하다고, 여리다고?! 내가 왜 그 여자까지 걱정해야 돼?! 나두 죽겠는데, 왜 그 여잘 걱정해야 돼?! 그 여자가 불쌍해?! 난, 난 어떤데? 낼모레면 엄마도 내 옆에 없어! 평생 혼자야! 나는 거울 보기도 겁나. 내가 내가 안쓰러워, 볼 수가 없어! (더욱 소리치는) 혼자 있기 싫어, 무서워....

하숙　(맘 아픈) 성우야.

성우　(가슴 아프게 울면서, 하숙 못 보고) 못 보내, 못 보내! 언니가 아무리, 세상 사람 모두 다 뭐라고 해도, 난 준희 못 보내. 그러니까, 언니 가. 이번엔 내 욕심대로 할 거야, 내 욕심껏 할 거야.

하숙　준희, 착한 애야. 갠 널 못 보내. 은수는 준희를 보내는 게 아니라 자길, 포기하는 거야. 너만이 준희를 보낼 수 있어. 욕심 버려.

성우　(울면 소리치는) 아니! 난 이기적이 될 거야. 나만 알 거야. 33년 동안 살면서 처음으로 행복이 뭔지 알았어. 처음으로 나한테 믿음을 준 사람이야. (다짐하듯) 난 이기적이 될 거야, 안 보내.

하숙　(눈가 그렁해, 성우를 안타깝게 본다)

성우　(울며, 맘 아픈, 차라리 애원하는) 이번엔 정말 자신이 없어, 언니. 못 보내. 언니, 나 안 보낼래, 안 보낼래.

하숙　(못 보겠다, 외면하고)

성우　보내기 싫어... (울고)

씬 51. 준희의 집 전경, 아침.

씬 52. 준희네 침실.

준희, 앉아 있다.

은수 (옷장에서 옷 고르며, 짐짓 밝게, 그러나 마음은 아픈) 대사관에 간다고 그랬지? 무슨 옷이 좋을까? 날도 좋은데. 하늘색? 아니다, 노란색이 나은가?
준희 아무거나 입고 가도 돼.
은수 (옷 고르며) 아무거나 입고 가게 하기 싫어. 아직은 내가 니 부인이잖아.
준희 (은수를 안타깝게 보고)

씬 53. 준희네 거실 현관.

준희, 신발을 신는다.
은수, 출근복 차림으로 그 옆에 서서, 준희 서글프게 보다가.

은수 (준희를 보다) 준희야.
준희 (고개 들어 은수를 본다)
은수 나 입 맞춰줄래?
준희 (맘 아프다, 외면한다)
은수 (맘 아퍼, 눈가 붉어지지만, 참으며) 안아줄 수도 없니, 한 번만?
준희 (은수를 보다, 맘 아퍼, 이 앙물고, 안아주는)
은수 (안기며, 눈가 그렁해진다, 안 울려고 이 앙다물고, 준희를 떼어놓으며) 고마워. 나 며칠 바람 좀 쐬고 올게. 그래도 되지?
준희 (걱정 된다, 맘 아프다) 어디, 가는데?
은수 걱정하지 마. 오래 안 있을 거야. 가. 참, 생각해보니까 난 챙길 게 더 있다. 먼저 가.
준희 (은수를 보다가 나간다)

은수 (안 울려 하며, 애써 웃고)

씬 54. 준희네 현관 앞.

준희, 걸어가고 은수는 뒤에서 준희를 보고 있다. 준희, 느낌이 이상해 돌아보면.

은수 (눈가 그렁해, 웃으려 하며) 잘 가.

준희 (그런 은수 보다, 맘 아프게 돌아서서 걸어간다)

은수 (준희를 보는데 눈가 그렁하지만 입가는 웃는)

씬 55. 거실.

은수, 강아지를 안고 눈가 그렁해 인정에게 전화를 하고 있다.

은수 인정아, 오늘 가게 문 닫고 나 좀 도와줘. 우리 동네에 루라는 카페 있지, 거기로 와줘.

인정 (E) 선생님, 왜 그러세요?

은수 오면 얘기할게. 빨리 와. (하고 전화 끊고 강아지, 애써 웃으며 만지며) 엄마랑, 산책하자.

씬 56. 애견 센터 전경.

씬 57. 애견 센터 안.

은수와 주인, 얘기하고 있다.

주 인　(강아지 안고) 이쁘게 자랐는데 그냥 키우시지요.

은 수　(마음이 아픈) 멀리 갈 거 같애요, 데려갈 수가 없어서요. (개 쓰다듬는다) 우리 개 참 이쁘죠? 이름은 그냥 개야예요. 성은 서 씬데 바뀌겠죠?

주 인　강아지들은 이름을 몰라요. 주인 얼굴을 알고 가는 거지, 이름 듣고 가지는 않아요.

은 수　그래도 얘는 이름을 알 거예요. 아이 있는 집에 주면 좋겠는데, 이혼할 염려 없는 집이요.

주 인　(이상하다) ?

은 수　아니에요. 어느 집에 가도 상관없어요. (강아지 쓰다듬고) 엄마 간다. (하고 나간다)

주 인　(이상하다는 듯 은수를 보고)

씬 58. 애견 센터 앞.

은수, 문 열고 나와 센터 안의 강아지를 한 번 보고 웃고, 눈가 그렁해 눈물 참으며 간다.

씬 59. XX 병원 전경.

인 정　(E, 울음 섞인) 선생님 어떡해요, 어떡해, 선생님!

씬 60. 병원 복도.

은수, 이동 침대에 누워 수술실로 가고 있다. 간호사들 이동 침대를 밀고 가고,

인정, 은수의 손을 잡고 울면서 따라가고 있다.

은수, 눈가 그렁해 희미한 미소 입가에 띠우고 인정에게 말한다.

은수 인정아, 그만 울어.

인정 (울며) 선생님 어떡해요, 선생님 왜 그래요.

은수 (애써 웃으며) 준희 아저씨한테, 전화하지 마, 알았지, 약속해.

인정 (울며) 선생님....

은수 (인정 외면하고)

은수가 누워 있는 이동 침대 밀려 수술실로 들어간다.

씬 61. 수술실.

은수, 수술대에 누워 눈가 그렁하다. 힘이 없다.

몽타주, 느린 화면.

1. 수술 장갑을 끼는 의사.

2. 심장 박동기 보인다.

3. 차례로, 들어가는 마취약.

4. 메스를 전달 받는 의사의 손.

5. 은수의 얼굴(C. U).

은수의 눈이 가물가물하다. 스르륵 눈을 감는다. 감은 눈에서 눈물이 주르륵 흘러내리면서..., 엔딩.

17부

총각을 만나면 좋은 이유가 너무 많아.

그 많은 이유 중에서 세 가지만 말해줄까?

첫 번째, 엄마한테 당당히 보여줄 수 있다.

두 번째, 아무런 거리낌 없이 마냥 행복할 수 있다.

세 번째, 결혼을 할 수 있다.

씬 1. 수술실, 낮.

은수의 눈이 가물가물하다. 스르륵 눈을 감는다. 감은 눈에서 눈물이 주르륵 흘러내리고(16부 엔딩 씬 이어지는).

씬 2. 대사관 전경.

준희, 정문으로 걸어 나오며 생각한다.

직 원 (E) 취업 비자라 쉬울 겁니다. 그쪽에서 서류가 도착하는 대로 연락하겠습니다.

씬 3. 공중전화 부스 안.

준희, 전화를 한다.

씬 4. 성우의 거실.

영희, 걸레질하다가, 전화를 받는다. 그러나 벨소린 어디선가 계속 나고, 부저음만 들린다.

영 희　(이상하다, 전화기 내려놓고) 벨소리가 어디서 나는 거야. (일어나, 성우 방 쪽으로 가며) 성우 방에서 나나....

씬 5. 성우 방 안.

영희, 들어온다. 전화벨 소리 난다. 영희, 책상 위 보며.

영 희　핸드폰 같은데 어딨는 거야. (하다가, 의자에 놓인 성우의 가방 안에서 휴대폰 찾아, 받는다) 여보세요?

씬 6. 공중전화 부스.

준희, 영희 목소리에 난감한 얼굴로 전화기를 들고 있다.

영 희　(E) 여보세요?
준 희　(머뭇대다) 여보세요? 저, 주 실장님 핸드폰 아닙니까?
영 희　(E) 맞는데요. 성우 지금 집에 없는데.
준 희　네.
영 희　(E) 누구시라고 전해드릴까요?
준 희　네, 저, 서준희라고 전해주십시오. 다시 연락드린다고. 안녕히 계십시오. (하고, 전화 끊는데 마음이 답답하다)

씬 7. 성우의 방.

영희, 휴대폰 끊으며.

영 희　서준희? (하고, 고개를 갸웃거리며 휴대폰을 끊고 다시 가방에 넣는다) 얘는 회사에도 안 나가고 바람 쐬러 나간다더니 왜 여적 안 와.

하고, 나가려다 뭔가 이상해 뒤돌아보면 책상 서랍이 조금 열려져 있다. 무심히 책상으로 가 서랍 열어보면, 빈 소주병과 피우다 만 담배 한 갑 그리고 라이터가 있다.
영희, 이상한 느낌 들고.

씬 8. 공원 벤치.

성우, 평상복 차림으로 넋 놓고 앉아 있다.

인서트 - 회상.

16부에서 하숙, 성우 만나고 가던 날 밤의 일이다. 성우의 현관 앞,
하숙, 성우, 현관문 열고 나오고 있다.
성우, 팔짱 낀 채 하숙을 안 보고 배웅하고 있다.
하숙, 몇 걸음 가다가 돌아서서는.

하 숙　정말, 못 보내겠니?
성 우　(고개 숙이며 하숙 외면한다)
하 숙　은수는 너랑 다른 애야. 걔도 너처럼 만들고 싶어?
성 우　(하숙을 본다)
하 숙　걔는 걔대로 행복하게 놔두면 안 돼?
성 우　(고개를 돌리며) 나도, 행복하고 싶어.
하 숙　걔가 가진 걸 뺏어서?
성 우　(하숙 보는) !

하 숙　(돌아서서 가고)

현실.

성우, 씁쓸한 웃음 짓는데, 눈물이 그렁하다.

성 우　(허탈한, 혼잣말) 언니, 지금 난 나 아닌 누굴 생각할 여유가 없어. 내 모습을 봐. 이 나이에.. 너무하잖아, 이건 너무하잖아.... (하고, 한숨 쉬고, 시선 하늘에 두는데, 눈물 주룩 흐른다)

씬 9. 침실.

비어 있는 방, 준희, 답답하게 들여다본다. 그때, 거실에서 벨이 울리고 준희, 고개 돌리고.

씬 10. 거실.

준희, 소파에 앉아 전화를 받고 있다.

여행사　정은수 씨 여권이 준비됐습니다. 티케팅을 언제로 할까요?
준 희　(답답한) 본인이 없는데, 나중에 연락을 하라고 하겠습니다.
여행사　그럼, 전화번호 알려드릴 테니, 연락주시겠어요?
준 희　예. 불러주세요.

하며, 전화 옆의 메모지를 끌어당긴다.
준희, 메모지를 들여다보다가 순간 눈이 커진다.

인서트 - 메모장.

XX 산부인과 김영민 박사, 오후 3시 수술.

준 희　(불길한 느낌) !

씬 11. 병원 앞, 밤.

준희, 급히 뛰어 들어가는.

씬 12. 병원 복도.

서둘러, 뛰어오는 준희, 두리번거린다. 어디로 가야 할지, 막막하기만 하다. 준희, 눈가가 그렁하다. 그러다, 돌아보면 회복실 앞에 앉아 있는 인정이 보인다. 인정, 순간 느낌이 이상해 고개 돌리다, 준희 보고.

준 희　(굳은 듯 인정 보고)
인 정　(눈가 그렁해) 아, 저씨....

씬 13. 중환자실(또는 회복실) 데스크.

준희가 들어가려 하고 간호사가 저지한다.

간호사　면회시간 끝났으니, 낼 오세요.
준 희　(눈가 붉어져) 환자가 혼자 있어요.
간호사　(고개 갸웃하며, 차트 보며) 환자분 성함이 뭐죠?
준 희　정은수입니다.
간호사　(준희 보며) 어떻게 되시죠?
준 희　(울컥 눈물이 날 것 같다, 어렵게) 남... 남편입니다.

씬 14. 중환자실(또는 회복실) 안, 은수의 침대.

은수, 호흡기 끼고 기절한 듯이 자고 있다. 얼굴이 하얗다.
준희, 서서 은수를 보는데 가슴이 아프다. 준희, 은수를 보며 의자에 앉아 은수의 손을 어렵게 잡는다. 그 손 보며 눈가가 그렁하다. 그러다, 고개 들어 은수를 보고 있는데, 눈물이 주룩 흐른다. 맘이 너무 아프다.

씬 15. 성우의 주방.

성우, 커피 주전자에 물을 올리고, 커피 도구들을 탁자에 준비한다.

씬 16. 영희의 방.

영희, 손에 로션을 바르고 있다. 뭔가 석연치 않은 얼굴이다. 그러다, 드는 생각.

인서트 - 회상.

1. 3부, 씬 3.

준희, 가고,
성우, 가는 준희, 조금은 서운하게 보고.

인서트 - 영희, 베란다에서 빨래 널다가 성우 내려다보며, 혼잣말.

영 희 누구야......

2. 3부, 씬 7.

영희　(성우 보며) 참, 아까 그 남자 누구니? 너 태워다준 사람.
성우　(천장 보며) 그냥, 회사 친구예요. 신경 안 써두 돼요. 유부남이야.

3. 4부, 엔딩 씬.

영희　(차 마시며, 성우 보며) 그 남자가... 누군데...?
성우　(영희 안 보고, 찻잔만 보며) 남자? .... 친구? (다시, 생각하고 다짐하듯) ... 그래, 친구.
영희　(성우 놓치지 않고 보는, 무표정하게) .....
성우　(제 생각에 빠져) 그 친구를 보는, 여자를 보면서, 오랜만에 부러운... 생각이 들었어. 나두, 누구한테 저런, 눈빛, 한 번, 줄 수 있었으면.... (작게 한숨) 나두 누구한테 저런 눈빛 한 번 받아봤으면..... (영희 안 보고, 작게 웃음 띤, 부끄러운, 짐짓 장난처럼) 엄마, 나..... 사랑하고 싶다. (하고, 차 마시는데)

4. 17부, 씬 7.

성우 서랍에 있던, 술병과 담뱃갑.

현실.

영희, 불길하다.

성우　(E) 차 드세요.
영희　(문 쪽으로 고개 돌리고)

씬 17. 거실.

영희, 성우, 차 마시고 있다.

영 희 (차 한 모금 마시고 내려놓으며, 미안한) 엄마, 시집가서 속상해?

성 우 (서글픈 웃음, 차 마시며) 아니, 전혀.

영 희 (성우를 안쓰럽게 본다)

성 우 (영희 안 보고) 낼은 혼수 보러 가야겠다.

영 희 (외면하며, 맘 아픈) 혼수는 뭐... 있는 거 쓰면 되지.

성 우 (여전히 영희 못 보는) 그래도 이부자리하고 밥공기는 사야 하잖아.

영 희 (성우를 가만히 보다가, 용기 내어) 성우야. 서준희가 누구니?

성 우 (영희를 보면) ?!

영 희 낮에 전화 왔더라.

성 우 (외면한다)

영 희 (뭔가 느낌이 온다. 차 한 모금 마시고) 엄마, 여태껏 살면서 너한테 이래라 저래라 한 일 없지?

성 우 (말 못 하고 눈가가 그렁하다)

영 희 (어렵게) 그런 엄마가 안 된다 그러면 그건 안 되는 거야, 알지?

성 우 (아픈 마음으로 눈을 감는다)

영 희 (그런 성우가 불쌍해 눈가 그렁해지며) 난 걔가 밉다. 널 너무 약하게 만들고 있어. 너, 별일, 없었지?

성 우 (이 앙다무는데 눈가에서 눈물이 주룩 흐른다)

영 희 (마음이 아파 입술이 다 떨린다) 너 바보 같은 짓 하는 거 더는 보기 싫어. 엄마 너 믿어. 다시는 그런 짓 안 할 거라고. (단호하게) 엄마가 허락 안 하는 건 안 되는 거야. 명심해.

성 우 (이 앙다물고, 안 울려 하지만 눈물 나고)

씬 18. 나이트클럽 앞.

동진, 수염이 까칠해서 누군가를 기다리고 있다. 그때, 여자 아이(세미에게 엄마가 있는 곳을 가르쳐준)가 나와 동진에게 온다.

여자 아이 여기도 없어요.

동 진 (실망하며 돈을 꺼내 준다. 목소리가 많이 가라앉았다) 어디서든 보면 꼭 연

락해. 이렇게 허탕 쳐도 좋으니까. (돌아서 간다)

여자 아이 (돈을 받고 다시 나이트클럽으로 들어가려다 찜찜한 얼굴로 가는 동진을 뒤돌아본다)

씬 19. 전철역 앞.

세미와 장어가 있던 곳에서 동진, 넋 나간 얼굴로 담배를 피우며 서 있다.

씬 20. 병원 전경.

장대비가 내리고 있다. 밤에서 새벽이 되는.

씬 21. 은수의 병실(개인 병실).

빗소리 들린다.
준희, 의자에 앉아, 은수 손을 잡고, 눈가 그렁해 고개 숙이고 있다. 그러다 느낌이 이상해, 고개 들면,
은수, 어느새 깨어나, 준희를 보고 있다. 애써 웃으려 하는.

준 희 (눈가 붉어져, 애써 웃으려 하지만 안 된다) 잘 잤어?

은 수 (애써 웃으려 하며) 응.

준 희 더 자.

은 수 깼어. (사이) 울었어?

준 희 아니. (하고 고개 숙이는데 눈물 한 줄기 흐른다)

은 수 울지 마. 어차피 받아야 될 수술이었잖아.

준 희 (마음 아파 끄덕이며) 그래.

은 수 준희야.

준 희 (은수를 본다)

은 수　(눈물이 그렁하지만 애써 웃으며) 우리, 그만, 이혼하자.

준 희　(은수를 외면하는데 눈물이 쏟아진다)

은 수　(그런 준희 외면하고, 고개 돌리는데 눈물 흐른다)

그런 두 사람, 한 화면에 잡히고 빗소리 크게 들린다. (F. O)

씬 22. 성우 사무실 전경.

씬 23. 성우의 사무실.

하숙, 현주, 재석, 미선, 회의 중이다. 조용한 분위기다.

재 석　주 실장님이 안 계시니까 일이 마비 상태예요. 작가들이 별나서 주 실장님하고 서준희가 아니면 상대도 안 하려 들고, 윤호에서 소개한 합정동 일도 페인팅이 잘못돼서 재시공 들어가게 생겼어요.

하 숙　(답답하다)

현 주　저, 사장님.

하 숙　(보면)

현 주　도쿄에서 연락 왔는데 정은수 씨가 작품을 안 보냈다고... 전화해봤는데 집에도, 공방에도 연락이 안 돼요. 어떡할까요?

하 숙　(한숨 쉬고, 단호한) 내가 해볼게. 작가들도 내가 만나볼 테니까 연락처 줘. 김 대리는, 합정동 일 날밤을 지키고 서서라도 더는 재시공하는 일 없도록 해. 다들 당분간은 1인 3역 해서 주 실장, 서준희 자리 메꾸자고.

미 선　(하숙의 눈치를 보며) 주 실장님, 이제 안 나오세요?

하 숙　(서류 챙기며) 아니, 나와. 꼭 나올 거야. 일해. (서류 들고 나간다)

재석, 현주, 미선, 하숙이 나가는 모습 보며 답답한 얼굴이다.

씬 24. 하숙의 사무실.

하숙, 전화 받고 있다.

하 숙 (놀란) 어느 병원이에요?

인 정 (E) XX 병원, 1605호실이에요.

하 숙 네. 알았어요. (하고 전화를 끊는데 마음이 답답하다)

씬 25. 병원 복도.

하숙, 병실을 찾으려고 복도를 두리번거리며 걸어간다. 가다 보면 병실을 지나쳤다. 다시 돌아가 노크를 하려는데 느낌이 이상해 가던 방향 복도 저쪽을 보면 복도 창가 의자에 준희, 앉아 있는 게 보인다.

씬 26. 복도 창가 의자, 밤.

준희, 고개 숙이고 앉아 있다.
하숙, 나란히 앉아 있다. 하숙, 시계를 본다.

인서트 - 시계, 아홉 시가 넘어섰다.

하 숙 수술이 고됐나 보네. 잠이 아주 깊이 들었나 봐.

준 희 (하숙을 보지 않고) 집에 가셔야죠.

하 숙 그래야지. (하고, 준희를 보면 고개를 숙이고 앉아 있다. 그런 준희 보며 어렵게) 준희 씨.

준 희 (못 보고)

하 숙 성우가, 지금 이런 상황 알아요?

준 희 (다시 고개 숙인다)

하 숙 나 갈게요. (하고 일어난다)

준 희　(따라 일어나면)

하 숙　(애써 밝게 하며 준희의 어깨를 툭 친다) 너무 걱정하지 말아요. 큰 수술이긴 해도 위험한 수술은 아니니까. 나도 여자잖어, 의사는 아니지만 대충은 알어.

준 희　(하숙을 보지 않고) 네.

하 숙　준희 씨.

준 희　(하숙을 보며) 네.

하 숙　나, 성우, 사랑해요.

준 희　(하숙을 보지 못하고 외면한다)

하 숙　준희 씨는 여기, 은수 옆에 있는 게 더 어울려.

준 희　(하숙을 보지 못한다)

하 숙　나, 가요. (답답한 얼굴로 가고)

준 희　(마음 아프다)

씬 27. 은수의 병실.

은수, 자고 있다.

씬 28. 성우의 아파트 전경.

하숙의 차 보인다.

씬 29. 하숙의 차 안.

성우, 고개 숙이고 하숙의 얘기를 듣고 있다. 성우, 눈가가 붉어진 채 이 앙다물고 있다.

성 우　(안타깝고 화나는 마음을 애써 꾹꾹 누르려는 듯, 하숙 안 보고) 나한테 그런 말을 하는 저의가 뭐야.

하숙 저의? 저의라.... 그래, 저의 있지. 없다곤 말 못 하지. (사이, 성우 보며) 헤어져.

성우 못 해. (비웃음이지만 마음 아프게 하숙 보며) 언니 나한테 실수한 거야. 그 여자가 아일 못 낳는다고, 내가 그런 얘길 들으면 아, 그 여자 참 불쌍하구나, 준희를 보내줘야지 그럴 거 같애? 아니, 언닌 나한테 확신을 줬어.

하숙 (보면)

성우 난 이제서야 준희가 나한테 돌아올 거란 확신이 생겨. (잔인한 투) 난, 애를 낳을 수 있거든.

하숙 (안타깝게 성우를 보다가 외면하며) 3년 전에 은수를 첨 봤어. 서울에서 첫 전시회를 할 때였어. 손님들이 참 많이 왔었는데, 내가 은수 얼굴을 본 건 5분이나 됐을까, 어쩜 그것도 안 될 거야. 축하해요, 그 말밖에 못 했으니까. 그리고 난, 일이 있어서 일찍 자릴 떴어.

성우 (앞만 보며 하숙의 말을 듣고 있다)

하숙 그렇게 잠시 스쳐 가듯 은수를 본 게 전분데, 참 이상하게도, 가끔 은수 얼굴이 선명하게 떠오르곤 했어.

성우 (하숙을 보지 않고) 무슨 뜻이야?

하숙 (앞만 보며) 갠 한 번을 봐도, 잊기 힘든 애야. 소금 같고, 빛 같애.

성우 (입술 깨무는, 무슨 말인지 알겠다)

하숙 (고개 돌려, 성우, 안타깝게 보며) 성우야.

성우 (앞만 보며) 말해.

하숙 준희가, 과연, 은수를 잊을 수 있을까?

성우 (맘 아프다, 눈가 그렁해진다, 이를 앙다물고 몸을 바들바들 떤다)

씬 30. 아파드 앞.

하숙의 차 보인다.

성우, 차에서 나와 차 문을 '쾅.' 소리 나게 닫아버린다. 노여운, 이 앙다물고 아파트 입구로 성큼성큼 걸어 들어간다.

씬 31. 하숙의 차 안 + 밖.

하숙, 그런 성우를 걱정스레 보다가 차를 돌려 간다.

씬 32. 아파트 입구.

성우, 들어가려다 뒤돌아 하숙의 차를 원망스럽게, 서운하게 본다. 이때 전화벨 소리, 이펙트.

씬 33. 성우의 방.

준희의 전화(휴대폰)를 받고 있는 성우, 눈물이 날 것 같지만 참고 짐짓 태연스레.

성 우 어디야?
준 희 (E) 밖이에요.
성 우 밖이야? 부인은.
준 희 집에 있어요.
성 우 (준희의 마음 씀씀이가 고맙다, 왈칵 눈물이 날 것 같아 손으로 입을 막는다)그렇구나.

씬 34. 병원 공중전화.

준희, 전화를 하고 있다.

준 희 (마음이 아프다) 머리가 무거워서요, 바람 좀 쐬구요.
성 우 (E) 많이 아프니?

준희　바람 쐬면 나을 거 같아요.

씬 35. 성우의 방.

전화하고 있는 성우.

성우　(준희의 마음을 알 거 같다. 눈물을 참으며) 그래 바람 쐬고 들어가.

준희　(E) 네.

성우　먼저 끊어.

준희　(E) 네.

성우　준희야.... 고마워. 아무 말도 안 해줘서.

씬 36. 병원 공중전화.

준희　?

씬 37. 성우의 방.

성우　잘 자. (하고, 끊으며, 눈물을 오기 부려 참는다)

씬 38 병실.

은수, 침대에 앉아 멍하니 생각을 하고 있다.

씬 39. 복도 창가.

준희, 맘 아픈 얼굴로 담배 피우며 서 있다, DIS.

씬 40. 백화점 전경, 낮.

씬 41. 혼수 백화점, 이불 가게(몽타주성).

성우, 주인과 얘기하고 있다.

성 우 (짐짓 밝게) 제일 좋은 걸로, 이쁜 걸로 보여주세요.
영 희 (그런 성우를 보는 게 마음이 아프다, 외면하며) 대충 사.
성 우 엄만 가만히 있어. (주인 보고) 보여주세요.
영 희 (그런 성우가 안쓰럽고, 고맙고)

씬 42. 그릇 가게(몽타주성).

성 우 그릇, 찻잔 모두 부부 세트로 보여주세요.
영 희 (성우를 가만히 보고 있다)
주 인 20대요, 30대요.
성 우 (엄마를 슬쩍 보고, 주인 보며) 20대로 보여주세요.
영 희 (마음이 아파 성우를 외면한다)

씬 43. 한복집(몽타주성).

성우, 보고 있고, 현철,
영희, 각각 치수를 재고 있다.

주 인 (영희의 치수를 재다) 팔 올리세요.

영희 (무슨 말인지 모르겠다) 네?

성우 (아이 보듯 보고, 작게 웃으며) 엄마, 팔을 올려야 치수를 재지, 팔 올려.

영희 (성우를 보고) 응, 올려야지. (하며 팔을 올린다)

성우 (그런 엄마 예쁜 듯 보고 있다)

씬 44. 백화점 엘리베이터 안.

성우, 현철, 영희 타고 있다.

현철 (기분 좋다. 영희에게) 니 한복 잘 골랐더라. 색이 곱드라.

영희 (현철을 보지 않고, 성우 생각에 속상한) 그래, 고와.

현철 너 화났니?

영희 입 좀 가만히 있어, 애들같이.

현철 왜, 화가 났어?

성우, 그런 두 사람 보고, 서글픈, 외면하는.

씬 45. 레스토랑 앞.

성우의 차에서 영희, 현철, 성우 내린다.

현철 (기분 좋다) 들어가자, 들어가자.

성우 저, 아, 아버지.

현철 왜?

성우 저는 그냥 갈게요.

영희 (발끝만 내려다보고 있다)

현철 왜 그냥 가. 밥 먹고 가지.

성우 시장 간다고 옷도 변변치 않게 입고... 집에 가서 할 일도 좀 있고, 전 그냥 결혼식 날 뵐게요.

현철　너 그러면 안 돼. 이제는 다 형제야. 그렇게 낯가리지 말고, 들어가자.

영희　(보지 않고) 보내줘.

현철　(영희를 본다)

영희　(두 사람 못 보고 발끝만 보고) 재 바쁜 애야. 회사도 들러봐야 될 테고, 집에 가서도 할 일이 많아. 나중에 또 자리 만들면 되잖어.

성우　(외면하는데 눈물이 그렁하다)

현철　(두 사람 눈치 보고) 그럴까, 그럼.

성우　식사 잘 하세요. 오빠들 서운하지 않게 말씀 잘 해주시구요. 저 갈게요. (차에 타고 떠난다)

영희　(가는 성우 보고, 눈물이 그렁하다)

현철　들어가자.

영희　(안으로 들어가고)

씬 46. 도로, 달리는 성우의 차.

씬 47. 차 안.

눈물이 그렁해 운전하고 있다.

씬 48. 레스토랑 안.

현철, 영희, 아들 내외들과 밥을 먹는다. 즐거운 분위기다. 현철, 호탕한 웃음 웃고 아들 내외는 기분이 좋지만 영희는 어색하게 앉아 있다, 성우 생각만 하는.

씬 49. 성우의 거실.

성우, 탁자 앞에 앉아 사 온 물건들을 물끄러미 보다가 눈물 그렁해지며, 못 보고 외면한다.

씬 50. 레스토랑 안.

영희, 현철 차 마시며 앉아 있다.

현철　(웃으며) 내 아들놈들 잘났지?
영희　(현철을 보지 않고) 응.
현철　마음에 드냐?
영희　(보지 않고) 쏙, 들어.
현철　(영희를 살피면서) 근데 기분이 안 좋다.
영희　(보지 않고) 오빠, 나 부탁 하나 해도 돼?
현철　?
영희　(현철 보며) 우리 성우, 같이 살면 안 돼?
현철　(영희 본다) ! (심란하게 차 마시는)
영희　걔 떼어놓고 못 살 거 같은데. (눈물 그렁하다)
현철　(안된 마음 든다. 영희를 보며) 영희야.
영희　응.
현철　서운하게 듣지 말아라.
영희　(현철을 본다)
현철　너도 알다시피 내가 가진 재산이라고는 오피스텔 하나야. 성우, 데려다 재울 데가 없어.
영희　오빠가 들어오면 되잖아.
현철　싫다.
영희　!
현철　난 너 데려오는 거지 너한테 가는 게 아니야.
영희　무슨 뜻이야?
현철　내 입장 좀 생각해줘라. 내가 거기 들어가 살면 남들이 뭐라고 하겠냐. 사내가 오죽 못났으면 여자 집에 들어가 사냐, 그 말 안 나오겠어.

영희 남들이 무슨 상관이야.

현철 (다짐시키듯) 너 내 말 똑똑히 들어. 그 집은 니 집이 아니야. 성우 집이야. 난 성우 짐 덜어주고 싶어서 너 데려오는 거야. 그런데 내가 가서 되려 짐이 되라구? (손사래 치며) 두 번 다시 그런 말은 하지 마라. 얘기 끝났다. 더 이상 말 말자.

영희 (서운하다. 눈물 그렁해 앉아 있다)

씬 51. 성우의 집 전경, 밤.

씬 52. 성우의 거실.

성우, 새 박스에 사 온 물건들 다시 포장하고 있는데 문 열리는 소리 들린다. 성우, 돌아보면 영희다.

성우 (짐짓 밝게) 식사 잘했어요?

영희 (기분 좋지 않다) 청승맞게 혼자서 무슨 짓이야? 내가 낼 당장 가냐? (하고 방으로 들어간다)

성우 (그런 영희, 본다)

씬 53. 영희의 방.

영희, 훌쩍훌쩍 울고 있다.
성우, 걱정스럽게 들어와 옆에 앉으며.

성우 엄마, 왜 그래, 무슨 일 있었어?

영희 (짜증난다. 성우를 보지 않고) 아무 일 없었어.

성우 무슨 일인지 말해. 내가 밥 안 먹고 와서 화났어?

영희 아니라잖아.

성우　근데 왜 그래?

영희　(눈물 그렁해, 외면하며) 왜 그러긴 왜 그래, 너한테 미안해서 그러지. (하고, 휴지 풀어 코 푸는)

성우　(말 못 하고 외면하는데 눈물이 그렁하다)

영희　(울면서) 이게 무슨 짓인지 모르겠다. 애미가 할 일을 딸년이 하고 앉아 있고, 오늘 하루 내내 내가 무슨 정신으로 그릇을 사고, 이불을 사고, 옷을 맞추고.... 잘해준 것도 없으면서.. 너한테 무슨 못을 이렇게 박나.

성우　(운다) 그러지 마, 엄마.

영희　너한테는 너 위해서 간다고 해도 그게 아닌 거 같애. 나 위해 가는 거 같애.

성우　(울면서 영희를 보다 안아주며, 달래는 투) 엄마.

영희　(차마 울지 못하고 이 앙다물고 성우를 떼어놓으며)

성우　(울며 엄마 보고 있고)

영희　성우야, 엄마는... 이제 니가 친정이야.

성우　(울며) 알어요. (눈물을 참고 짐짓 웃으며) 참, 나 엄마한테 선물 준비했다.

영희　(성우를 보면)

성우　잠깐만. (하고 거실로 나간다)

씬 54. 성우의 거실.

성우, 방에서 나와 이 앙다물고 울음을 참고 거실 한쪽에 놓여 있는 가방에서 통장과 도장, 현금카드가 한꺼번에 들어 있는 통장 집을 꺼낸다. 성우, 통장 집을 잠시 보다가 방으로 들어간다.

씬 55. 영희의 방.

통장을 보고 있는 영희.
성우, 옆에서 고개를 숙이고 앉아 있다.

영희　(성우 보며) 뭐야?

성 우　(눈물 그렁하지만 애써 웃으며) 용돈.

영 희　?

성 우　엄마 노후대책 부금 들어놓은 거야, 한 달에 20만 원씩.

영 희　(눈물 그렁해) 너.....

성 우　내가 친정이라며. 혼수 자금 주는 거야.

영 희　(눈물 주룩 흘리며, 성우의 어깨를 때린다) 이게 엄마한테 무슨 짓을 하는 거야. 월급 돈백 겨우 넘게 받는 게 지 적금 붓고, 차 할부금도 아직 안 끝났는데, 엄마 그거 다 아는데, 이게 언제.... (흐느껴 울며, 성우의 어깨를 때린다) 너 엄마 왜 이렇게 미안하게 만들어. 난 남겨줄 게 하나도 없는데 왜 이렇게 미안하게 만들어.

성 우　(외면하고 눈물 흘리다 영희를 돌아보고 웃으며) 아퍼, 때리지 마. 왜 그랬냐구? 엄마 너무 사랑하니까.

영 희　(울며 한숨 쉬듯) 아이구... 아이구..... (말 못 잇는)

성 우　(영희의 눈물을 닦아주며) 잘 살어요. (영희를 안고) 엄마, 잘 살어.

시간 경과.

성우, 영희 누워 있다.

영 희　(천장만 보며) 어제 서운했지?

성 우　(가만히 있다)

영 희　엄마가 꽉 막힌 사람이라고 생각했지? 니가 사랑하는 사람 보지도 않고 무조건 안 된다 그러니까 뭇사람들하고 똑같이 유부남이니까 무턱대고 안 된다고 그러는 줄 알지?

성 우　(가만히 있다)

영 희　그건 총각을 만나면 좋은 이유가 너무 많아서야. 그 많은 이유 중에서 세 가지만 말해줄까?

성 우　(영희를 본다)

영 희　첫 번째, 엄마한테 당당히 보여줄 수 있다.

성 우　(마음 아파 눈 감는다)

영 희　두 번째, 아무런 거리낌 없이 마냥 행복할 수 있다. 세 번째, 결혼을 할 수 있다.

성우 (이 앙다물고 눈물을 참는다)

영희 (성우를 안아준다)

성우 (영희에게 고개 묻고 더는 못 참고 흐느껴 운다)

영희 (성우를 다독거리며) 넌, 잘할 거야, 누구 딸인데, 잘할 거야.

두 모녀 한 화면에 잡아주는.

씬 56. 강남역 전경(밤에서 낮 되는).

동진, 까칠한 얼굴로 넋 나간 듯이 서 있다. 담배를 피우려는데 누군가 라이터로 불을 붙여준다. 동진, 보면 여자 아이(세미에게 엄마 있는 곳을 알려주던)다.

여자 아이 언제까지 이러고 계실 거예요?

동진 세미, 아니 여자가 돌아올 때까지.

여자 아이 (동진을 외면하며) 세미는 화양리에 있어요.

동진 (화난 듯 이 악물고) .. 왜 지금 말해?

여자 아이 나도 내 목숨이 아깝거든요. 난 여기 뜰 거예요. 아저씨가 날탕이었으면 안 알려줬어요.

동진 (울먹이며 여자 아이의 멱살을 잡고) 언제부터 안 거야, 왜 지금 말해! (하고, 소리를 지른다)

씬 57. 전철역 안.

동진, 뛰어 내려간다. 개찰구를 획 뛰어넘어 가는 동진.

역원 아저씨 거기 서요!

동진 (계속 뛰어간다)

씬 58. 승강장.

전철 문 닫히려 할 때 동진, 뛰어가 탄다.

씬 59. 룸 카페 전경.

장어, 두들겨 맞고 쓰러져 있다. 입가며, 눈이며 온통 찢겨 있다.

깡 패　(장어의 멱살을 잡고 한 대 더 치고, 으름장) 갈 거야, 안 갈 거야.
장 어　(고개 들어, 깡패 보며) 난 아무 데도 안 가, 세미 두고는 못 가.
깡 패　(장어를 한 대 더 치고)
장 어　(주먹에 턱이 돌아가면서도, 깡패 보고 희미하게 웃고)

씬 60. 룸 카페 홀 안.

세미, 민소매와 반바지 입은 상태로 의자에 멍하니 앉아 있다. 목에, 팔에 피멍든 상처가 나 있다.

양 부　(한켠에서 옷 던져주며) 오늘 밤도 영업 안 나가면 그땐 죽는다.
세 미　(허탈하게 씩 웃으며) 나 죽으면 시체 끌어다 술상에 앉혀. 살아선 안 나가.

씬 61. 전철 안.

동진, 문을 두 손으로 짚고 바깥쪽을 보며 기대 있다. 눈가 그렁한 채 이 앙다물고 있다.

동 진　조금만 기다려, 세미야, 조금만 기다려.

씬 62. 병원 전경.

은수, 추운 듯 몸을 웅크리고 나오고 있다.
준희, 은수의 어깨를 부축하고 나온다. 두 사람, 준희의 차로 간다. 준희, 문 열어 은수를 태우고 운전석에 탄다.

씬 63. 준희의 차 안.

은수, 타자마자 눈 감고 있다. 운전석의 준희, 그런 은수를 보다가 안전벨트를 해준다.

은 수　(눈 감은 채 희미하게 웃으며) 사랑 받는 거 같다.
준 희　(마음 아프게 은수를 보다, 시동 거는)
은 수　(준희를 본다) 준희야.
준 희　(은수를 본다)
은 수　(서글프게 웃으며) 집에 들어가기 싫어. 근사한 데 가서 너랑 하룻밤 잤으면 좋겠다. (준희 안 보고) 집에 들어가면 또 각방 쓸 거잖아.
준 희　(은수를 마음 아프게 본다, 눈가 붉어지는)
은 수　(앞을 보며) 어디 호수에 떠 있는 집 없나? 그런 집 가고 싶은데. 우리가 신혼여행 갔던 뉴저지 그 호숫가 같은 집, 서울엔 없겠지?
준 희　찾아보자.
은 수　(준희를 보며) 찾아봐줄래?
준 희　그래. (눈물 그렁해 차 돌려 가고)

씬 64. 화양리 번화한 골목(밤).

동진, 거리를 이리저리 헤매며 서둘러 찾고 있다. 눈가 붉어져 있다.

씬 65. 룸 카페(세미가 있는)가 있는 거리.

동진, 두리번거리며 찾고 있다. 카페 앞에 장어, 두들겨 맞은 모습으로 고개 숙이고 늘어져 앉아 있다. 하지만 동진은 장어를 보지 못하고 지나쳐 간다.

씬 66. 다른 골목.

동진, 찾다가 아닌 듯해 다시 간다.

씬 67. 다시 그 룸 카페 거리.

동진, 찾으며 가는데 옆에서 누군가 픽 쓰러진다. 동진, 뒤돌아보고, 눈이 커진다. 장어를 알아본 듯하다. 떨리는 맘으로 다가가 얼굴 들어 보는데 장어 얼굴이 피투성이다.

동 진 (목소리 떨리는) 장어야, 장어야....
장 어 (힘없이 눈을 뜬다. 잠시 후 동진을 알아본다. 힘없이 웃으며) 형, 왔구나....

씬 68. 룸 카페 계단 + 계산대.

동진, 씩씩대고 내려간다.

종업원 (손님인 줄 알고) 어서 오십시오.
동 진 (화가 나 잔뜩 가라앉은 목소리로) 세미 어딨어!
종업원 !

씬 69. 홀 복도.

동진, '세미야, 세미야.' 소리치며 가고,
손님들, 뛰쳐나와 '무슨 일이야.' 한다.

씬 70. 스테이지 있는 홀.

깡패들, 술 마시다, 동진이 세미 부르는 소리 듣고.

깡패들　무슨 소리야? (하며 일어들 나는데)

동진, 홀로 오며.

동 진　세미야!

그때, 깡패 하나 '넌 뭐야.' 하며 동진의 멱살을 붙잡는다.
동진, '세미 내놔.' 하고,
깡패, '뭐라 그래, 이 자식이.' 하며 주먹을 날리면, 동진, 탁자에 넘어지고.

동 진　(입에 피를 흘리며 일어나, 큰소리로) 세미 내놔!
양 부　(홀 한쪽에 있다가 어느새 동진 쪽으로 와선, 동진을 노려본다)
동 진　(양부를 노려보며) 세미 내놔!
양 부　(동진을 계속 노려보며 깡패들에게) 손 단단히 봐라!

깡패들, 동진 둘레에 빙 둘러 서고, 동진을 일으켜 세워, 돌려가며 동진을 팬다.
동진, 맞으면서도 '세미 내놔! 세미 어딨어!' 하고.

씬 71. 룸 안.

세미, 반바지에 러닝 차림으로 문을 열려 하지만, 잠겨서 열리지 않는다. 밖에서는 맞는 소리, 들리고 '세미야!' 하는 동진의 소리 들리는.

세 미　(문 두드리며, 울며) 아저씨! 아저씨!

씬 72. 카페 홀(느린 화면).

동진, 깡패들에게 돌려가며 맞고 있다. 동진의 얼굴, 피투성이다.

씬 73. 룸 카페 밖, 계단 안쪽.

장어, 안에서 들리는 소리를 듣고 정신없이 닫혀 있는 문을 두드린다.

장 어　(문 두드리며) 세미야! 형!

씬 74. 홀(느린 화면).

동진, 피투성이가 되어, 깡패의 발에 채이고.

씬 75. 룸 안.

세미, 몸을 던져 문을 열고.

씬 76. 룸 복도 + 홀 안.

세 미　(문 밀치고 나와) 나와! 나와!

하며, 사람들을 밀치고 동진에게로 가려 하면,
양부, 세미에게로 와 세미를 힘껏 때린다.
세미, 입가 터져 넘어지는 모습, 느린 화면.

동 진　(피 터져 넘어져 있으면서도 세미 쪽으로 눈길을 돌리며) 세미야...

하고, 일어서려는데, 깡패 어느새 동진의 얼굴에 발길질하는,
동진, 피 토하며 뒤로 다시 넘어지는 모습, 느린 화면,
이때, 경찰의 사이렌 소리가 요란하다.

씬 77. 룸 카페 앞.

사람들 우왕좌왕 모여 있다. 경찰차 두서너 대 와 있다. 사람들을 헤치고 동진, 피투성이가 된 얼굴로 기절한 세미를 업고 '비켜!' 하며 나온다. 사람들, 무서워 비켜서고 동진은 번화한 거리를 걸어 나오는데 눈물은 그렁하다, 맘 아프게 앞만 보며, 자신에 찬.

동 진　세미야, 결혼하자. 우리, 결혼하자.

엔딩.

18부

난 준희가 외롭게 하지 않아서 좋았어.

상대에 대한 배려가 많은 애지. 갠 나나, 은수냐 선택하기 전엔,

그 때문에 괴로울 땐 날 외롭게 하지 않더니,

이제 나다, 그렇게 선택하고 나서는 날 외롭게 만들어....

씬 1. 여관방 전경, 밤.

씬 2. 여관방 안(어두운) + 욕실(밝은).

카메라, 여관방 문 열고 들어가면, 열려진 욕실 문 쪽에서 물소리 나고, 그리고 이동하면, 세미, 세수한 모습으로 눈가 그렁해 변기에 앉아, 발을 닦아주는 동진(세수한 모습, 러닝 차림에 맨발로 무릎 꿇고 앉아)을 보고 있다.

동 진 (세미의 발을 닦아주며) 너한텐 아무 일도 없었던 거야. 나한테도 아무 일 없었어. 지난 일은 생각하지 말자.

세 미 (발을 닦아주고 있는 동진을 눈물이 그렁한 눈으로 보다가 동진의 얼굴에 손을 댄다)

동 진 (고개 들어 세미를 보면) ....

세 미 (울지 않으려 애써 웃으며) 사랑해요.

동 진 (눈가 붉어, 애써 웃으며) 내가 누구야?

세 미 남자요.

동 진 (희미하게 웃으며, 세미를 따뜻하게 보고는) 여기서 못 살지도 몰라. 이 나라에서 사랑할 수 없다면 다른 곳으로 가자. 사랑할 수 있는 곳에, 편견도 없고, 선입견도 없는, 그런 곳. 거기서 너는 여자일 뿐이고, 나는 남자일 뿐이야. 가서는 죽을 때까지, 사랑만 하자.

세 미　(고마운, 동진의 머리를 싸안는다, 눈 감고)

씬 3. 여관방, 어두운.

누워 있는 세미에게 동진, 이불을 덮어준다.

동 진　눈 감어.
세 미　(눈 감는다)
동 진　눈 뜨지 말고 아침까지 자라.
세 미　네.
동 진　(세미의 머리를 쓰다듬어주고 나간다)
세 미　(고개 돌려 나가는 동진을 보고)

씬 4. 여관방 + 복도.

동진, 조심스럽게 문 닫다가 뭔가 이상해 옆방을 보면 장어, 어깨에 배낭을 메고 조심스럽게 나오고 있다. 장어는 동진을 보지 못했다.
장어, 몸을 돌리다 동진과 마주친다.

장 어　(동진 보고 흠칫하는) ....
동 진　(가라앉은) 어디 가?

씬 5. 문 닫힌 길거리 상가 앞.

동진, 장어, 소주병(반쯤 찬)을 하나씩 손에 들고 있다.

동 진　(장어 보며) 어디 갈려, 그랬어?

장 어　(동진을 보지 못하고 말을 더듬는다) 친, 친구가요, 이, 이태원에서 나무를 심어요. 같이 심자고 해서....

동 진　(장어 보며) 이태원에 나무 심는 데가 있어? 거기 들이 있어, 밭이 있어, 산이 있어? 어디다가 나무를 심어?

장 어　(버벅대는) 그, 그게... 그게...

동 진　장어야.

장 어　(고개 숙이고 작게) 네.. 네...

동 진　(장어 보며) 같이 가자.

장 어　(동진을 보지 않고, 외면하는데 눈가 그렁한, 맘에 없는 말) 아, 아니요. 난 형, 싫어요. 세미도 싫고... 같이 다니면 맨날 맞기만 하고, 밥도 잘 못 얻어먹고, 세미 신경질 부리는 것도 이젠 듣기 싫어요. (눈물 닦고)

동 진　(그런 장어 보고 있다가, 한숨 쉬고, 장어 보지 않고) 난 야비하고 간사한 놈이야. 겁도 많지.

장 어　(고개 돌려, 동진을 보며) ?

동 진　(장어를 보지 않고) 내가 만약 용기 있는 놈이었다면 너흴 여기까지 오게 하진 않았을 거야. (장어를 보며) 니가 도와줘야 돼. 내가 흔들릴 때, 또다시 세미가 버거워 버리고 싶을 때, 사랑은 그런 게 아니라고 가르쳐줄 사람이 필요해. 난 너만큼 세미를 사랑하지 않아. 감시자가, 필요해.

장 어　(고개 숙이고 동진의 말을 듣다가 눈물을 닦으며) 난 거추장스럽기만 할 거예요. 귀찮기만 할 거예요.

동 진　(장어를 보며) 나쁜 놈이 아니라면 처남을 거추장스럽게 생각하는 놈은 세상에 없어.

장 어　(동진을 보면) ?!

동 진　넌 내 하나밖에 없는 처남이야.

장 어　(눈가가 그렁해 작게 웃는) 정, 말요?

동 진　(어렵게) 부모님께, 너희가 형제가 아니라고, 동두천 텍사스촌이 고향이고, 배우지도 못하고, 부모님도 없다고 사실대로 말하지 못할지도 몰라. 잘나가는 집안이다. 친인척은 모두 외국 나가 산다. 꾸며댈지도 몰라.

장 어　?

동 진　이해해주겠니?

장 어　(그 마음 알겠다, 고개 끄덕인다)

동 진　(이해해주는 게 고맙다, 술 한 모금 마시고) 세미를 선택한 게 옳았다고 말해줄래?

장 어　(작은 웃음 짓고) 옳아요.

동 진　고맙다. 난 그 말만 믿을 거야. 건배하자. 우리 모두를 위해서.

동진, 장어, 술병을 서로 부딪히고 한 모금 마시고, 서로를 보고 씩 웃는다.

씬 6. 성우의 집 전경, 낮.

씬 7. 성우의 방.

성우, 결혼식에 참석하기 위해 화사한 옷을 입고, 책상 앞에 앉아 휴대폰으로 전화를 하고 있다. 신호음 가는, 초조한, 울고 싶은 마음이다.

성 우　전화 받어, 제발.. 제발....

씬 8. 준희의 거실.

텅 비어 있다. 전화벨만 요란히 울린다.

씬 9. 성우의 방.

책상에 앉아 전화를 들고 있다.

성 우　(다급한 마음에, 괜히 부르는) 준희야... (하는데 신호음이 끊기고 털컥 하는 소리 들리면 성우 급히) 여보세요. (하는데 응답기 돌아가는 소리 들린다. 준

희, 은수의 밝은 목소리 들린다. 성우, 소리 다 듣고는 속상하고 난감하다. 가만히 휴대폰 들고 있다가 파워 버튼 누르고, 심란하게 앉아 있다)

영 희　(E, 거실 쪽에서) 성우야. 엄마 준비 다 했어.

성 우　(영희의 목소리에 정신이 들고) 어, 어, 엄마 나갈게, 잠깐만. (하고 심호흡한 뒤 가방에 휴대폰을 넣고 잠그며, 왈칵 울어버릴 것 같다, 참고, 짐짓 아무렇지 않게) 엄마, 가자. (하고, 일어나고 문 열고 나간다)

씬 10. 성우의 거실.

성우, 문 닫고 돌아서는데 순간 놀란 얼굴이다. 카메라 돌면 영희, 너무나 화사하게 한복을 입고 부끄러운 듯이 고개 숙이고 서 있다.

영 희　(성우, 못 보고) 이상하지.

성 우　(너무 놀라 감동한 얼굴로 손으로 입 막고 울음 참으며, 웃음기 있는) 엄마.. 너무 이쁘다.

영 희　(그제야 성우를 보며) 괜찮어?

성 우　(눈물 그렁한 얼굴로 고개만 끄덕인다. 울음을 참으려 입을 손으로 막고 있다, 그래도 애써 웃으려 하는)

씬 11. 아담한 호텔 전경.

씬 12. 결혼식장(작은 홀 안).

음악이 흐르는,
성우의 시각으로 홀 안을 본다.
성우, 기쁘지만 눈가는 그렁하다.

1. 영희, 현철, 케이크의 불을 끄고 케이크를 자른다. 성우와 현철의 아들 내

외 박수치며 앉아 있고 한쪽에서는 폭죽을 터뜨린다.

2. 현철, 영희, 술잔 부딪히고 서로 팔을 엇갈려 술을 마신다.

3. 성우, 눈가 그렁해 영희의 모습을 보고 있다.

4. 현철, 영희의 손가락에 실반지 하나 끼워준다.

5. 성우, 아무도 모르게 고개 돌리고 눈물을 닦는다.

성 우　(눈치껏 어색하게 자리를 피한다)
영 희　(현철과 같이 웃고 있으면서도 나가는 성우에게 눈길이 가 있다)

씬 13. 호텔 복도.

성우, 눈물을 참으며, 고개 숙이고 입가 틀어막고 화장실로 간다.

씬 14. 화장실 안.

성우, 입을 틀어막고 운다. 그러다 문소리 들리면, 눈물 참고 괜히 수도꼭지를 트는데, 누군가 어깨에 손을 댄다. 고개 들면 화장실 유리창에 영희, 눈가 그렁해 서 있다. 성우, 영희에게 미안한 마음 들어, 고개 숙이고.

성 우　왜 나왔어요.
영 희　(눈물 그렁한 얼굴로 아무 말 못 하고 성우 안는다)
성 우　(눈물 참고, 영희 품에서 나와, 눈가 그렁해 장난처럼) 엄마, 첫날밤 잘 치뤄요.
영 희　(눈물 그렁해, 성우 머리 넘겨주며) 밥 잘 챙겨 먹구, 밤늦게 커피 마시지 마. 문단속 잘하고 자고.

성우 알어, 알어.

영희 (눈가 그렁해) 성우야.

성우 엄마 울지 마. 화장 번진다. (하며, 영희의 눈가를 만져준다)

영희 (눈가 만지는 성우의 손을 잡고 눈물이 그렁해) 엄마가 이 세상에서 가장 사랑하는 사람은 성우 너야, 알지?

성우 (눈가 그렁해 영희를 보며 고개 끄덕인다)

영희 그럼 됐어. 엄마가 너 사랑하는 거 알면 됐어. (안고, 성우의 등을 다독이며) 아이고, 착한 우리 딸. (하는데 눈물 흐르는)

씬 15. 호텔 앞.

차 세워져 있다. 차 안에 현철의 아들은 운전석에 앉아 있고 영희, 현철은 뒷자리에 타고 있다. 현철의 다른 아들 내외들 '안녕히 다녀오세요.' 하며 인사를 한다.

성우, 한쪽에 멀찌감치 서 있다.

아들 내외 차 문 닫고, 차 출발하면 손 흔들고.

씬 16. 차 안.

영희 (뒤돌아 성우 찾는다)

씬 17. 호텔 앞.

성우, 아들 내외 인사해서 보내고, 영희 차 본다.

영희, 눈물 참고 손 흔들면,

성우, 눈가 그렁해 손 흔드는.

씬 18. 달리는 영희의 차 안.

영희, 우는 모습 안 보이려, 창가 보며, 손으로 입 막고 작게 울고 있다.

현 철 (운전하는 아들 눈치 보고, 영희를 보며, 작게) 그만 울어라.
영 희 (참는) 알았어, 고만 울어. (하고, 이 앙다물어 눈물 참는)

씬 19. 성우의 차 안.

성우, 눈물이 그렁해 눈물을 흘리며 운전해 간다. (F. O)

씬 20. 콘도 전경(물 위에 있는, 고양리 유일 레저 같은), 낮.

씬 21. 콘도 안.

은수, 잠을 오래 잔 얼굴로 이불로 몸을 감싸고 소파에 앉아 창밖의 물가를 보고 있다.

씬 22. 콘도 내 슈퍼.

준희, 생수며, 담배를 산다.

씬 23. 콘도 안.

준희, 장본 것들을 들고 무심히 들어오다, 소파에 앉아 있는 은수를 본다.

은 수　(준희를 돌아보며 작게 웃는다)
준 희　... 깼구나.

시간 경과.

두 사람, 소파 마주 보고 앉아 있는.

은 수　(물가를 보며, 무심히) 나 얼마나 잤어?
준 희　(창 쪽에 서서 밖을 보다, 그 말에 은수 보며, 작은 미소) 너무 오래 자서 모르겠어.
은 수　온 지 얼마나 됐지?
준 희　일주일.
은 수　(준희 보며) 나 잘 동안 뭐 했어?
준 희　(외면하며) 강가 봤어.
은 수　(준희 보며) 나 안 보구?
준 희　(은수 보며, 맘 아픈, 작은 미소 짓고) 너도 보구.
은 수　(창밖을 보며) 먹구 자구, 먹구 자구... 게으른 굼벵이처럼. (어이없는 웃음) 나두 모르게 되게 고단했나 보다.
준 희　(맘 아픈) 그래.
은 수　여기, 우리 신혼여행 때 갔던 그 오두막집하고 많이 닮았다.
준 희　(강가를 보며) 그래.
은 수　거기서, 수염 하얀 할아버지, 만났었는데, (준희 보며) 생각나?
준 희　(안 보고) 응.. 우리한테 풀 화분 줬었잖아...
은 수　맞어. (생각하는) 그 풀 이름이 뭐였지?
준 희　골든 레몬 타임.
은 수　라벤다 아니야? 박하 향이 났었던 거 같은데...
준 희　(강가 보며) 골든 레몬 타임이었어. 그 동네에 많이 난다고... 사랑이 우울해질 때 달여 먹으라 그랬어. 그 풀잎이 우울증에 약이 된댔잖아.
은 수　(작게 고개 끄덕이며) 맞어, 맞어. (그러다, 준희 보며) 근데, 그 꽃 어떻게 했지?
준 희　(안 보고) 시들었어.

은수　(준희 보고) 왜, 시들었어?
준희　(안 보고) 니가 물을 안 줬어.
은수　(준희가 참 예쁘다고 생각하며, 보면서) 왜 안 줬을까?
준희　(옛날 생각나는지, 눈가 붉어지며, 강가만 보며) 그 풀잎이, 무성해지면 정말 사랑이 우울해질지도 모른다고... 일부러.
은수　(작게 웃으며, 준희 안 보고) 잘못했다. 그때, 물을 줄걸. 그럼, 이럴 때 달여 먹으면 좋았을 텐데.
준희　(미안한 마음으로 안쓰럽게 은수 본다)
은수　(준희 그렁해 보며, 입가엔 엷은 미소 띤) 준희야, 넌 다 기억한다. 내가 잊은 것도.
준희　(고개 떨구고, 눈물 그렁한) .....
은수　(눈가 그렁해 애써 웃으며 준희 보며) 야, 이 바보야... 넌 그 많은 걸 다 기억하고, 날 어떻게 잊을래. (하고, 강가로 눈길 돌리는데 눈물 흐르는)
준희　(고개 들어, 은수 보는데 눈물 가득하다, 맘 아픈)
은수　(흐르는 눈물 그대로 놔두고, 어찌 보면 편안한 얼굴이다)

씬 24. 신문사 전경.

씬 25. 신문사 안, 부장의 자리.

동진(자신에 찬, 입가에 작은 웃음까지 띤)과 부장, 얘기하고 있다. 동진의 얼굴 상처 거의 아물었다.

동진　보내주세요.
부장　(걱정스런) ?
동진　박 선배님 얘기 들었습니다. 부인이 그쪽 생활에 적응을 못 한다고, 들어오고 싶다고, 몇 번 귀국 신청했다면서요.
부장　그러긴 했어. 근데 거긴 자네 자리가 아니라, 초짜 자리야. 6개월이나, 1년차들 보내려고 그래.

동진 ?

부장 초짜들은 들어온다는 말을 안 하거든. 한 번 나가면 5년씩은 있어야 하는데 너처럼 결혼 적령기에 들어가면 결혼 때문에 나온다, 애 낳으려고 나온다. 도대체 업무 파악이 제대로 되질 않어.

동진 5년 있겠습니다. 결혼해서 갈 거니까 결혼한다고 나오는 일은 없을 겁니다.

부장 !

동진 아이는 안 낳을 거니까, 그것 때문에 나올 일도 없구요.

부장 월급 달러 아닌 거 알어?

동진 압니다.

부장 (동진 살피는 기색이다) 왜 이렇게 기분이 좋아?

동진 (웃으며) 사랑을 해서요.

부장 ?

동진 보내주세요.

씬 26. 동진의 자리.

동진, 웃음 가득한 얼굴로 전화를 받고 있다.

동진 벌써 와? 가 있어. 난 좀 늦을 텐데....

동료 (동진 옆에 걱정스레 와 앉는다)

동진 (동료에게 잠시 있으라는 손짓하고, 마저 전화하는) 알았어, 발에 불이 나게 갈게. 응, 기다려. (끊고, 웃으며 얼굴 굳어 있는 동료 본다) 왜?

동료 워싱턴 발령 얘기했다며? 미쳤어? 옛날 말이지, 지금은 거기 아무도 안 갈려 그래. 특파원 팀 싹 없어지고 단독 플레이해야 되는데 힘들어서 어떻게 할려 그러냐? 원화로 월급 받어서, 달러 생활? 관둬.

동진 (동료 보고 웃으며) 형, 나 자신 있어, 할 수 있다구.

동료 (이상하다는 듯) 뭐?

동진 (가방 들고, 일어서며) 여자를 좋아하게 되니까 자신이 생겨. 나 이런 모습 처음 봤지?

동료 (벙찐) 그래.

동 진　앞으로 5년간은 못 보게 될 거야. (하며, 동료 어깨 치고 기분 좋게 나간다)
동 료　(나가는 동진을 어이없게 본다)

씬 27. 동사무소 전경.

동진, 웃으며 윗주머니를 만족스럽게 툭툭 치며 나온다. 기분 좋은 얼굴이다.

씬 28. 길거리 리어카 꽃 장사.

동진, 가다가 꽃집을 스쳐 지나간다. 다시 리어카로 간다.

주 인　어서 오세요.
동 진　(기분 좋은 얼굴) 여자한테 결혼 신청할 때 무슨 꽃을 많이 씁니까?

씬 29. 레스토랑 안.

세미, 장어 앉아 있다. 테이블을 보면 꽃과 봉투가 놓여 있고 동진은 미소 띤 얼굴로 세미를 보고 있다.

세 미　(동진을 보면) ?
동 진　봉투 열어봐.
세 미　(조심스럽게 봉투를 집어, 열어서는 그 안에 종이를 펴본다)

인서트 - 혼인 신고서(이동진, 김여자).

세 미　(동진을 감동한 듯 본다)
장 어　(동진과 종이를 번갈아 보며) 형, 뭐야?
동 진　(세미만 보며) 세미랑 나랑 결혼했다는 증명서.

장 어 (궁금한) 나두 봐. (하고, 세미가 들고 있는 증명서 본다, 좋다) 와!

세 미 어떡하려고 그래요?

동 진 (세미를 보다, 머리 긁으며, 여전히 웃으며) 어떡하긴, 결혼했으니까 사는 거지.

세 미 부모님한테 말했어요?

동 진 (가만히 차분한 얼굴로 세미를 보며) 너랑 장어 처지, 사실대론 말하지 않았어. 부모님들이 좋아하시게 거짓말 좀 했어.

세 미 들통날 거예요.

동 진 (세미를 보며, 단호한) 외국으로 갈 거야. 부모님이 너희 일을 아실 때는, 내, 허물도 아시게 될 거야. 나한테 올 여자는 너밖에 없다는 것도. 부모님에게 효도하는 길은 돈 많고 배운 여자랑 사는 게 아니라 내가 행복해지는 거야. 그러시리라 믿어.

세 미 (동진 안 보고, 심란한) 너무 장난 같아요. 애들 짓 같구...

동 진 (세미 보고) 맞어. 애들 짓이야.

세 미 (보면)

동 진 애들처럼 살기로 했어. 소꿉장난하듯이 편견도, 선입견도 없이. 하지만, 아이들처럼 책임지지 못하고 도망가는 짓은 하지 않을 거야. 믿고 따라와줘.

세 미 (눈가 그렁하다. 마음이 따뜻해진다)

장 어 (좋다)

동 진 우리 부모님, 날 잡아서, 여기서 만날 거야. 니들 이런 데 싫어하는 줄 알지만, 우리 부모님 생각해서 참아줘. 세미야.

세 미 (본다)

동 진 (장난스럽게 웃으며) 지난번처럼 깽판치면 안 돼.

세 미 (동진을 안 보고, 조금 장난스럽게) 모르죠, 뭐.

장 어 (동진에게) 약속했어요, 나랑. 그런 짓 안 한다고, 형 앞에서 나쁜 짓 안 한다고. (세미 보며) 그치, 세미야.

세 미 (창피한) 그런데 이런 데선 음식을 어떻게 시키는 줄도 모르고, 일하는 사람을 어떻게 불러야 할지도 모르겠어요.

장 어 (웃으며) 난 안다요.

동 진 어떻게 하면 되는데.

장 어 스테이크 주세요, 그러면 돼요.

동 진　(웃으며) 맞았어. 그럼 웨이터가 물을 거야. 웰던이냐, 미디움이냐? 그 얘긴 고길 바짝 구울 거냐, 덜 구울 거냐, 그 소리거든. 그럼, 간단하게, 바짝 구워 주세요, 그래. 또 포도주는 뭘로 드릴까요, 그러면 좋은 걸로 주세요, 그러고. 또 웨이터를 부를 땐, (소리친다) 아저씨!

그때, 한쪽에 서 있던 웨이터가 어디서 나는 소린가 싶어, 사방을 두리번거린다.

동 진　(자기가 한 게 아닌 것처럼, 고개 숙이고, 세미와 장어에게 속삭이듯) 봤지? (주입시키듯) 우리끼리 통하는 말은, 세상 모든 사람에게도 통하는 말이야. 자신을 가져.

세 미　(동진이 믿음직스럽다)

장 어　(동진이 좋다)

동 진　(환하게 웃는)

씬 30. 준희의 집, 전경.

씬 31. 준희의 거실.

은수, 준희, 소파에 앉아 있다. 준희 옆에 은수의 가방이 놓여 있다.

은 수　(집을 둘러보며) 집이 낯설다.

준 희　(가만히 있는다)

은 수　(준희 보며, 어둡지 않게) 가방 좀 줄래?

준 희　(은수에게 가방을 준다)

은 수　(애써 웃으며 가방을 연다) 이 안에 뭐가 들었을까?

준 희　(가만히 은수를 본다)

은 수　(가방 안에서 서류가 든 봉투 하나를 꺼내 준희 쪽 탁자에 밀어놓는다)

준 희　(순간, 눈가 붉어지며 이 앙다물고 외면한다)

은 수　니 도장만 찍으면 돼. 나는 벌써 찍었어. (눈가 붉어지며, 짐짓 밝게) 작년에 니가 내 생일 선물로 조각해준 도장 있지, 그게 이렇게 쓰일 줄은, 몰랐다. (사이) 교회에서 목사님 앞에 두고 성경에 손 얹고, 살아 있는 동안 너는 나만 사랑한다고, 나는 너만 사랑한다고 맹세할 때, 난 신이 가장 무서운 존잰 줄 알았어. 그런데.. 아니야. 세상에서 가장 위험하고 무서운 건 사람 마음이야. 신 앞에서 한 맹세도 마음 한 번 바꿔 먹으니까 아무것도 아니잖아.

준 희　(가만히 고개 숙이고 앉아 있다, 맘이 너무 아프다)

은 수　내일 오후에, 법원 가자.

준 희　(눈가 그렁한)

은 수　집은 병원 가기 전에 미리 내놨어. 짐 정리는 내가 할게.

준 희　(고개 숙인 채로, 떨리는) 언니한테 갈 거니?

은 수　응. (하는데, 피하고 싶은 마음이다) 피곤하다. 나 들어가서 잘래. (하고, 방으로 들어간다)

준 희　(너무 맘이 아프다, 눈물 힘들게 참는)

이때 전화벨이 울린다.
준희, 받지 않는다. 응답기 돌아가고 잠시 후 끊긴다. 준희, 성운가 싶다. 응답기 돌려 다시 틀면 지나간 메시지가 나온다.

응답기　(메세지 1) 부동산입니다. 작자가 나섰습니다. 집을 봤으면 하는데, 연락주세요. (메시지 2, 가만히 있다. 성우 숨소리 들린다. 끊기고, 메시지 3, 성우의 목소리, 망설이는 듯하다) 여보세요. (하고, 가만히 있다가 끊는 소리 들린다)

준 희　(답답하다)

씬 32. 침실.

환하게 불이 켜 있다.
준희, 문 열고 들어온다. 들어와 보면 은수, 이불도 덮지 않은 채 쭈그리고 불편하게 자고 있다. 준희, 그런 은수를 가만히 보다가, 이불을 덮어준다. 창문의 커튼을 닫아주고 불을 끄고 나간다. 카메라 돌면, 은수, 눈 뜨고 무표정하게 있다.

씬 33. 성우의 아파트 복도, 밤.

성우, 평상복 차림으로 집에서 나와 뛰어간다. 엘리베이터 버튼을 누르고 초조하게 서 있다.

씬 34. 아파트 입구.

성우, 엘리베이터에서 내려 공원으로 달려간다.

씬 35. 공원.

준희, 벤치에 앉아 있다.
성우, 뛰어와 멈춰 서서 준희를 바라본다. 눈가 그렁하다. 반가운 마음이다.

시간 경과.

준희, 성우, 벤치에 나란히 앉아 있다.
성우, 준희를 걱정스럽게 보고 준희는 앞만 보며 마음 아픈 것 감추고 짐짓 태연하게 말한다.

준 희　연락을 할 수가 없었어요. 일이 좀 있어서.
성 우　(어색한) 응...
준 희　(성우를 보며 애써 웃는다) 회사, 안 나가요?
성 우　(어렵게 웃으며) 휴가 냈어. 엄마가 결혼하셨거든.
준 희　(처음 듣는 소리라는 듯 성우를 본다) ?
성 우　(준희 보지 않고) 말할 수가 없었어. 너도 바빴잖아.

준 희　(성우가 안됐다) 혼자 있기, 괜찮아요?
성 우　(거짓말이다) 어, 괜찮아.
준 희　(성우 보지 않고) 곧 비자 나올 거예요.
성 우　(준희 보지 않고) 엄마랑 상의 못 했어. 돌아오시면 말씀드릴게.
준 희　(눈가 그렁해 성우를 보지 않고) 내가, 우유부단하다고, 생각하죠?
성 우　(준희 보지 않고) 지금 우유부단하지 않으면, 나쁜 사람이지.
준 희　(마음 아프게 끄덕인다. 애써 웃지만 눈가가 그렁하다) 일찍 들어가봐야 해요.
성 우　응.
준 희　(외면하며, 생각 없이 무심히 말한다) 아내가 많이 아파요.
성 우　?

그런 성우의 얼굴 위로 성우, 마음속의 말, '아내....'

성 우　(당황한 마음에 준희를 보다 외면하고, 떨리는) 그, 그래.

씬 36. 아파트 주차장.

준희 차 떠나고 성우, 가는 준희를 서글프게 바라보고 있다.

씬 37. 성우의 집 앞.

성우, 엘리베이터에서 내려 생각 많은 얼굴로 걸어가 열쇠로 문을 열려 하는데.

하 숙　(E) 성우야.
성 우　(돌아보면)
하 숙　(하숙 한쪽 벽에 기대서서 성우 안쓰러운 듯 보며 웃고 있다)

씬 38. 성우의 집, 주방.

하숙, 성우 맥주를 마시고 있다.
성우, 서글프고 씁쓸하다.
하숙, 그런 성우를 걱정스럽게 본다.

하숙　성우야.
성우　(하숙 안 보고) 준희 얘기라면 그만 해. 맘 안 변해.
하숙　오늘은, 그 일 때문에, 온 거 아니야.
성우　(하숙 보면) ?
하숙　어머니 시집보내고 너 혼자 이 집에 있을 걸 생각하니까, 밥이 목으로 안 넘어가더라. 내가 무슨 위로가 되겠냐만 혼자 있는 거보단 날 거 같아서 온 거야.
성우　(가만히, 술 마시는)
하숙　집이 너무 넓다. 혼자 살기엔 너무 넓어.
성우　(무심히) 그래. 집이 너무 넓지, 혼자 살기에는.... (그러다, 잠시 생각하고 나서) 언니.
하숙　(본다)
성우　준희 왔다 갔어.
하숙　(답답한 얼굴로 술 마신다)
성우　(하숙 안 보고, 서글픈) 별얘기 안 하고.. 아내가 많이 아프다고 그러더라.
하숙　(보면) ?
성우　(서글프게 웃으며) 은수 씨를 아내라고 부르는 걸 처음 들은 거 같애. (자기 생각에 빠져, 하숙 안 보고) 언제나 은수라고 불렀는데 오늘은 왜 아내라고 부르지?
하숙　(짐짓 아무렇지도 않은 듯) 훗날이 어떻게 되든, 현재는 같이 사니까 그렇게 부르는 거겠지.
성우　(서글픈) 난 준희가 외롭게 하지 않아서 좋았어. 상대에 대한 배려가 많은 애지. (서글픈 웃음) 갠 나냐, 은수냐 선택하기 전엔, 그 때문에 괴로울 땐 날 외롭게 하지 않더니, 이제 나다, 그렇게 선택하고 나서는 날 외롭게 만들어....

(눈가 그렁해지는) 아내가 아프다, 그렇게 말하면 나는 뭐라고 말해? 아내가 아프냐, 그렇게 말해? 처음으로 내 생각을 하지 않고 말을, 했어. 힘든가 봐. 하지만 나도 힘든데 왜 그 생각을 못 하지. (사이) 어려서... 그럴까?

하 숙　(성우 보고, 안쓰러운)

성 우　(입가에 서글픈 미소 짓지만 눈가는 그렁하다) 어려서....

씬 39. 성우의 베란다(어두운).

성우, 문틀에 기대 생각이 많다, 밤바람이 머리를 작게 날리는.

씬 40. 준희의 거실.

스탠드 불빛만 있다.
준희, 들어온다. 들어오다 보면 은수, 앉아 있다.

은 수　(창가를 보며) 밤바람 쐬고 왔어?

준 희　왜 안 잤어?

은 수　(준희 보지 않고) 요즘 밤바람 좋지?

준 희　(소파에 앉아 고개 조금 숙이고) 응.

은 수　(준희 보며) 침대에서 혼자 자려니까 잠이 안 와. 니가 침대에서 자. 내가 작업실에서 잘게.

준 희　(은수 안 보고) 그러자.

은 수　(준희 보고) 들어가.

준 희　(은수 보고) 힘들더라도 눈 붙여.

은 수　알았어.

준 희　(일어나 방으로 간다)

은 수　(가만히, 고개 돌려 창가만 본다)

씬 41. 침실.

준희, 침대맡에 앉아 생각이 많다. 전화기 눈에 들어온다. 가만히 전화기를 본다.

씬 42. 성우의 거실.

전화벨이 울린다.
베란다, 문에 기대서 있던 성우, 천천히 걸어가 탁자 위의 전화기를 든다.

성우 여보세요. (아무 소리도 들리지 않는다) 여보세요... 준, 희, 니? (사이) 여보세요?
은수 (E) 저....
성우 (이상하다) ?
은수 (E) 정은수예요.
성우 (난감한 얼굴이다) !

씬 43. 준희의 거실.

은수, 전화하고 있다.

은수 내일 좀 뵀으면 싶은데요.
성우 (E) 안 만나고 싶어요.
은수 (눈 감았다 뜨며 심호흡하고) 드릴 말씀이 있어요.
성우 (E) 전화로 하시면 안 돼요?
은수 (서글픈 웃음 짓고) 만나고 싶은데요.

씬 44. 성우의 거실.

탁자 앞에 앉아, 심란한 얼굴로 메모를 하고 있다.

인서트 - 메모지.

XX 호텔 커피숍.

성 우 네, 알겠습니다. 오전 11시요, 네, 그때 뵙겠습니다. (끊고 답답하다)

씬 45. 준희의 거실.

은수, 전화를 끊고 서글프게 고개를 돌리는데 눈가가 그렁하다.

씬 46. 침실.

은수, 문 열고 들어온다.
준희, 벽에 기대앉은 채 불편하게 자고 있다.
은수, 그런 준희를 보다가 침대로 가 이불 가져와 덮어준다. 이불을 덮어주고 나서 눈가 그렁해 서글픈 미소 짓고 준희를 보며,

은 수 (혼잣말) 이 방에선 너도 나처럼 불편하게 자는구나. 니 뜻대로 됐는데 넌.. 뭐가 이렇게 불편한 거니, 바보야.... (F. O)

씬 47. 호텔 전경, 낮.

씬 48. 화장실 안.

성우, 손을 닦다가 거울을 보며 주머니에서 손수건을 꺼내 물기를 닦으며 마치 은수가 앞에 있는 듯 혼자 말한다.

성우　안녕하세요? (고개 젓고) 아니, 아니야. (심호흡하고 거울 보며) 저는 아무 말씀도 드릴 수가 없네요. (다시 고개 젓고, 심호흡하고, 거울 보며) 그냥 얘기만 듣자, 얘기만 들어. 알았지, 주성우. (하고, 옆에 있는 가방을 열어 립스틱을 꺼내어 입술을 다시 바르며) 얘기만 듣는 거야.

씬 49. 커피숍 안.

은수, 자리에 앉아 생각이 많다. 한숨 쉬고 물 마시는데 느낌이 이상해 보면, 성우, 어색하게 서 있다.

시간 경과.

은수　(어렵게, 성우 보고) 저희, 오늘 법원 가요.
성우　(난감하고 답답하다. 피하고 싶어 은수를 외면한다)
은수　(성우 외면하고) 어차피 결정 내린 일, 빨리 처리하고 싶었는데, 제가 아팠어요. 회복 시간이, 필요했어요.
성우　(고개 숙이고 가만히 있다)
은수　(눈가 그렁해 서글픈 미소 짓고 성우 외면하고) 준희, 참 좋은 사람이에요. (맘 아픈) 주 실장님도 전, 참 마음에 들어요. 만약 주 실장님이 아니었다면 전 포기할 맘 안 냈을 거예요.
성우　(외면하며 이 앙다무는데, 눈가 그렁하다)
은수　(가방에서 쪽지를 꺼내 성우에게 내민다)
성우　(은수 본다) ?
은수　(성우 안 보고) 언니 집 주소예요. 그곳에 가 있을 거예요. 이런 부탁 실롄 줄은 아는데(눈물 참고, 애써 웃으며) 두 사람 아이 낳으면, 나 한 번 보여줄래요?
성우　(눈물 그렁해 본다) !

은수 (눈물 그렁하지만 애써 웃으며) 준희 아이가 어떤지, 꼭 보고 싶어요.

성우 (마음이 아프다, 외면하고)

은수 (성우 못 보고) 시간 뺏어서 죄송합니다. 시간이 없어서.. 먼저 나갈게요. (하고 나간다)

성우 (창가 보는데 마음이 아프다. 내가 무슨 일을 저지른 건가 하는 생각이 든다. 아랫입술 깨물고, 마음 진정하려 해도 눈물 주룩 흐른다)

씬 50 호텔 밖.

은수, 서글픈 웃음 지으며 눈가 그렁해서는 커피숍 창가 쪽으로 걸어가는데,
카메라(여기부터 느린 화면), 커피숍 창가 쪽으로 약간 틀면,
성우, 커피숍 안에서 입 틀어막고 이 앙다물고, 우는 모습 보인다. 은수와 성우의 그런 모습 한 화면에 걸리면서, 엔딩.

19부

잘했다고 말해줘.

사랑이 또 온다고 해줘, 또 온다고….

내가 그 아일 얼마나 사랑했는지

그 아이는 알까? 모르면 어떡하지?

보내는 내 마음, 모르면, 어떡하지?

그것도 모르면….

씬 1. 호텔 커피숍 안.

은 수 (성우 안 보고) 언니 집 주소예요. 그곳에 가 있을 거예요. 이런 부탁 실렌 줄은 아는데(눈물 참고, 애써 웃으며) 두 사람 아이 낳으면, 나 한 번 보여줄래요?

성 우 (눈물 그렁해 본다) !

은 수 (눈물 그렁하지만 애써 웃으며) 준희 아이가 어떤지, 꼭 보고 싶어요.

성 우 (마음이 아프다, 외면하고)

은 수 (성우 못 보고) 시간 뺏어서 죄송합니다. 시간이 없어서.. 먼저 나갈게요. (하고 나간다)

성 우 (창가 보는데 마음이 아프다. 내가 무슨 일을 저지른 건가 하는 생각이 든다. 아랫입술 깨물고, 마음 진정하려 해도 눈물 주룩 흐른다)

씬 2. 커피숍 앞.

은수, 생각이 많은 얼굴로 걸어 나간다.

씬 3. 커피숍 안.

성우, 눈물 그렁해 앉아 있다. 자기가 뭔 짓을 저지른 건가 싶다. 성우, 떨리는 마음으로 커피 잔 집어 들고 차 마시려다, 못 마시고 도로 탁 소리 나게 내려놓고 뭐가 뭔지 하나도 모르겠다는 얼굴이다.

씬 4. 도로가에 놓인, 은수의 차 안.

은수, 운전석에 앉아 생각하다가 옆좌석에 있는 가방에서 휴대폰을 꺼내 심호흡을 하고 버튼을 누른다.

씬 5. 준희의 작업 방.

준희, 땀을 흘리며, 떨리는 손으로 목판을 파고 있다. 이때 전화벨이 울린다. 준희, 전화벨 소리에 고개를 들고 땀을 닦고, 오른손이 아픈지, 왼손으로 아픈 손을 주무르고, 전화를 받는다.

준 희　여보세요.
은 수　(E) 나야.
준 희　어디야?

씬 6. 차 안.

은 수　갤러리 갔다가 법원으로 가고 있어. 30분 후에 법원 앞에서 만나자.

씬 7. 작업 방.

은수 (E) 시간 늦지 마.
준희 (맘 아퍼, 눈을 감는다)
은수 (E) 끊는다. (끊고)
준희 (한숨 쉬며 전화 끊고, 눈가 붉어져 작업대를 본다)

인서트 - 작업대 목판 옆에 뉴욕의 집, 사진이 보인다.

준희, 어찌 할 바를 모르겠다.

씬 8. 차 안 + 도로.

은수, 눈가 붉어져, 휴대폰 끄고, 시동 걸어 간다. 은수 차, 떠나고 나면, 성우, 가로수에 기대 멍하게 생각하고 있는 모습 보인다.

씬 9. 법원 전경.

씬 10. 복도.

다른 몇몇 팀의 부부들 등 돌리고 답답하게 여기저기 서 있고 은수, 준희는 다른 한쪽에 앉아 있다.

은수 (사람들 구경하며 담담하게 준희에게) 다들 싸우고 왔나부다. 우리처럼 사이 좋아 보이는 사람들이 없다.
준희 (은수 보지 못하고) .....

방(법정)에서 부부 한 팀 나오고 직원이 '김명우, 조순영 씨.' 호명하면 다른 한 팀이 들어간다. 나온 사람들 각자 등 돌리고 간다.

은 수 (가는 사람들 보고) 준희야, 저기만 들어갔다 나오면 사람들이 모두 남이 되나부다.

준 희 (가만히 있다)

은 수 (준희, 서글프게 보고)

시간 경과.

잠시 후 들어갔던 부부들 나오고.

직 원 (서류를 보며) 서준희 씨, 정은수 씨 들어오세요.

준 희 (그 말에 직원을 본다)

은 수 들어가야 되겠다.

하며, 일어난다.
준희, 힘들게 따라 일어나면,
은수, 준희를 보고 무심하게 준희의 옷 매만져준다.
준희, 그런 은수 안쓰럽게 보는.

씬 11. 법정 안.

준희(고개 조금 숙이고), 은수(짐짓 당당한) 앉아 있고, 판사(여자) 서류 보며 건조하게 말하는.

판 사 (두 사람을 보지 않고) 다시 한 번 생각하세요.

은 수 (짐짓 당당하다) 너무 많이 생각했어요.

판 사 (눈만 들어, 은수 보고) 성격 차이는 이혼 사유로 볼 수 없어요.

은 수 성격 차이만큼, 큰 이혼 사유가 있으면 말씀해주세요.

판 사 (은수 보다 다시 서류를 보고) 이혼하시겠습니까?

은 수 (판사 보며) 네.

판 사 (눈만 들어, 준희 보며) 이혼하시겠어요?

준 희　(판사를 보지 못하고) 네.

판 사　(서류에 사인하며) 두 분은 이제 남입니다.

씬 12. 법원 복도.

준희, 눈가 그렁해 이 앙다물고 성큼성큼 걸어 나간다.
은수, 그 뒤에서 준희 걱정스럽게 본다.

씬 13. 법원 비상구.

준희, 비상구 막 들어서고,
은수, 뛰어 들어와 준희의 팔을 잡는다.
준희, 눈가 그렁해, 앞만 보며 서 있다.
은수, 눈가가 그렁하지만, 애써 웃으려 하며.

은 수　준희야. 한번 안아보자. 아니, 우리 신랑, 한번 안아보자.

준 희　(힘들게 몸 돌려, 은수 보고, 눈물 왈칵 쏟으며 끌어안는다, 이 앙다물고 소리 내어 우는)

은 수　(눈 감았다 뜨고, 맘 아프지만, 애써 편하려 하며) 니 마음 다 알어. 어쩔 수 없었다는 거. 사람 마음으로 안 되는 게 있다는 거. 하지만, 우리 모두 다치지 않았잖아. 그럼 된 거야.

준 희　(우는)

은 수　(준희 품에서 맘 아프게 빠져나와, 준희의 얼굴을 손으로 만진다, 눈물 나지만, 서글프게 웃는) 그만 울자.

준 희　(울며, 힘들게) 은수야, 용서하지 마, 용서하지 마. (하고, 은수 안고, 더욱 소리 내어 우는)

은 수　(더는 참지 못하고(준희가 안쓰럽다) 우는)

그런 두 사람, 한 화면에 잡히고.

씬 14. 레스토랑(18부에서 동진과 세미가 갔던) 앞, 낮.

동진의 아버지, 어머니, 남동생, 차에 탄다.
동진, 배웅한다. 동생은 운전석에 앉아 있고, 부모님은 뒤편에 앉아 있다.

동 진 (웃음 띤) 집에 가서 뵐게요.
아버지 (기분 좋은) 그러자.
동 진 (엄마에게) 어머니, 살펴 들어가세요.
동 생 (기분 좋게) 형, 저녁에 보자. (동진에게 윙크하며) 형수, 왕 맘에 든다.
동 진 (동생만 들으라고, 작게) 제수씨 데려오면, 내가 편들어줄게, 가라.

차 출발하고,
동진, 가는 차 보며, 웃고 있다, 다시 안으로 들어간다.

씬 15. 레스토랑 안.

장어, 세미, 동진 앉아 있다.
장어, 양복을 입고 머리 염색은 지웠다.
세미, 얌전한 양장 차림이다.

장 어 (자랑스럽게 자기를 가리키며) 형, 형 나 잘했지. 말 안 하고 씩씩 웃기만 하니까 멀쩡해 보이지?
동 진 (미소 지으며) 그런 말 마, 너만큼 멀쩡한 사람이 세상에 어딨냐?
세 미 (쑥스럽게 웃으며) 나 잘했어요?
동 진 피클을 오이지라고 부른 것만 빼고는 잘했어.
세 미 엄마도 그게 오이진 줄 아셨어요.
동 진 (미소 지으며) 울 엄마가, 니가 엄청 맘에 드나 보더라, 눈을 못 떼시더라, 이뻐서.

세미 (고개 조금 숙이고, 부끄러운) 변장을 했으니까요.

동진 (웃으며 주머니에서 여권 세 개를 꺼내어 탁자에 나란히 놓고 그 여권 위에 비행기 표를 하나씩 올려놓는다) 다음 주 월요일 저녁 여덟 시(?)에 간다.

장어 (여권 보며 기분이 좋아 씩 웃으며) 와, 신난다. (작은 소리로) 아무도 모르는 곳에 우리 셋만 가는 거예요?

동진 (웃는다)

세미 (여권과 동진의 얼굴을 보다, 건조하게 일어난다)

동진 (의아하게 세미를 본다)

세미 아저씨, 나 좀 봐요. (하고 화장실 쪽으로 걸어간다)

동진 (장어에게) 처남, 재 왜 그래?

장어 (모르겠다는 듯 고개 젓는)

씬 16. 화장실 복도.

세미, 걸어가는.
동진, 뛰어와 세미 돌려세운다.

동진 왜 그래, 화났어?

세미 (순간, 동진의 양 볼을 두 손으로 잡고, 입을 맞춘다)

동진 (놀라, 입술 떼며, 주변 둘러보며) 야, 임마, 너 뭐 해? 사람들이 보면 어떡하려구.

세미 (눈가 그렁해) 난, 아저씨가, 공갈치는 줄 알았어요.

동진 (수줍게 웃으며) 안 믿었니?

세미 믿기지 않는 일이잖아요.

동진 (그런 세미를 가만히 보다가, 세미 양 볼을 두 손으로 잡고, 살며시 입을 맞춘다, 입술 떼고)

세미 (동진을 보면)

동진 (여전히, 세미 두 뺨을 두 손으로 잡고, 편하게 웃으며) 꿈이 아니야.

세미 (행복해서, 눈물 주룩 흐르고)

씬 17. 편의점 앞, 낮.

택시 선다. 택시에서 동진, 내린다. 들어가려다 보면 은수의 차 주차되어 있는 것이 보인다.
동진, 편의점 안을 보면,
은수, 창가에 앉아 있는 것이 보인다.

씬 18. 고수부지, 꽃밭 있는 곳, 저녁.

동진과 은수 벤치에 앉아 있다.

동 진 (O. L, 화난, 굳은) 이혼했다구?
은 수 (짐짓 편하게, 동진 안 보고) 응.
동 진 (은수 보며) 준희가 하자 그랬니?
은 수 (동진 안 보고) 아니, 내가 하자 그랬어.
동 진 (보면) ?
은 수 처음엔 이렇게 된 게 걔 때문인 줄 알았는데, 곰곰 생각해보니까, 나 때문이더라. 난 걔한테 너무 많은 걸 속였어. 강하지도 않은데 강한 척하고 혼자 살 수 없는데 혼자 살 수 있는 척. 우리 이혼, 내가 걔한테 솔직하지 못했던 죗값이라고 생각해.
동 진 (은수 안 보고) 그건 준흴 위해서였어.
은 수 그래도 부부끼리 속이는 게 아니지. 준희한테 아무 말도 하지 마. 내 사랑이 중요하면, 걔 사랑도 중요해.
동 진 (마음 아프게 은수 보며) 살 수 있겠어?
은 수 (입가에 서글픈 미소 지으며) 살아지겠지. 하지만 걜 잊진 않을 거야. 널 잊었던 거처럼 걜 잊고 싶진 않아.
동 진 (외면하는데 마음이 답답하다. 다시 은수를 보면)
은 수 (차분하게 생각하는 얼굴이다)

씬 19. 포장마차, 전경.

씬 20. 포장마차 안.

구석 테이블에 준희, 동진 앉아 있다.
준희, 술을 따라 마시고,
동진, 준희 무섭게 노려보고 있다.
준희, 술 마시고 잔을 내려놓는다.

동 진　(그런 준희 보다가, 가라앉은) 준희 씨, 고개 좀 들어봐.

준 희　(동진 보면)

동 진　(갑자기 주먹으로 준희 턱을 친다)

준 희　(얼굴이 돌아가게 맞고, 그대로 가만히 있다가, 동진 무표정하게 본다, 입가에 피가 흐른다)

동 진　(준희 여전히 노려보며, 목소리에 힘은 있지만 가라앉은) 여자는 그렇게 다루는 게 아니야. 니가 다른 여자 때문에 번민하고 있을 때 난 그 정돈 있을 수 있는 일이라고 생각했다. 하지만 이런 결정을 내릴 줄은 몰랐다. 나두 은수를 보냈지만, 은수 아닌 누굴 사랑했기 때문은 아니었어. (강조) 배신은, 남자가 할 짓이 아니야.

준 희　(고개 들어, 동진을 보다가) 죄송합니다. (하고, 심호흡하고 동진의 턱을 날린다)

동 진　(손으로 만진 턱을 잡으며, 준희 보는) ?!

준 희　(이 앙다물고 동진을 만만치 않게 보며) 형이 은수를 보낼 때 은수는 그 이유를 알았습니다.

동 진　!

준 희　은수가 형한테 간다고, 그런 이유 때문이라면 헤어질 수 없다고, 절 찾아왔더랬습니다. (사이, 어렵게) 제가 가지 못하게 했습니다.

동 진　(준희 본다) ?

준 희　(동진 보고) 이렇게만 말했습니다. 형이 널 왜 보냈는지 생각해보라구. (사이)

왜, 은수를 보냈습니까?

동 진　(준희 보면)

준 희　(동진 보며) 은수를 생각해서였죠? (눈가 붉어지며, 떨리는) 제가 왜 여기까지 온 줄 아십니까? 은수 때문입니다. 제가 흔들리는 걸 은수에게 마냥 들킬 수만은, 없었습니다. (눈물 나는 것, 이 앙다물고 참고) 제 이런 마음, 형은 알 줄 알았습니다. (일어나 나간다)

동 진　(착잡하고, 준희 나간 쪽 보며 안타깝고)

씬 21. 포장마차 밖.

준희, 문 열고 나와 걸어간다. 뒤따라 동진, 나와 준희를 부르려다가, 차마 아무 말 못 하고 본다.

씬 22. 준희의 집 주차장.

준희, 차에서 내려 문 잠그고 건물을 돌아 천천히 집으로 걸어간다.

씬 23. 준희의 집 앞 계단.

준희, 계단을 올라와 집 앞으로 간다. 문을 열려다 뒤돌아 난간을 두 손으로 짚고, 눈물 흘리는.

씬 24. 성우의 아파트 전경.

씬 25. 성우의 베란다.

성우, 빨래 건조대에서 빨래를 걷고 있다. 옷걸이 하나가 툭 떨어진다. 뭔가 깨지는 소리가 난다. 성우, 내려다보면 한쪽에 두었던 선인장 화분이 바닥에 떨어져 깨져 있다. 너무 놀라 빨리 움직일 수가 없다. 성우, 선인장을 보며, 천천히 걷은 빨래를 도로 건조대에 올려놓고 쭈그리고 앉아 선인장을 만지다 놀란 듯 놓친다. 손을 보면 가시에 찔려, 손가락에 한두 방울 피가 맺혀 있다.

씬 26. 성우의 아파트 앞.

성우, 손에 비닐봉지 하나 들고 서둘러 뛰어간다.

씬 27. 길거리.

성우, 뛰어와 근처를 살핀다. 길 건너편에 꽃집이 보인다.

씬 28. 꽃집 안.

주인, 선인장을 보고 있고 성우는 떨리는 마음으로 주인을 보며.

성우　화분이 깨졌는데, 집엔 흙이 없어서, 새로 심어줄 수 있죠?
주인　(고개를 갸웃한다) 안 되겠는데요.
성우　!
주인　화분 깨진 게 문제가 아니라, 뿌리가 썩었어요.
성우　(그럴 리 없다는 듯, 어이없이 작게 웃으며(?)) 그럴 리가요. 겉은 멀쩡한데, 가시 하나 다친 데가 없는데....
주인　겉만 멀쩡할 뿐이지 잘라보면 속이 썩어서 물컹물컹할 걸요.
성우　(눈가 그렁해진다. 외면하는데 기가 찬 표정이다. 어떻게 이럴 수가 있나 하는 생각이 든다) 빛도 잘 주고, 물도 주고, 신경 많이 썼는데....
주인　(슬며시 웃으며) 이놈, 너무 이뻐하신 거 같습니다. 물을 많이 주셨어요. 적당히 주셨어야 했는데.

성 우　(고개 돌리고 한숨을 쉬는데, 눈가가 붉어졌다)

씬 29. 길거리.

성우, 멍한 표정으로 천천히 걸어간다. 생각이 많다.

주 인　(E) 다른 선인장으로 하나 드릴까요?

성 우　(E, 기운 없는 웃음) 아뇨. 키울 자신이 없네요.

씬 30. 성우의 거실.

성우, 멍하니 앉아 탁자를 본다.

인서트 - 탁자 위에 깨진 화분 조각과 흩어진 흙.

서글픈 성우, 얼굴 위로.

성 우　(E) 준희야, 선인장이 죽었어. 그런데, 이상하지. 슬프지가 않아. 슬프지가 않아.

서글픈 웃음 짓는 성우의 얼굴 위로, F. O.

씬 31. 현철의 오피스텔, 낮.

씬 32. 현철이 자는 방.

방문 조금 열려 있다.

영희, 평상복 차림으로 의자에 앉아 전화기를 물끄러미 보고 있다. 보다가 수화기를 들었다 다시 내려놓는다.

씬 33. 현철의 집 거실.

현철, 밖에서 들어오며 구시렁대는.

현철 내일 보자니까 굳이 와가지고 속을 썩이네. (하다, 한쪽에 반찬 등이 담겨 있을 짐꾸러미를 보며) 언제 이런 건 장만했누. (슬며시 웃으며) 자식 하난 잘 놨지. (방 쪽을 보고) 영희야! (크게 부르고 탁자 자리에 앉는다)

씬 34. 방 안.

영희 (열린 문틈으로 현철 보며) 왜?

씬 35. 거실.

현철 나와봐.
영희 (짜증스럽게 나와 현철 옆에 앉는다)
현철 (그런 영희를 보며) 화났냐?
영희 (현철 안 보고) 부른 용건이나 말해.
현철 (농조) 이 자식, 이거 말뽄새 봐.
영희 (보면)
현철 얌마, 서방이 부르는데 꼭 용건이 있어야 부르냐? 맘 땡기면 부르는 거지.
영희 (안 보고) 기분 안 좋아. 시비 걸지 마.
현철 (영희 눈치를 보다가) 왜 그러냐, 여태 애들하고 잘 놀고?
영희 몰라요, 그냥 짜증이 나.

현철 (달래듯이) 짜증내지 말어. 주름살 더 생겨.

영희 (현철 보고) 오빠.

현철 (담배 피워 물며) 말해.

영희 우리, 성우랑 살면 안 돼?

현철 (그 말에 영희 보며, 굳은) 그 얘긴 안 하기로 했잖아.

영희 (속상한) 안 하기로 했는데 안 할 수가 없어서... 여행 가서도 그렇고 돌아와서도 그렇고 걔 밥은 잘 먹었는지, 잠은 잘 잤는지, 그 생각 때문에 도무지 손에 일이 안 잡혀.

현철 (안됐단 생각 드는, 너그럽게 웃으며) 그래서 내가 뽀뽀하재도 안 했냐?

영희 장난치지 말어.

현철 장난은.. 야, 부부 돼서, 첫날밤도 안 치루고, 신혼여행에서 돌아온 사람은 조선 천지 우리밖에 없을 거다, 아냐?

영희 (현철 안 보고, 투덜) 우리 나이에 결혼한 사람은 있구?

현철 너두 참 고집 세다. 그러니까 뭐냐, 내가 성우랑 같이 안 살면 지금처럼 계속 툴툴대고 밥도 안 하고, 그럴 거라 그 말이냐?

영희 그럴지도 몰라.

현철 ?

영희 (현철 눈치 보는)

현철 (답답한) 야, (한숨, 다시 영희 보고) 그 집은 걔 거야. 우린 혹이구. 내가 아무리 없이 살아도, 벼룩의 간을 빼먹지, 어떻게 거길 가서 빌붙냐?

영희 (현철 보며 애원조로 더듬으며) 그러니까 이 집 팔아서 주고 나도 모은 거 좀 있는데 그거 주고, 우리 죽으면 어차피 그 집도 걔 건데.. 빌붙는다 생각하지 말고, 오빠....

현철 (답답해 담배만 피운다)

영희 혼자 있으면 아무것도 안 먹는 애라구. 그 키에 몸무게가 50도 안 돼. 한 번도 지 혼자선 잠도, 안 자본 애야, 오늘두 전화하는데, 암것두 입에 안 댔대. (속상한) 오빠....

현철 (영희 빤히 보다, 결정 내린) 좋다. 그럼 약속 한 가지 하고 그 약속 들어주면 그렇게 하자.

영희 무슨, 약속?

현철 (슬쩍 웃으며) 뽀뽀해줄 거야?

영희 ?

현철 가는 게 있으면 오는 게 있어야 할 것 아니냐. 결혼했다는 실감 좀 나게, 뽀뽀 한 번 해줘봐. 그럼 니 소원 들어줄게. 어때?

영희 (민망해 고개 숙이고 있다, 작심한 듯 현철 보며) 까짓거, 해주지 뭐.

현철 하하하. (너털웃음 짓고) .. 너 진짜, 지금보다 조금만 덜 귀여웠어도 벌써 소박맞았다. 아이구, 아이구, 내가 귀여워서 참는다, 참어.

영희 (슬쩍 웃고, 눈치 보며) 나 전화해도 돼?

씬 36. 성우의 거실.

전화벨만 울린다. 비어 있다.

씬 37 현철의 집 안.

현철, 담배 피우며 신문 보고 있다, 영희 본다.
영희, 전화 걸다 내려놓는다.

현철 없어?

영희 (혼잣말) 얘가, 어딜 갔지... 혹시, 아직도 걜 만나나...

현철 망령 났냐, 뭐라고 구시렁대?

영희 (그 말에 현철 보고, 현철이 피는 담배의 긴 재를 보고, 버럭) 담뱃재 좀 털어!

현철 (순간 놀라, 몸 움직인다, 그 바람에 입에 물고 있던 담배의 담뱃재가 떨어진다)

영희 (그 놀란 모습이 웃기다, 피식 웃고) 놀래긴.... 내가 오빠 땜에 웃고 산다. (하고, 웃으면서도 성우 생각에 얼굴 굳어지며, 다시 혼잣말) 그럼 안 되는데.....

씬 38. 달리는 성우의 차.

씬 39. 차 안.

성우, 생각하며 운전해 간다.

준 희 (E) 어디서 볼까요?
성 우 (E) 우리 전에 갔던 일산 호수공원, 거기서 보자.

씬 40. 호수공원 주차장.

성우의 차 들어와 멈춰 서고 보면 한쪽에 준희, 고개 숙이고 벤치에 앉아 있다.

씬 41. 호수공원 일각.

두 사람 나란히 앉아 있다.

성 우 (사이, 호수 보다, 준희 보며) 참 할 말이 없다, 그치?
준 희 (성우 안 보고, 어렵게) 할 말이 없는 게 아니라.. 말할 수 없는 거예요.
성 우 (외면하며) 맞어... 말할 수 없는 거야. (준희 보며) 비자 신청했어.
준 희 (외면한 채) 티케팅, 할게요.
성 우 (준희 보며, 어렵게) 서류, 정리했니?
준 희 (가만히 있다) ....
성 우 은수 씨한테, (서글퍼, 눈가 붉어져 있지만, 짐짓 편하게 묻는) 미안해?
준 희 (성우 보지 않고, 맘 아픈) 이런, 모습밖에 보일 수 없는 게 선배한테 미안해요.
성 우 (준희 보며, 눈가 그렁해지며) 넌, 이기적이 될 순 없니?
준 희 (눈가 붉어지며 외면하며) 난, 충분히 이기적이에요.

성우 (맘 아퍼, 외면하고) 니가, 이혼한 이유를 알아. (울지 않으려, 이 앙다물고) 니가 날 선택한 이유도 알아. (눈물 주룩 흐르는) 날 어떻게 해주고 싶었을 거야.

준희 (눈물 그렁한 채 있는)

성우 (그런 준희 보다가, 눈물 나는 것 참고) 이젠 내가 널 어떻게 해주고 싶어. 한마디만, 한마디만 물을게. (울음 나지만 참으며, 중요함) 은술, 잊을 수, 있니?

준희 (눈물 주룩 흐르고, 외면한다)

성우 (그런 준희 보며, 그렇구나, 걔를 잊을 수가 없구나, 하는 생각 드는, 외면하며, 눈물 나는, 서글픈 미소를 지으며) 내, 기대가 너무 컸지? (눈물 흐르는데 짐짓 담담하게) 실망이다.... 그런데, (서글픈 웃음 짓는) 왜지? 니가 밉지가 않아. 어쩜 좋니? 안 미워, 정말 안 미워. (준희 보는)

준희 (고개 돌리고 눈물 흘리는)

성우 (그런 준희 보다가, 다시 준희와 반대쪽으로 고개 돌리며, 마음 아프다)

그런 두 사람 한 화면에 보여주고.

씬 42. 주차장 앞(준희 차 앞).

성우, 배웅하려 옆에 서 있다, 어찌 보면 편안해 보이기까지 하다.
준희, 차 키로 문 열다, 돌아서서 성우 보며.

준희 안 되겠어요. 내가 배웅할게요.

성우 니 차 앞이야, 니가 타는 게 빨라. 번거롭게 하지 마.

준희 (맘 아프게, 눈가 붉어져, 성우 보며) 날, 이해해요?

성우 (눈가 그렁해 서글프게 웃으며) 널 알어. 난 널 너무 잘 알어. 나두 날 너무 너무 잘 알지. 우리 사이엔, 그게 흠이야.

준희 (서글프게 웃으며) 연락할게요. (차에 타고)

성우 (차가 가게 뒤로 물러선다)

씬 43. 차 안.

준희, 시동 걸고, 콘솔 박스 연다. 그 안에 스카프가 보인다. 준희, 그걸 손에 들어, 앞을 보며 뒤에 있는 성우가 보게 흔든다.

씬 44. 주차장.

성우, 준희가 흔드는 스카프를 보며, 눈가가 다시 그렁해진다.

씬 45. 차 안.

준희, 스카프를 손에 잡고 운전해 간다.

씬 46. 주차장.

성우, 고개 숙이고, 있다가 고개 들어, 준희 떠난 방향을 보는데, 눈물 주룩 흐른다. 입가엔 애써 웃음기 밴, DIS.

씬 47. 몽타주성.

1. 5부, 씬 50.

성우 여.... 려? .... 이렇게 독하게 가시까지 가진 게?
준희 선인장 잘라봤어요?
성우 ?
준희 선인장을 잘라보면, 온통 그 안에 물이에요. 눈물처럼 찝찔한 물이요.
성우 .... 눈..... 물?

준희 그때부터 선인장을 보면, 그런 생각이 들었어요. 언제나 울 준비가 되어 있는 사람 같다는 생각... 난, 성우 선배가 왠지... 그런 선인장 같아요....

2. 달리는 성우 차 안, 밤.

성우, 입가에 서글픈 미소 띤.

3. 8부, 씬 29.

성우 (준희 안 보고) 이런 거 물어도 되나 모르겠는데, (보고) 내가 어디가 좋았니?

준희 (입가에 웃음 머금고, 생각하다가) 성우 선밸 보면, 늘 화난 사람처럼 보였어요. 세상 누구에게나..... 그 화를 풀어주고 싶었어요. 자신은 없지만, 사는 거, 화낼 일만 있는 건 아니거든요. 그러고 보내기엔 이 세상이 아까우리만치 아름다워요. (성우 보며) 모르죠?

성우 (생각하며, 걷는)

준희 (성우 편하게 보며, 앞 보고 걸어가다) ..... 난 어디가 좋았어요?

성우 (편하게, 준희 안 보고) 안 좋았어.

준희 (웃고)

성우 ...... 니가 좋은 이유? ..... 음.. 거짓말을 하지 않을 것 같아서.... 그래, 적어도 거짓말은 안 할 것 같아서.....

4. 성우의 차 안.

성우, 생각하며 가는.

5. 8부, 엔딩 씬.

성우 (서글픈 웃음 진 채) 정말... 다시는 이렇게..... 연애 못 할 것 같다. (천천히 고개 돌려, 준희 보는데, 눈물이 그렁하게 차오른다)

준희 (그런 성우 보며, 애써 웃으려 하지만, 입술이 파르르 떨리고, 눈가가 그렁하

게 차오른다)

성우　(애써 웃으려 하며) 이곳에 와서, 한 고백은... 나가면, 그 죄를 묻지 않는다며?

준희　(눈가 그렁해 고개를 끄덕인다)

성우　(준희 보며, 맘속의 말, 어렵게 고백한다) .... 널.... 사랑한다.

준희　(알고 있다는 듯, 눈물 가득해, 성우 본다)

6. 성우 도로에 차 멈추는.

7. 성우의 차 안.

성우, 눈물 참으려 애쓰는.

8. 10부, 엔딩 씬.

준희, 성우를 눈가 그렁해 안타깝게 보다가 떨리는 손으로 성우 눈을 이마에서 아래쪽으로 감기고는, 천천히 입을 맞춘다. 준희, 눈물 주룩 흐르는,
성우, 팔짱 낀 채 가만히 있는,
그렇게 입 맞추는 두 사람.

9. 성우, 차 안에서 그 모든 기억이 맘 아퍼 흐느끼는, 참으려 해도 눈물 나는.

10. 17부, 씬 55.

영희　첫 번째, 엄마한테 당당히 보여줄 수 있다.

성우　(마음 아파 눈 감는다)

영희　두 번째, 아무런 거리낌 없이 마냥 행복할 수 있다. 세 번째, 결혼을 할 수 있다.

성우　(이 앙다물고 눈물을 참는다)

영희　(성우를 안아준다)

성 우　(영희에게 고개 묻고 더는 못 참고 흐느껴 운다)
영 희　(성우를 다독거리며) 넌, 잘할 거야, 누구 딸인데, 잘할 거야.

11. 성우, 차 안에서 울며 고개 젓는.

12. 4부, 은수 처음 만나던 씬.

성우가 은수를 참 예쁘다고 생각했던 부분.

13. 17부, 씬 29.

하 숙　(앞만 보며) 걘 한 번을 봐도, 잊기 힘든 애야. 소금 같고, 빛 같애.
성 우　(입술 깨무는, 무슨 말인지 알겠다)
하 숙　(고개 돌려, 성우, 안타깝게 보며) 성우야.
성 우　(앞만 보며) 말해.
하 숙　준희가, 과연, 은수를 잊을 수 있을까?

14. 19부, 씬 41.

성 우　(그런 준희 보다가, 눈물 나는 것 참고) 이젠 내가 널 어떻게 해주고 싶어. 한마디만, 한마디만 물을게. (울음 나지만 참으며, 중요함) 은술, 잊을 수, 있니?
준 희　(눈물 주룩 흐르고, 외면한다)

씬 48. 멈춘 성우의 차 안.

성우, 실컷 울고 난 다음이다. 휴지통에서 휴지 뽑아, 눈물 닦고, 생각하는.

준 희　(E) 은수를 잊을 순 없을 거예요. 자신 못 해요.

성우, 눈물, 이 앙다물어 참고, 하숙에게 휴대폰으로 전화하는, 신호음 가다 떨어지고.

하숙　(E) 여보세요?
성우　(다시 눈물 나려 하는데, 참고) 언니?
하숙　(E) 성우니?
성우　나 좀 만나줄래?

씬 49. 하숙의 집 앞.

성우, 한쪽 길가에 서 있는 차에 기대 팔짱 끼고 서 있다.
하숙, 이리저리 둘러보며, 성우를 찾고 있다. 그러다, 멀찌감치 서 있는 성우 보고는 긴가민가해서는.

하숙　성우니? ......
성우　(그 말에 하숙 보고)
하숙　(걱정스런) ?
성우　(하숙 보고, 서글프게 작게 웃는다)

씬 50. 하숙의 집 앞 계단 혹은 동네 공원.

성우, 하숙 나란히 앉아 있다. 성우는 고개를 숙이고 앉아 있고 하숙은 성우를 보고 있다.

하숙　(성우 보며, 걱정스런) 집에 들어가서 얘기하자.
성우　(안 보고) 안 돼.
하숙　왜?
성우　들를 데가 있어.
하숙　어딘데?
성우　(하숙 보며) 언니한테 부탁 있어서 왔어.

하숙 ?

성우 두세 시간만 내 옆에 좀 있어줄래?

하숙 ?

성우 (눈가 그렁해 외면하며) 은수 씨 만날 거야.

하숙 은수?

성우 (하숙 안 보고) 언니도 엄마도 안 된다고 하는 데는 이유가 있을 거야, 그치?

하숙 (안타까운 마음으로 성우의 마음 알겠다는 듯 성우 본다) 성우야....

성우 (눈물 나는, 참고) 이 교수나 정민이 만날 때하고는 정말 달랐어.

하숙 (마음 아프게 성우 본다)

성우 걜 볼 때마다, 난 매일, 걔가 내 몸에 난, 가시를 뽑아주고 상처에 약을 발라주는 거 같았어. (눈물 참고) 낮에 준희 만났어. 얼굴이 너무 까칠하드라. (왈칵 눈물 나는, 하숙 보고) 언니, 난 걜 닮고 싶었어.... (어이없다는 듯 작게 웃으며) 그런데, 그런데 걔가.. 날 닮아가더라. 아퍼 보였어.... 그렇게 만들기 싫었는데... 안고 싶었어. 하지만, 안아줄 수가 없었어. 못 보낼 거 같아서.... 못 보낼 것 같았어... (눈물 닦고, 하숙 보며) 은술 잊을 수 없대. (다시 눈물 나는) 난 잊을 수 있겠지.... 난 그 사람만큼은 이쁘지 않으니까, 그치?

하숙 (맘 아퍼, 성우, 손 잡아주는)

성우 (울며) 언니, 어디 가지 말고 내 옆에 있어. 내가 다른 맘먹지 않게. 다른 맘먹지 않게...

하숙 (맘 아픈, 못 보고) 어... 어...

성우 (하숙 외면하고 고개 돌리는데 눈물 쏟는)

씬 51. 성우의 차 안.

성우, 운전석에 하숙(새로 윗옷 걸친), 옆좌석에 앉아 있다. 성우, 휴대폰 든다.

하숙, 성우 보고 있다.

성우(눈가 그렁해), 하숙에게 손잡아 달라는 듯 손을 내민다.

하숙, 손잡아준다.

성우, 심호흡 한 번 하고 휴대폰 누른다. 신호음 가고.

은수 (E) 여보세요.
성우 (말 못 하고 하숙 본다)
하숙 (성우 보며 고개 끄덕인다)
성우 (짐짓 당당한 목소리로) 저, 주성우예요.

씬 52. 침실.

은수, 침대에 앉아 전화 받고 있다.

성우 (E) 만나주실 거죠? 오실 때까지 기다릴게요. (전화 끊는 소리 들리고)
은수 (전화 끊고 생각한다)

씬 53. 준희의 거실.

은수, 윗옷 걸치고 나와 작업실 쪽 본다. 문 조금 열려 있다. 은수, 문틈으로 안을 들여다본다.

씬 54. 준희의 작업실.

스탠드 불빛만 있다.
준희, 판화를 열심히 하고 있다.
은수, 문턱에 서서.

은수 나 들어가도 돼?
준희 (은수 안 보고) 그래. (하고, 작업대 옆에 있는 흰 천으로 판화를 덮는다)
은수 (들어와, 침대맡에 앉는다)
준희 (은수 쪽으로 돌아앉아 은수 본다)

은 수　우리, 오늘이 마지막 밤이다.

준 희　(가만히 있는다) ....

은 수　내일 오후에 갤러리로 들어갈 거야. 넌 여기 있어. 집 문제랑 공방은 믿을 만한 부동산에 맡겼어. 청주 부모님한테는 당분간 말씀드리지 말자. 전화 안 했지?

준 희　(안 보고) 응.....

은 수　(일어난다)

준 희　(은수 보고) 어디 가?

은 수　콜라 먹고 싶어서 사러 가.

준 희　내가 갔다 올게.

은 수　작업하는 거 같던데 계속 해. (나가다 돌아서서, 씁쓸히) 목판 하나 봐?

준 희　(안 보고) 응.

은 수　내 얼굴 해주고 나서 처음인 거 같다.

준 희　...

은 수　성우 씨가 참 좋아하겠다.

준 희　(가만히 있는다)

은 수　(돌아서 나간다)

준 희　(작업대로 돌아앉아 뉴욕 사진 보다 사진 뒤집으면 은수와 행복하게 찍은 사진 보인다)

씬 55. 2층 카페 전경.

2층에 성우 앉아 아래 내려다보고 있다.
1층을 내려다보면, 은수, 카페 앞을 걸어오고 있는 게 보인다.
성우, 은수를 보고 고개 돌리고 앉고.

씬 56. 2층 카페 문 앞.

은수, 작게 심호흡하고 문 여는.

씬 57. 카페 안.

차 마시며 두 사람 앉아 있다.

은수　(차 한 모금 마시고, 찻잔 보며) 이 커피가 뭔지 모르겠어요. 둥굴레차에 끓인 것처럼 구수하네요.

성우　(은수 보고) 더 시켜드릴까요?

은수　(안 보고) 남았어요.

성우　(안 보고 작심한 듯) 은수 씨.

은수　(보면)

성우　(고개 조금 숙이고 있다, 고개 들어 은수 보고) 전에 저한테 부탁하신 거요. 제가, 못 들어드릴 거 같아요.

은수　?

성우　(눈가 그렁해지며) 준희 아이 낳으면 보여달라고 했죠?

은수　(보면)

성우　(보고) 미안한데, 그럴 수가 없겠네요.

은수　(어렵게) 왜요?

성우　(눈가 그렁해, 단호한) 저, 아이 낳을 수 없어요.

은수　(눈가 그렁하다. 마음 알겠다) ?

성우　(은수 보고 눈가 그렁해 애써 미소 지으며) 파리, 조심해서 가세요. 나쁜 꿈, 꾸었다 생각하세요. 잊어주시면 더 고맙구요. 미안했습니다. 저 먼저 일어날게요. (하고, 일어나 나간다)

은수　(느린 화면으로 창가로 고개 돌리고)

씬 58. 카페 밖.

성우, 눈가 그렁해 떨리는 마음 참으며 걸어가고 있다. (느린 화면)
카메라, 카페 안 보면, 은수(성우가 참 좋은 여자라고 생각하면서) 눈가 그렁해 차분하게 커피를 마신다.

씬 59. 한적한 도로.

성우의 차 달려오다 멈춘다.

씬 60. 차 안.

성우, 눈물이 흐른다. 이 앙다물고 고개 들면 앞 유리 너머로,
하숙, 서글픈 웃음 띠며 가로수에 기대서 있다.

씬 61. 도로.

성우, 나와 차에 기대서, 자제하지 못하고 엉엉 우는,
하숙, 그런 성우 보고 안쓰러운.

하 숙　(눈가 붉어져) 성우야. 잠시 어디 가서 쉬자, 응.
성 우　(울며) 언니.
하 숙　(안쓰러운) ....
성 우　(울며) 언니, 내가 잘했다고 말해줘. 잘했다고 말해줘.
하 숙　(눈가 붉어 보는)
성 우　(울며) 사랑이 또 온다고 해줘. 또 온다고....
하 숙　(팔 삽으며) 성우야.
성 우　(고개 돌리며, 아무 소리도 들리지 않는다) 내가 그 아일 얼마나 사랑했는지 그 아이는 알까? 모르면 어떡하지? 보내는 내 마음, 모르면, 어떡하지? 그것도 모르면.....

하며, 그대로 바닥에 주저앉으며, 차 문에 고개 기대어 기진맥진해 '어떡해.' 하며 우는 모습에서, 엔딩.

20부

고마워. 사랑이 없는 줄 알았는데... 사랑이... 있구나.

너한테 배웠어. 우리 백 년 후쯤 만나자. 그땐 옆에 아무도 두지 마.

우리 사랑이 죄가 되지 않게, 단둘이서만 만나자.

씬 1.　카페 전경, 밤.

씬 2.　카페 안.

은수, 앉아 있다. 성우가 마시던 찻잔 보고 서글픈 미소 지으며 눈물 흐른다.

은수　(N) 성우 씨, 생각처럼 우린 처음으로 갈 순 없어요. 지나온 길이 너무 또렷해서 잊을 수도 없을 거예요. 그래도, 거기 원망 안 해요. 당신도 나처럼 많이 아팠을 테니까. (차 마시는)

씬 3.　성우의 아파트 앞.

성우의 차 보이는.

씬 4.　차 안.

성우, 등받이에 기대 넋 놓고 앉아 있다. 생각 없이, 눈물이 흐른다, 온몸이 바들바들 떨리고, 입술까지 파르르 떨린다.

씬 5. 준희의 작업실.

준희, 판화를 포장하고 있다. 완성한 느낌이다. 포장지 위에 뉴욕 사진 붙이고 담배 피우고 있다.

씬 6. 준희의 침실.

은수, 가방에 짐들을 챙기고 있다. 가방 잠근다. 그리고 가만히 침대에 눕는다.

씬 7. 준희의 작업실.

준희, 전화하고 있다.

준 희 네. 거기서 봐요. (전화기 내려놓고 가만히 있다, 문 쪽으로 시선 두고)

씬 8. 성우의 거실.

성우, 천천히 전화기 내려놓는다. 탁자로 시선 돌리면 화분 조각 보인다. 성우, 쓰레기통에 쓸어 넣는다. 그리고, 손으로 머리 괴고 가만히 앉아 있다. 눈가가 그렁해지는 성우의 얼굴에서. (F. O)

씬 9. 성우의 집 전경, 아침.

영 희　(E) 밥도 안 먹고 여적 있었어?

씬 10. 성우의 주방.

성우, 외출복 차림으로 앉아 작게 웃으며 커피 마시고 있다.
영희, 냉장고 문 열어보고 황당하게 성우 본다.

영 희　며칠을 굶은 거야? 지난번에 주고 간 거 그대로 있네.
성 우　(커피 잔만 보며) 굶고 어떻게 살어, 먹었어.
영 희　(냉장고 문 닫고 성우 앞쪽에 앉으며 커피를 뺏는다)
성 우　(영희 보면)
영 희　(자리에 앉으며) 너 이러는 꼴 보기 싫어서라도, 들어와야 되겠다.
성 우　(눈빛 피하며, 앉으며, 서글픈) 나 때문이라면 싫어.
영 희　아저씨하고도 얘기했어.
성 우　언제까지 아저씨야, 엄마는.
영 희　(안 보고) 니가 아버지라고 불러야 내가 여보라고 부르지.
성 우　(영희가 좋다, 서글픈 웃음) 아버지는 왜 같이 안 오셨어?
영 희　그 신문 보급소 내고 코가 빠졌다, 코가 빠졌어. 나이 생각해서 자리나 지키고 앉아 있으면 되지, 자기가 배달까지 한다. 하루는 나보고도 배달할 의향이 없냐는 거 있지. 애들 월급 주기 아깝다고.
성 우　(서글픈 웃음) 그래서?
영 희　자전거를 못 탄다, 그랬지.
성 우　(웃고)
영 희　(눈치 보며) 회사 다시 나가기로 했니? 옷 입었네.
성 우　(영희 안 보고) 회사? (어색한 웃음) 나가야지.
영 희　늦은 거 아니야?
성 우　아니, (사이) 아니다. 나가봐야 되겠다. (일어나 가방 메려고 하면)
영 희　성우야.
성 우　(보면)
영 희　(성우 보며, 걱정) 엄마가 만나지 말라는 사람, 아직도 만나고 있니?

성우 (서글픈 웃음 웃으며) 내가 잘할 거라고, 나 믿는다고 했지, 엄마.

영희 (가만히 본다)

성우 (잠시 있다가 일어서며) 나갔다 올게요. (하고 나간다)

영희 (성우가 안됐다, 안쓰러운 표정)

씬 11. 성우의 아파트 주차장.

베란다에서 내려다보는 영희의 시각,
성우, 차로 걸어가 타고, 운전해 간다.

씬 12. 성우의 아파트 베란다.

영희, 성우 내려다보면서.

영희 (N) 성우야, 사랑은 또 온다. 사랑은 계절 같은 거야. 지나가면 다신 안 올 것 처럼 보여도 겨울 가면 봄이 오고, 이 계절이 지나면, 넌 좀 더 성숙해지겠지. (가만히 있다가 눈가 그렁해져) 그래도, 가여운, 내 딸.

씬 13. 은수의 침실.

은수, 침대에 앉아 있다. 짐 챙겨진 가방 옆에 놓여 있고, 노크 소리 난다. 은수, 문 쪽을 본다.

씬 14. 거실.

은수, 준희, 소파에 나란히 앉아 있다. 은수가 선물을 들고 눈물 그렁해 있다.
준희, 그 옆에 눈가 붉어진 채 은수 놓치지 않고 보며, 가만히 있다.

은수, 선물을 풀어 본다. 판화 보인다. 은수, 눈물이 왈칵 난다, 애써 참고 준희 본다.

은수 (눈물 참으며) 우리, 신혼집이네.

준희 (가만히 고개 숙이고 있다. 눈가 그렁해진다)

은수 (준희 보며, 입술 떨리는) 왜, 하필, 여기야?

준희 (눈물 흐르는, 외면하고, 참으려 이 앙다물고) 거기서 우리가, 제일 행복했잖아. 좋았던, 시간들만 기억하자.

은수 (준희 보며, 맘 아픈) 손 안 아팠어? 오랫동안 안 해서, 힘들었을 텐데, 손 안 아퍼?

준희 (못 보고) 괜찮았어.

은수 준희야.

준희 (보면)

은수 너 많이 사랑해.

준희 (외면하고, 이 앙다물고 눈가 붉어져서, 떨리는) 사랑한다.

은수 (가슴이 벅차다, 어렵게) 나... 사랑해?

준희 (외면한 채 끄덕인다)

은수 (울음 참으며) 그 말을 왜, 이제 하니... (외면하고, 이 앙다물고)

준희 (울며 외면하고 눈물을 닦고) 내 도움이 필요하면, 언제든 연락해. 그땐(떨리는 목소리) 친구처럼 보자.

은수 (안 보고 애써 웃으며) 응. 연락할게. 필요하면 연락할게, 보고 싶으면 달려가고. (이 앙다물고, 맘 아픈) 친구처럼.

준희 (고개 숙이고 울음 참으며) 그래, 친구처럼.

씬 15. 달리는 준희의 차.

은수, 조수석에 타고 있다.

씬 16. 큰 도로(갤러리로 가는).

준희의 차, 멈춘다.

씬 17. 차 안.

준희, 운전대 잡고 고개 숙이고 있다. 눈가 붉다.

준 희　(내리려 한다)
은 수　(팔 잡고) 내리지 마.
준 희　(못 보며) 가방, 무거워.
은 수　그거 들 힘은 있어.
준 희　(사이, 은수 못 보고) 갤러리에서.. 자지 마, 습해서, 추울 거야.
은 수　(창가 쪽 보며) 잠잘 시간 없어. 정리할 게 많아.
준 희　(운전대 잡고, 눈물 참는) ....
은 수　(고개 돌려 준희 보다, 안 울려고 애쓰며 운전대 잡고 있는 준희 손을 잡는다)
준 희　(마음 아프지만 참고, 여전히 은수 안 보고)
은 수　(애써 웃으며, 어렵게) 잘 가, 친구야.
준 희　(친구라는 말에 가슴이 베인 듯하다, 이 앙다물어 눈물 참고) 잘 가.
은 수　(차에서 내리고)
준 희　(고개 돌려, 맘 아프게 은수 본다)

씬 18. 차 밖.

은수, 차(차 창문은 열린)에서 내려 차 문을 닫아준다.

은 수　(울면서도, 애써 웃으며, 준희 보며) 가.
준 희　(복받치는 눈물을 참으며, 고개를 끄덕인다)
은 수　어서.

준희 (이 앙다물고, 운전해 간다, 느린 화면)

은수 (손 들어 인사하는데 눈물이 주룩 난다. 손 마저 흔들지 못하고 입 막고, 그래도 가는 준희에게서 눈 안 떼고)

준희 (차 출발해 간다, 느린 화면으로)

은수 (가는 준희, 울며 아프게 본다. 느린 화면으로)

씬 19. 준희의 차 안.

준희, 울며 운전해 간다.

씬 20. 도로.

은수(넋 나간 듯, 눈가 그렁해), 그 자리에 서서 손 들고, 서 있다, 그러다, 손 내리고, 다시 준희 간 쪽 물끄러미 보고.

씬 21. 한적한 국도길.

준희의 차 서 있는.

씬 22. 차 안.

준희, 운전대 힘겹게 붙들고 서서 이 앙다물고, 눈물 흘리며 생각하는.

은수와 있었던 일, 몽타주.

1. 아기 옷 방 구경하던(2부).

2. 시장 구경하던.

3. 여행 가서(18부) 골든 레몬 타임 얘기할 때, 끝부분.

4. 법원 비상구에서 있었던 일.

5. 20부, 씬 17, 18 연결 부분.

준희 (마음 아프지만 참고, 여전히 은수 안 보고)
은수 (애써 웃으며, 어렵게) 잘 가, 친구야.
준희 (친구라는 말에 가슴이 베인 듯하다, 이 앙다물어 눈물 참고) 잘 가.
은수 (차에서 내리고)
준희 (고개 돌려, 맘 아프게 은수 본다)

차 밖.

은수, 차(차 창문은 열린)에서 내려 차 문을 닫아준다.

은수 (울면서도, 애써 웃으며, 준희 보며) 가.
준희 (복받치는 눈물을 참으며, 고개를 끄덕인다)
은수 어서.
준희 (이 앙다물고, 운전해 간다, 느린 화면)
은수 (손 들어 인사하는데 눈물이 주룩 난다. 손 마저 흔들지 못하고 입 막고, 그래도 가는 준희에게서 눈 안 떼고)

현실.

거리.

준희, 차 멈추고.

차 안.

준희, 참지 못하고, 이 앙다물고 우는.

씬 23. 여관방 전경, 밤.

씬 24. 여관방 안.

장어(청바지에 티셔츠 차림), 이불을 깔고 있다. 그때, 화장실에서 세수한 얼굴로 세미 나온다.

장어 (웃으며, 세미 보고) 이불 깔았어.
세미 (옆에 앉으며, 장어 듬직하게 보며) 봤어.
장어 (세미 예쁘게, 서글프게 보다가(곁눈질로), 머뭇대다 일어나려 하면)
세미 (장어의 팔을 잡는다)
장어 ?
세미 앉았다가 가. 자기엔 너무 이르잖어.
장어 (어색하다) 그, 그럴까. (앉고, 세미 안 보고)
세미 (장어, 안쓰럽게 보다가) 장어야. 내가 아저씨랑 결혼한 거, 싫어?
장어 (어색하게 웃으며) 아니.
세미 니 마음 알어. (마음 짠한) 참아줘서 고맙고.
장어 (눈가 붉어져, 작게 웃으며, 세미 안 보고) 병신.
세미 병신?
장어 (세미 안 보고, 맘 아픈 것 참고) 그래, 병신.
세미 (장어 보면)
장어 (마음은 아파도 아이처럼, 투덜대듯) 내 맘은, 니가 몰라도 되는 거야. 난 니가 내 맘 아는 거 싫어.
세미 (장어 마음 알겠다, 맘 아프다)
장어 (세미 보고, 눈가 그렁해서도 웃으며) 나한테 오빠라고 불러봐. 이건 내 명령이 아니라, 형 명령이야.

세미　(고개 젓는다) 싫어.

장어　?

세미　아저씨 말이 아니라, 니 명령이면 부를게.

장어　(눈가 그렁해, 세미 머리카락을 넘겨준다)

세미　(장어를 안아준다)

장어　(이 앙다물고, 세미를 꼭 안는다)

세미　(장어 안고) 오빠.. 오빠랑 같이 가서 여자는 너무 든든해.

장어　(세미 품에서 떼어내고, 밝게 웃으며) 난 니가 행복해서 좋아.

세미　(장어가 너무 고맙다)

장어　가서 잘게. (나가고)

세미　(그런 장어, 입가에 웃음 지으며 보고)

씬 25. 여관방 앞.

장어, 자기 방으로 가려다가, 뒤돌아 세미 보며, 기분 좋게 웃고.

장어　(E) 세미야, 니 옆에 있는 것만으로도 내가 사는 세상은 너무 좋다.

장어, 다시 자기 방으로 씩씩하게 가고.

씬 26. 콘도 전경.

준희의 차 멈춰 선다.

씬 27. 차 안.

준희, 옆에 있는 성우의 차 본다.

씬 28. 콘도 안 주방.

성우, 밥 준비하고 있다. 찌개를 끓이는지, 파를 썰고 감자를 썬다. (이 부분까지 몽타주성)
그러다 문득, 주방 쪽으로 고개 돌리면 준희 서 있다.

성 우　?
준 희　(성우 그런 모습, 서글픈 표정) 도와줄까요?
성 우　아니.
준 희　(식탁에 와 앉는다)
성 우　(뒤돌아, 일하며) 전번에 니가 끓여준 라면 솔직히 맛없었어.
준 희　(성우에게서 눈 안 떼고, 서글픈 작은 웃음)
성 우　해주고 싶어. (서글픈 작은 웃음) 근데, 기대는 하지 마.
준 희　(본다)

시간 경과.

준희, 밥을 먹고 있다.
성우, 그런 준희 보고 있다.

성 우　(서글프게 웃으며) 나 살림 잘하지?
준 희　(어색하게 웃으며 끄덕인다)
성 우　(아이 보듯, 서글픈) 맛, 있어?
준 희　(어색하게 웃으며 끄덕인다, 성우 안 보고) 여섯 시 비행기예요. 먼저 가 있을게요.
성 우　(준희, 서글프게 보며) 은수 씨가, 아무 말 안 하디?
준 희　(고개 들어 성우 보고) ?
성 우　(고개 숙이고, 밥 먹으며) 은수 씨가 조금만 덜 이쁜 사람이었어도, 좋았을 텐데.

준 희　(성우 보는)

성 우　(고개 숙이고) 밥 먹어.

준 희　(본다)

씬 29. 콘도 거실.

준희, 성우 나란히 앉아 있다.
성우, 준희에게 양주를 따라준다.
준희(성우 안 보는), 손 떨며 양주 마신다.
성우, 그런 준희 본다.
준희, 술 마시고 내려놓는다.

준 희　(성우 보며 따뜻하게 희미한 웃음 짓는다) 안 마셔요?

성 우　(어느새 외면하며) 마셔. (입술만 적시고 잔 내려놓는다)

준 희　(그런 성우 안타깝게 보다가) 웃어볼래요? 웃는 거 보고 싶은데.

성 우　(안 보고) 못 웃겠어.

준 희　왜요?

성 우　(준희 안 보고) 웃음이 안 나. 은수 씨한테 미안해서. (고개 들어, 준희 보며) 넌, 왜 안 웃니?

준 희　(외면하며, 그렁해서) 미안해서요.

성 우　(그런 준희 보다가) 준희야.

준 희　(보면)

성 우　(눈가 그렁해, 맘 아픈 것 참고) 나, 너랑 같이 못 갈 거 같애.

준 희　(보면) ....

성 우　(말하기도 힘든, 서글픈) 널 믿을 수가 없어.

준 희　(성우의 맘 알겠다. 눈가 그렁해 외면하는)

성 우　(창가 보며, 맘에 없는 말을 하고 있다. 중얼거리듯 작게) 난 니가 부인을 안 버릴 줄 알았어. 그랬으면 믿음이 생겼을 거야. 부인을 버리는데 날 못 버릴 거라고 생각하지 않아.

준 희　(성우 맘 알겠다. 눈물이 그렁하다, 입술이 떨리는)

성우 (여전히 창가 보며) 지금 이 순간, 너 나만을 사랑한다고 말할 수 있어? 나만을 위해서 산다고 자신할 수 있어?

준희 (눈 감고 마음 아프게 가만히 있다) ....

성우 (준희 보며, 안쓰러운, 눈가 붉어진) 말할 수 없지.

준희 (고개 끄덕인다, 눈물 흐르는, 성우 보며, 맘 아프게) 말할 수 없어요.

성우 (가슴이 퉁 한다, 그래도 표정 변하지 않고, 준희 보며)

준희 (눈물 안 멈추는, 가슴 아픈, 이 앙다물고) 하지만, 성우 선배를 사랑하지 않기 때문이 아니에요. 은수한테 미안해서... 내 이런 모습 모두 용서할 수 없겠지만... 난 지금 모두, 나한테 속죄할 시간이, 필요해요. 선배한테, 은수한테, 나 자신한테도 속죄할 시간이.. 그럴 시간이.....

성우 (준희 맘 안다, 그렁해 준희 보며) 날 사랑하는데, 왜, 니가 용서를 받아야 되니? 주변 모두에게.

준희 (외면하며, 이 앙다물고, 우는) .....

성우 그게 너라는 사람이야. (보다) 그래도, 날(눈물 흐르는) 사랑하지?

준희 (끄덕인다)

성우 (안 보고) 이제 가.

준희 (눈물 '헉!' 하고 토하고 우는)

성우 (창가 보며) 너무 늦게 보내주는 것 같지만 이제라도 널 보낼 수 있어서 다행이야. 고마워. 사랑이 없는 줄 알았는데... 사랑이... 있구나. 너한테 배웠어. 우리 백년 후쯤 만나자. 그땐 옆에 아무도 두지 마. 우리 사랑이 죄가 되지 않게, 단둘이서만 만나자.

준희 (눈물 흘리며 끄덕인다. 마음이 아프다)

성우 (눈물 흐르는, 준희 보면)

준희 (성우 보며) 나 봐요.

성우 (준희 얼굴 보며, 눈가 그렁해도 편하게) 보고 있어.

준희 날 용서해요?

성우 널 사랑해.

준희 (성우 보며, 이 앙다물고) 약속 지킬게요. 백 년 후엔 난, 혼자 있을 거예요.

성우 (맘 아프다, 입술이 파르르 떨리는) 믿어.

준희 (눈물이 왈칵 쏟아질 것 같다, 이 앙다물고 참고) 나 잘 보고 내 얼굴 잊지 마요. 만나기로 한 그 시간에.. 길거리에서 우연히 지나쳐도, 알아볼 수 있게.

성 우　(울며 준희 얼굴 보며) 못 잊을 거야. 알아볼 수, 있어.
준 희　(그런 성우, 얼굴 귀하게 손 갖다 대고, 맘 아프게 입 맞춘다)

잠시, 그대로 있다가,
성우, 준희의 머리를 감싸 안는다.

성 우　(눈물 흐르는, 맘 아픈) 준희야.... 돌아오지 마.
준 희　(눈물 엉엉 토해내고)
성 우　(눈 감고, 이 앙다물고, 울음 차는)

그렇게 안고 있는 두 사람, 한 화면에 잡힌다.

씬 30. 콘도 침실.

성우, 쪼그리고 바닥에 앉아, 침대맡에 기대어 있다. 이 앙다물어도 눈물 멈추지 않는다. 그때, 문소리 나고, 성우, 그 소리에 눈을 감고, 눈물 더욱 나는.

씬 31. 콘도 복도.

준희, 문 닫고 복도에 주저앉아 오래 운다.

씬 32. 콘도 침실.

성우, 자기 맘 다잡지 못해 침실 오가며 입 틀어막아도 울음소리 나는, 그러다 한쪽 구석에 가서 주저앉아, 울고 있다.

씬 33. 콘도 밖.

준희(눈가 붉은 채), 콘도에서 나와 차 문 열고 차에 탄다.

씬 34. 차 안.

준희, 자리에 앉아 있다. 옆좌석 본다.

인서트.

옆좌석에 파리행 티켓, 메모지와 함께 놓여 있다.

메모지 내용 - 은수에게 가, 성우.

준희, 티켓 보고, 이 앙다물고 울며 돌아가고 카메라 올라가면,
성우, 콘도 베란다에서 가는 준희 보고 쭈그려 앉아 눈가 그렁해 앉아 있다.

씬 35. 달리는 차 안.

준희, 울며 운전해 간다, DIS.

씬 36. 콘도 거실, 아침.

성우, 나갈 준비하고 앉아 있다. 거친 얼굴이다. 작게 한숨 쉬고 가방 메고 방을 나간다.

씬 37. 콘도 복도.

성우, 나와 문을 닫으려다 보면 무언가 손잡이에 걸려 있다. 선인장 모양의 목걸이다(준희가 준 것). 성우, 조심스럽게 꺼내어 보다가 눈가 그렁해, 선인장에 입 맞추고, 복도 쪽 본다.

씬 38. 공항 전경, 낮.

씬 39. 공항 내, 티케팅 하는 곳.

직원 앞에 동진, 서 있다.

동 진 (신난) 워싱턴입니다.
직 원 세 분이시죠?
동 진 네.
직 원 확인됐습니다. (하고 티켓 준다) 한 시간 전에 들어가십시오.
동 진 (티켓 받고 돌아서 세미 보고, 세미(수줍은)와 장어(신나는)의 어깨를 두르고) 가자. (하고 간다)

씬 40. 공항 커피숍.

은수, 동진, 세미, 장어, 커피 마시고 있다.

동 진 (은수 보며 미소 지으며) 내 신부 이쁘지.
은 수 (세미 보며, 편안한) 많이.
세 미 (어색한 미소 지으며 가만히 있다)
동 진 우리 처남 잘생겼지?
은 수 (장어 보며) 응.
동 진 (은수 보며, 걱정스럽지만 짐짓 편하게) 왜 혼자 나왔어, 인정이라도 데리고 나오지.

은수 홀가분하게 가려구.

동진 (은수를 짠하게 본다)

은수 (세미 보고 웃으며) 잘 사세요. 동진 씨가 잘못한 일 있으면 나한테 연락하세요. 친언니처럼 편들어줄게.

세미 (작게 웃으며) 잘못할 사람 아니에요.

은수 (동진 보며) 교육을 너무 잘 시켰다.

동진 건강해라.

은수 응. (하고, 일어난다)

장어 안녕히 가세요.

은수 조심해서 가세요. (간다)

동진 (마음 아프게 은수 본다)

씬 41. 티케팅 하는 곳.

준희, 차례가 되어 직원에게 표 받고 돌아서 가다가 멈춘다.

성우 (E) 파리로 가.

걸어가는 준희.

씬 42. 게이트.

동진, 세미, 장어 들어간다.

씬 43. 다른 게이트.

맞은편 게이트에 은수, 들어가는 모습 보인다.
동진, 은수 서로 잠깐 보고 웃는다.

씬 44. 에스컬레이터 올라오는 준희.

씬 45. 승강장으로 가는 길.

은수, 가고 있고 그 뒤에 준희 가고 있다. 서로의 존재를 모른다.

씬 46. 공항 주차장.

성우, 자기 차에 기대어 하늘을 본다.

인서트 - 하늘에 비행기 떠가는 모습.

씬 47. 은수의 비행기 안.

은수, 자리에 앉아 창가 보고 있다.

승무원 (E) 이 비행기는 서울을 출발하여 파리에 도착하는 OO편 비행기입니다.

옆자리로 카메라 돌아가면,

씬 48. 준희의 비행기 안.

준희, 자리에 앉아 있다.

승무원 (E) 이 비행기는 서울을 출발하여 뉴욕에 도착하는 OO편 비행기입니다.

씬 49. 공항 주차장.

성우, 하늘 보다가 고개 떨구고 서글픈 미소 짓는다. 선인장 목걸이 하고 있다. (F. O)

검은 화면 위로 이펙트 들린다.

영 희 (E) 그리고 딸아이는 열세 달을 혼자 보냈다.

씬 50. 성우의 사무실 전경, 낮.

씬 51. 전시실 안.

미선, 재석, 현주 모두 있다. 재석과 현주는 그림을 걸고 있다.

성 우 (그림 보며, 밝다) 그, 그림 좀 흔들린다. 아니, 아니, 조금만 더 옆으로, 아니, 오른쪽. (보다) 조금만 왼쪽으로.
재 석 (성우의 말대로 하다) 아, 팔 아파 죽겠네. 팔 떨어지기 전에 말해요.
성 우 (그림 보다) 아 이제 좀 바로 된 거 같다. 좋아.
재 석 (성우 째려보며) 아, 증말?
성 우 (재석 보며) 붙잔 얘기야?
재 석 팔 아프단 얘기예요.
성 우 (웃고 돌아서는데)
재 석 실장님. 부산 안 내려가요?
성 우 (미소) 서울이 좋아. (가고)
재 석 (현주 보며) 승진하긴 또 글렀다.
현 주 (배 두드리며) 우리 애, 밥 잘 먹긴 또 글렀네.

하 숙　(들어오면서) 니네는 뭘 그렇게 구시렁대고 있냐?

씬 52. 전시실 2층 복도.

성우, 하숙, 계단에 앉아서 커피 마시고 있다.

하 숙　더도 말고, 덜도 말고, 요즘만 같으면 먹고살겠다.
성 우　떼돈 벌면서 죽는소리 하지 마.
하 숙　나 돈 좀 벌었지?
성 우　(작은 웃음) 많이 벌었지. (커피 마신다)
하 숙　(성우 보다, 가라앉은) 성우야.
성 우　(안 보고 커피 마시며) ?
하 숙　서준희 소식 들었다.
성 우　(하숙 안 보고, 굳은) ?
하 숙　(차 한 모금 마시고) 이번에 들어온 그림 있지. 뉴욕 출신 화간데, 뉴욕에서 걜 봤대.
성 우　(안 보고, 이상하다) 뉴욕에서?
하 숙　인연이란 참 묘한 거야. 은수랑 헤어지고 은수는 파리로, 준희는 뉴욕으로 갔는데 들리는 소문에 의하면 뉴욕 아시안 거리에서 둘이 부딪힌 적이 있다더라.
성 우　(하숙 안 보고) 만났대?
하 숙　차 한잔 마시고, 헤어졌다나 봐.
성 우　(하숙 안 보고) 만난 줄 알았는데.
하 숙　그러게.
성 우　(어두운 얼굴로 차 마시다, 한숨 나고)

씬 53. 성우의 집 전경, 낮.

성 우　(E) 엄마, 안 나가?

씬 54. 성우의 거실.

집 분위기 바뀌어 있다.
성우, 영희, 현철 앉아 얘기하고 있다.

영희　왜 안 나가.
성우　(달래듯) 우리 셋이 그냥 살자.
영희　난 너랑 못 살겠어.
성우　내가 뭘 어쨌게.
영희　노처녀 히스테리에, (자기를 가리키며) 신부, 심장 떨려.
현철　(웃으며) 신부?
영희　(현철에게 눈치 주고) 선보러 가.
성우　싫어.
영희　선주 아줌마가 니 선자리 찾아 얼마나 돌아다녔는지 알구나 그런 소리 해.
성우　(마지못해) 뭐 하는 남잔데.
영희　회사 다닌대.
성우　키 작지?
영희　사진만 봐서 모르지.
성우　사진 내놔봐.
영희　선주 아줌마가 도로 가져갔지, 다른 사람들 보여준다고.
성우　분명히, 땅콩만 할 거야.
현철　임마, 땅콩만 한 사람이 어딨냐? 그리고 키는 커서 뭐 할라구. 키 잘라 먹고 살래? 인물, 말솜씨 그런 거 하나도 보지 마. 손만 딱 봐, 손만.
성우　(웃으며) 손은 왜요?
현철　아버지처럼 큼직해야지 뭘 해도 먹고살아.
영희　아버지 말이 맞어. 어서 준비해, 두 시로 약속 잡았어.
성우　(애원조) 엄마....

씬 55. 성우의 방.

성우, 침대에 앉아 있고,
현철, 옆에 앉아 있다.

영 희 (E, 소리친다) 준비 안 할 거야, 정말!

현 철 준비해, 지금. 좀 조용히 해라. 한 번만 더 말해봐, 신문 배달 시킬 테니까, 그냥.

씬 56. 성우의 거실.

영 희 (외출복 차림이다. 성우의 방에 대고 소리친다) 좋은 말할 때 나와. 엄마 옷 다 입었어. 10분 안에 나와.

씬 57. 성우의 방.

성 우 아버지, 나 안 나갈래요.

현 철 나나 니 엄마나, 너 식장에 세우는 게 소원이야.

성 우 다른 소원 들어드리면 안 돼요?

현 철 (성우의 손잡으며) 성우야.

성 우 네.

현 철 내가 결혼을 두 번 했잖아.

성 우 (보면)

현 철 왜 두 번씩이나 했겠냐. 물론 상처가 된 것도 있지만 결혼 생활이란 게 아주 좋아서야. 인생에 있어서 한 번쯤은 해볼 만한 게 결혼이야. 나랑 똑같은 얼굴이 아닌, 마음이 닮은 쌍둥이를 만난 거 같거든. 이 외로운 세상에 내 맘 다 아는 사람이 하나 있다는 거 좋은 일이다. 엄마, 아버지 생각해서라도 한 번 나가봐라.

성 우 (내키지 않는) 나가서, 맘에 안 들면, 결혼 안 해도 되죠?

현 철　물론이지.
성 우　(한숨 쉰다)

씬 58. 호텔 앞.

영희, 성우 들어간다.

씬 59. 커피숍 입구.

성우, 영희 서 있다.

성 우　(답답하다) 엄마, 정말 못 보겠다.
영 희　여기까지 와서 무슨 말이야?
성 우　(체념하고, 안에 있는 사람 둘러보다, 가리키며) 저 남자야?

보면, 머리 벗겨진 남자 앉아 있다.

영 희　(웃으며) 아니.
성 우　(안쪽을 보며, 심드렁한) 서른아홉에 노총각이 어떨까. (하다가) 저 남자?

후줄근한 남자 앉아 있다.

영 희　아니.
성 우　그럼 설마.. 저 사람?

말끔한 남자 앉아 있다.

영 희　(끄덕인다)
성 우　(놀랍다는 듯 작게 웃고) 괜찮은데?

영 희　내 눈을 믿으라 그랬지? 가. (하고 등 쳐준다)
성 우　(옷매무새 고치고 영희에게 속삭인다) 180은 되겠다.

시간 경과.

커피숍 안에 성우, 선보는 남자와 앉아 있다.

종업원　(차 놓고 나가며) 좋은 시간 되십시오.
성 우　(커피에 크림 넣다 느낌 이상해 남자 보면 남자, 손 떨며 커피 마신다) !
성 우　(커피 잔 내려놓는 남자 보며 떨리는 마음으로) 손, 떠나 봐요?
남 자　(수줍게 웃으며) 아뇨. 그쪽이 좋은가 봐요. 떨리네요.

성우의 멍한 얼굴에서 준희의 목소리.

준 희　(E) 좋은 사람 앞에선 손을 조금 더 떨어요.

성우, 서글픈 웃음 지으며 그 남자 다시 본다.
남자, 성우가 맘에 드는 얼굴로 어색하게 웃는다.
성우, 그런 남자 보는데 준희를 닮은 남자다 싶어, 마음이 서글프기도 하고, 따뜻해도 지는데. (F. I)

씬 60. 호텔 커피숍 다른 탁자.

준희, 손 떨며 차 마시는.

은 수　(차 마시며) 아버님 환갑 잘 치른 거 같지, 깨끗하게.
준 희　(내려놓으며) 응.
은 수　서울 와서 살까?
준 희　(차 마시며) 너 좋은 대로 해.
은 수　(어렵게 묻는) 여기 오니까, 성우 선배 생각나지?

준 희 (은수 본다)
은 수 생각나?
준 희 (작게 웃으며) 아니, 그냥 선인장만 생각나.
은 수 선인장.
준 희 (편하게 보며) 난 살아서는 너만 사랑하기로 했어.
은 수 나만?
준 희 너만.
은 수 (기분 좋아, 커피 마시고, 내려놓다, 커피 흘리고)
준 희 (그런 은수 보며, 주머니에서 손수건 꺼내 닦아주며) 또 덤벙대시네. 언제쯤이나 얌전해지실까, 우리 부인은(은수 보며). 조심하세요, 제발.
은 수 (아이처럼 웃으며) 알겠습니다, 서방님.

인서트.

성우의 선인장 목걸이, C. U(그때까지 성우의 목걸이 잘 보이지 않았으면), 카메라 화면 벌어지면, 준희와 은수, 성우 앞쪽(성우도, 은수, 준희도 서로의 존재 모르는)으로 보인다.
카메라 창가 쪽으로 돌아가면 커피숍 밖에 동진, 세미, 장어 세 사람 아이스크림 먹으며 지나간다.
세 사람 모두 같은 옷을 입었다.
그런 세 커플 한 화면에 잡히고, F. O 되면서.

자막: 그들 중 누구도 서로를 잊지 않았다. 그리고 그 기억 때문에 행복했다, 거짓말처럼.

엔딩. (시간이 모자라면, 1부부터, 20부까지 엔딩 씬들 보여주면서 스크롤 올라갔으면 싶습니다, 시간이 넘쳐도 그렇게 해주시면 더욱 좋구요)

부록
/

〈거짓말〉을 바라보는 언론의 시선

[TV 리뷰] KBS2 〈거짓말〉

〈거짓말〉의 작가 노희경 인터뷰

표민수 PD의 〈거짓말〉 제작일기

노희경 작가의 〈거짓말〉 집필기

국내 최초 '컬트 드라마' 탄생, 〈거짓말〉

2일 막을 내리는 KBS 2TV 월화 미니시리즈 〈거짓말〉(연출 표민수)을 그동안 지켜보면서 느낀 생각은 국내에도 '컬트 드라마'가 등장했구나 하는 것이다. '컬트'란 특정 계층의 열렬한 숭배를 받는다는 뜻으로, 미국의 〈트윈 픽스〉나 〈엑스 파일〉 등이 대표적인 컬트 드라마다.

이 드라마는 독특하다. 인기 척도로 흔히 꼽는 시청률은 20%도 채 안 된다. '스타'가 출연하지도 않는다. 그럼에도 PC 통신에는 대사 한마디, 한마디에 열광하며 자신의 감상을 쏟아놓는 시청자들이 적지 않다.

무엇 때문인가? 인간사 이면의 추악함을 파헤치거나, 외계인 등을 좇는 외국 드라마와 달리 이 드라마는 일상의 내면에 초점을 맞추고 있다.

아이 못 낳는 젊은 부부와 남편 직장 노처녀 상사와의 삼각관계, 싱숭생숭한 중년의 로맨스, 사건기자와 부랑아 처녀의 운명 같은 만남. 이 세 축을 오가며 드라마와 호흡을 같이하다보면 어느새 '남의 불륜'은 '나의 로맨스'가 된다. 가슴 저미는 대사, 성(性)에 대한 천박하지 않은 직설 화법, 문득 찾아온 사랑을 움켜쥐려는 두 남녀의 처지를 찬찬히 풀어내는 전개 등은, 특히 사랑, 결혼, 권태, 이혼이라는 변곡점 위에 서 있는 30대 시청자들로 하여금 자신을 주인공과 동일시하도록 만든다.

그래서 성우(배종옥)를 역성들거나, 은수(유호정)를 동정하거나, 준희(이성재)에 공감하게 되는 '상처 있는 영혼들'은 왜 자신이 그들의 편에 서는지 얘기하고픈 충동에 빠져들게 된다. 이 복잡한 실타래를 풀어나가는 작가는 노희경. 〈세상에서 가장 아름다운 이별〉과 〈내가 사는 이유〉가 연속 드라마 경력의 전부지만 '어른'들의 마음을 읽어내는 노회함은 서른두 살 처녀의 것이라고 생각하기 힘들 정도다.

김수현의 '직설'과 김운경의 '서민 내음'과 송지나의 '세밀함'을 고루 이어받은 그는 모든 사람들이 방패처럼 들고 있는 위선과 위악에 대해, 그리고 사랑의 아름다움에 대해 진솔하게 이야기한다.

작가의 이런 생각을 거의 그대로 영상으로 옮긴 젊은 연출가의 잠재력도 한몫했다. 배종옥을 비롯, 유호정, 김상중 등 김수현 사단의 신예들이 보여준 기분 좋은 변신은 분명 한국 드라마의 새 장을 연 것으로 평가받을 만하다.

[중앙일보] 1998년 06월 01일

정형모 기자

오늘은 거짓말을 잊어보려고 딴 짓을 해보았다

° 컬트 드라마 〈거짓말〉과 작가 노희경

6월 2일 〈거짓말〉이 끝난 날, PC 통신 팬 모임방 채팅실에 사람들이 하나둘 모이기 시작했다. 이런 채팅은 6월 1일에도 있었다. 소모임이 결성되었으므로 정기적인 채팅도 이루어질 것이다. 거짓말을 사랑하는 사람이면 뭔가 통하는 사람일 거라는 게 소모임을 만든 이들의 취지다. 이들은 올라오는 극본을 다 읽고, 본 방송을 보고, 재방송을 보면서도 운다고 고백한다. 그들이 신같이 모시는 이들은 '거짓말'로 통칭되는 모든 것이다. 작가, PD, 연기자, 음악….

이들이 〈거짓말〉을 얼마나 사랑하는가는 PC 통신의 '거짓말 방' 감상문을 보아도 알 수 있다. 원고지 20매 이상의 감상문이 허다하다. 각 글마다 조회 수는 무던히 1백 회를 넘고 3백 회에 가까운 글도 많다.

사랑하고 싶다(ID: SONGONE), 20시간짜리 영화(ID: L73D88), 제가 사랑을 한 것 같아요(ID: DAHYUN01), 수준이 낮아서 다른 것 못 보겠다(ID: SIEMENS7), 라는 제목들!

"오늘은 거짓말을 잊어보려고 딴 짓을 해보았다. 이러다간 드라마가 끝난 뒤에 공허감에 시달릴 것 같아서….

이런 대사가 있었다.

'길을 걸을 때도, 운전을 할 때도, 잠을 잘 때도 선배가 자꾸 보여요.'

그렇다. 그것뿐인가….

뒤에 바퀴를 하나 달고 다니는 산타모를 볼 때마다… 꼬마 선인장을 볼 때마다…

스카프를 볼 때마다… 호수공원을 지날 때마다… 나는 또 거짓말 생각을 한다."(ID: SPADER)라는 열렬한 고백.

"준희는… 많이 생각하는 사람입니다. 남이 보기에 그것이 관념적이고, 때문에 위선적으로 보일지라도요. 준희가 성우를 사랑하기 시작했을 때를 기억해보면 알 수 있지요. 성우가 왜 그토록 모가 나 있는지, 자꾸자꾸 생각하다가, 사랑하고 만 겁니다."(ID: YEOWOO1)라는 캐릭터 분석.

"은수에게 돌아오게 해주세요." "성우를 버리지 마라."라는 격렬한 토론까지 모두 그들이 얼마나 〈거짓말〉에 열광을 바치고 있는지 느껴진다. 이런 드라마 〈거짓말〉은 시청률이 20% 이상 넘은 적이 없다. 20%가 뭔가! 12~13%를 왔다 갔다 했고 마지막 회가 고작 18% 정도다. 그래서 이 드라마에는 컬트라는 딱지가 붙기도 한다.

은수(유호정)와 준희(이성재)는 결혼한 지 3년 된 부부. 준희는 회사 상사인 성우(배종옥)의 상처를 보고 마음이 흔들린다. 이 삼각관계가 드라마를 끌고 가는 축이다. 은수의 옛 애인인 동진(김상중)은 거리의 부랑아인 세미(추상미)와 사랑에 빠진다. 성우의 어머니 영희(윤여정)는 첫사랑 주현철(주현)을 만나고 결혼하게 된다.

빼어난 대사와 엇갈림의 화면 기교, 각 커플마다 정해진 음악, 물이 오른 배우들의 탄탄한 연기가 혼연일체로 드라마를 끌고 간다. 특히 이 드라마의 '하다'체 대사는 시청자들을 자신이 진짜 사랑에 빠진 듯 몰아가는 힘을 발휘했다.

〈거짓말〉 작가 노희경(33) 씨는 MBC에서 〈세상에서 가장 아름다운 이별〉과 수목 드라마 〈내가 사는 이유〉를, KBS에서 단막극 〈아직은 사랑할 시간〉을 쓴 데뷔 2년차 작가다. 드라마가 막 끝난 때에 만난 노희경 씨에게 아직 이성재는 준희, 배종옥은 성우, 유호정은 은수다. 허탈감을 이기지 못해 집을 뛰쳐나갔다고도 한다. 노희경 씨에게 〈거짓말〉 마니아들이 궁금해하는 것을 질문해보았다. 질문은 6월 2일 이루어진 채팅에서 채집한 것들이다.

드라마를 어떻게 쓰게 되었는가?

아직도 잘 모르겠다. 내가 어떻게 드라마 교육원을 찾아갔는지. 가다 보니 그 집 앞이듯이. 쓰면서는 재미있었다. 무심하게 들어온 덴데. MBC 베스트극장 공모에 당선되었다. 〈세상에서 가장 아름다운 이별〉이 95년에 당선되었는데, 96년 4월 창사 기념일에 방영되었다. 반응이 좋아서 〈내가 사는 이유〉를 쓸 수 있었다.

글 쓰는 건 어떤가?

그림도 못 그리고, 피아노도 못 치고. 글짓기를 하고는 처음으로 상을 받았다. 잘하는 게 그거 딱 하나였다. 그래서 초등학교 5학년 때 글을 써야겠다고 생각했다. 한 번도 변하지 않았다. 소설은 썼지만 즐겁지 않았다. 고통스러웠다. 드라마를 쓰면서 편했다.

어떤 점이 특히나 드라마의 매력인가?

일회성이니까 허무하다. 집을 뛰쳐나올 만큼. 어제 마지막 회를 보고 집을 뛰쳐나왔다. 10개월을 미쳐서 지냈는데, 한순간에 끝나버리고, 마치 사귀었던 애인을 떠나보낸 것 같다. 그것도 싫어서 헤어지는 것도 아니고. 그런데 사는 게 그런 것 아닌가. 버려지는 것들, 소홀히 다루는 것들, 길거리 걸어가는 것, 밥 먹는 것들 다 소설에서는 여백으로밖에 처리 안 되는 것이다. 그게 사는 거다. 그리고 겸손해서 좋다. 드라마는 아무것도 없는 사람하고 가는 것 같다.

결혼했나?

안 했다. 못 했겠지. 나는 인생을 개척해야 된다는 생각은 안 든다. 그냥 운명이려니 하는 생각. 이렇게 하다가 좋아하는 사람 생기면 가는 거고. 백 년 살면 죽는 건데. 경험? 글 쓰는 데는 경험과 상상력의 절묘한 결합이 있어야 한다. 경험은 수학 같다. 하나를 알면 열을 안다. 하지만 또 틀린 점은 수학은 그 하나를 까먹을 수 있다는 거다. 경험은 그렇지 못하다. 지금까지 사랑 안 했다면 변태겠지. 이별도 했고. 상처받은 사랑도 이렇게 나에게 교훈을 주는구나. 유부남을 좋아한 것도 아니고 그냥 보통 사랑이었지만. 내가 인생에 대해서 사랑에 대해서 정의를 많이 내렸지만 내가 다 아는 게 아니다. 쓰고서도 잘 모를 때가 많다. 내가 쓰고 나서도 알고 쓰는 게 아니라 기대와 희망으로 쓴다. 정의를 내리는 게 아니라 사랑에 대해 많이 생각했다.

소재는 어디서 얻나?

가장 만나보고 싶은 사람, 안쓰러운 사람과 주제를 정해놓고 만날 생각을 한다. 어디서 책을 읽고, 글을 보고 하다가 얻는 건 아니다. 어떤 사람의 일상이 있는데 좇아간다. 운명처럼 오는 것들. 쟤는 왜 저럴까? 쟤는 이래서 저럴 거야. 남들이 보면 미친 사람 같아.

어떤 점이 아쉬운가?

등장인물에게 미안하다. 여러 가지 고통을 더 생생하게 실어주지 못했다. 사표 쓰는 대신 휴가원을 낸 성우 같은 경우, 삶의 무게 때문에 기분 좋게 그만둘 수 없었을 것이다. 돈이 아니라 생활의 무게가 느껴지니까. 상처에 더 깊이 들어가지 못했다. 은수가 고아라는 것, 가지고 있는 일에 대한 의미 등이 사랑에 포커스를 맞추면서 없어졌다. 준희의 작품에 대한 열정, 부모에 대한 사랑 등이 아쉽게도 빠졌고 영희, 현철 부부 같은 경우도 정리해고, 폐경 같은 것이 수박 겉핥기 식으로 지나가버렸다. 이렇게 다 아는데 쓸 때는 안 보인다. 경마할 때 차양을 씌우는 것 같다. 작품을 이렇게 다 하고 나면 보이는데.

마지막의 자막 뜨는 장면이 특이했다. '그들 중 누구도 서로를 잊지 않았다. 그리고 그 기억 때문에 행복했다, 거짓말처럼.' 마지막에 이 자막으로 깔렸다. 누군가는 대만 영화감독인 허우 샤오시엔이 나타났다고 했단다.

표민수 PD가 그랬다. 어떤 때는 아무 말이 필요 없을 때가 있다고. 15초 이상 아무 소리도 없이 있었던 게 처음일 거란다. 사랑이 주제라면 상처여도 교훈을 준다. 사랑이 주는 교훈을, 상처 때문인지 안 좋아한다. 일부 사람들, 성우가 상처가 있겠지, 안됐다 하는데 사랑 한번 못해본 사람이 하는 소리다. 그게 무슨 상처겠냐? 사람들 모두 행복했으면 한다. 모두 꿈이겠지만, 모두 거짓말이겠지만. 〈내가 사는 이유〉에서도 그랬다. 모두가 행복했으면 했다. 작위적으로 다 못 되는 확률이 현실에서는 더 많지만 드라마에서나마 행복해서 다행이다.

결말에 대해서 의견이 분분하다. 공중파의 한계라는 말도 한다. 특히 한국방송공사와 그에 속한 PD가 가지는 선 같은 것.

이미 시놉시스에서 그렇게 결론을 내렸다. 초고를 완성한 상태에서 시작했다. 외부 영향은 없었다. 공중파의 한계, 그런 건 아니다. 상처도 용기가 된다는 걸 보여주고 싶었다.

마지막 엔딩 씬에 다 같이 모여 있는 것은 좀 작위적이지 않았나? 원래 의도인가?

시놉시스에 그렇게 나와 있었다. 하나는 서울, 하나는 상하이, 하나는 뉴욕에 있다 하더라도 그들은 한 공간에 있는 것이다. '무사하다'는 표현 있지 않나. 성우도 무사하구나, 준희도 무사하구나, 은수도 무사하구나 하는 것을 보여주고 싶었다.

애착이 가는 대사는?

'사랑은 계절 같은 거다.'라고 영희가 하는 대사. 믿고 싶다. 사랑이 또 온다는 걸. 그리고 마지막 자막 글도 애착이 간다. 또다시 온 사랑은 처음에 온 사랑보다도 더 좋을 거다. 상처받을수록 성숙해지는 것이고.

선인장에 대한 은유가 탁월했다.

미국을 가보지 않아서 드라마에서의 선인장을 본 적은 없다. 제주도에 가서 선인장을 봤다. 사막에 선인장이 없으면 안 되지 않나. 자기 몸에 물이 있어 나눠주는 존재의 묵직함. 사막에는 선인장이 있다. 때때로 생물이 사람보다 더 예쁘다. 자존심 같은 가시가 있는 그런 사람이면 좋겠다, 했다. 그래서 성우가 만들어진 것이다.

음악은 어떻게 선정한 것인가?

표민수 PD가 선곡했다. 마지막에 가사를 넣은 노래는 원래 있었는데, 비트가 강해서 쓰지 않다가 나중에 썼다.

배우들의 연기는 어땠나?

배종옥 씨는 너무 잘 울어. 연기를 잘해서가 아니라…. 다 자기가 연기하고 있다고 말 안 한다. 은수나 성우, 준희뿐 아니라 다 〈거짓말〉의 배역이 되어 살았다. 그래서 다 투덜거렸다. 너무 힘들어 미치겠다고. 유호정 씨는 은수가 할 것 같은 매니큐어에 옷까지 입고 다녔고. 성우처럼이 아니라 성우가 됐다. 그들은 어떻게 연기해요, 라고 묻지 않는다. 무슨 마음으로 이렇게 걸어요, 라고 묻는다. 어떤 작가도 부럽지 않다. 마음으로 하는 연기자, 스태프를 만나서.

성우는 강한 사람인데 너무 강하지 않은 사랑을 주지 않았나?

엄마가 자식 앞에서 강해질 수 없듯이 거기서 강해지면 사람 냄새가 안 난다. 전형적인 인물을 창조하는 법이 있다. 하지만 강한 사람의 약한 모습, 약한 사람의 강한 모습이 좋다. 나를 보고 사람들이 당돌하게 생겼다라고 하는데, 겉모습을 보고 나를 알았다고 할 수 있는가. 사람들이 못 보는 인물의 숨겨진 모습을 창조해나가는 것이다.

컬트라 지칭되는 것에 대한 생각.

호러만 컬트인 줄 알았다. 대중매체에도 컬트가 있단다. 내가 만들었으니 좋다. 하지만 반성이 된다. 많은 사람과 공감대를 형성하지 못한 것이. 많이 진지했다. 많은 사람이 갑갑해하기도 했다. 하지만 한 편쯤은 이런 드라마가 있어도 되지, 하고 시작했던 것인데. 쓰다 보면 미쳐서, 빠져서. 시청자들이 버거워했을 것이다. 그래서 컬트가 된 것이고. 힘들다. 너무 진지해서 나도 힘들다. 준희는 이건 멜로가 아니라 완전 철학이다, 라고 했다. 이제 경륜이 쌓이면 조절할 수도 있겠지. 내가 한 시간을 책임지고 영향을 주는 건데 달래주고 하면서. 강변을 하며 끌고 온 것 같아 아쉽다. 내 아는 대 작가님이 극은 마스터베이션이다, 엄마, 삼촌 같은 사람을 놓치고 갔다, 버리고 갔다, 라고 했다. 그 말을 가슴으로 받아들였다. 진지함과 여유를 가지고 싶다. 다 데리고 가고 싶다. 드라마 속으로.

다음 작품은?

일단 MBC에 간다. 어떤 걸 쓸지 아직 정하지는 않았다. 일단은 많이 자야 되겠다.

[씨네21] 1998년 6월 16일 제 155호

구둘래 기자

가슴속에서 지울 수 없는 드라마

〈거짓말〉로만 두 달을 살았다. PC 통신 드라마 네트에 '거짓말 방'이 아직도 남아 있다. 드라마는 종방되었지만 아직도 하루 한 번 이상 컴퓨터를 켜서 그 방에 들른다. 거기서 만날 수 있는 사람들, 나는 그 사람들을 사랑한다. 〈거짓말〉을 좋아해줘서가 아니었다. 다만 그 방에서만 만날 수 있는 묘한 사랑이 있어서였다.

〈거짓말〉은 작년 5월 처음 이야기가 나왔다. 그리고 노희경 작가와 지난 9월부터 고민을 시작했다. 방송 종료까지 우리는 거의 9개월을 〈거짓말〉에 매달렸다. 사람을 사랑하는 것이란 무엇일까, 라는 화두를 가지고 많은 이야기를 했다. 그래서 우리는 이 작품을 정말 사랑하는 사람들과 만나고 싶었다.

성우와 준희와 은수를 정말 사랑하는 배우들을 이 작품에 초정해서 그 배역에 대해 이야기할 때도 그랬다. 배종옥, 이성재, 유호정, 윤여정, 주현, 김상중, 추상미, 김태우 씨가 이 작품을 서로 사랑하는 마음으로 했으면, 이 작품을 하고 나서 준희의 대사처럼 정말 사랑이 있다고 믿었으면 좋겠다.

그리고 작업 현장에서도 많은 사람들이 사랑이 있다는 사실을 믿어주었다. 촬영감독인 강장수 선배, 이용호 조명감독이 사랑을 만들어주었다. 그래서 늘 우리는 공부를 했다. 촬영 후에도 이야기를 했고 새벽에 만나서도 〈거짓말〉을 이야기했다.

첫 회 방송 후 〈거짓말〉의 시청률은 보잘것없었다. 그 시청률을 알고 촬영을 시작하려 할 때 카메라감독, 조명감독, 김상중 씨가 웃으면서 더 열심히 해보자고 했던 기억이 난다. 그래서 〈거짓말〉은 거짓말같이 시청률에 전혀 신경 쓰지 않고 제작할 수 있었던 것 같다. 드라마 제작국에서도 그랬고, 작가와 연기자들도 그랬고, 스태프들도 그래서 그냥 나도 그랬다.

제작 기간 동안 아무도 시청률을 알려고 하지 않았다. 〈거짓말〉 이외의 세상은 없었으니까. 소수의 시청자가 〈거짓말〉을 사랑했고, 그 소수의 사람들이 격려해주었다.

PC 통신에서 많은 이야기를 전해주었고 많은 격려를 해주었다.

그 사랑이 있었기에 〈거짓말〉은 20회를 마쳤다. 근데 아직도 〈거짓말〉은 끝나지 않았다. 통신에 참여했던 마니아들이 '거짓말 소모임'을 만들었고, 아직도 통신에는 하루에 몇십 개의 이야기들이 올라오고 있다. 그래서 성우와 준희가 그 화랑에서, 그 사무실에서 마주 보고 있고, 은수가 지하 작업실에서 안경을 끼고 작업을 하고 있는 듯하다. 버릇처럼 '거짓말 방'을 들르면서 머릿속에서 이 드라마를 지우고 있다. 그런데 가슴속에서는 오래 남아 있을 것 같다.

[KBS저널] 1998년 7월호

표민수 감독

나는 결코 〈거짓말〉을 잊을 수 없다

내가 정말 〈거짓말〉을 잊을 수 있을까? 사랑했던 기억이 있다. 내가 원한 것도, 그가 원했던 것도 아닌데 끝나버린 사랑을 했던 기억이 있다.

참 많이 아팠었다. 그의 학교 앞을, 집 앞을 오래 서성였다. 가끔 친구들 말에 의하면 그 역시 나처럼 오래 내 주위를 서성였다 했다. 하지만 다시 만날 수 없었다.

드라마 〈거짓말〉이 종방됐다. 나는 지금 미워서 헤어진 게 아니라, 인연이 다해서 헤어진 그 사랑처럼 〈거짓말〉의 종방을 맞이하고는 아프다.

사랑할 때 자만하고, 끝난 뒤에야 자신의 미흡함을 깨닫듯 스스로 작품에 소홀했던 부분들을 문득문득 발견하면서, 〈거짓말〉을 못 잊고 옛날 그의 집과 학교 앞을 서성였듯 통신에 접속하고 드라마에 관한 기사를 읽는다. 봐도봐도 질리지 않았던 애인을 상기하며 천 원짜리 비디오테이프에 녹화된 드라마를 보고 또 본다. 그러다 순간 꺼버린다. 우린 이제 인연이 다했다. 그것을 안다. 다시 만날 수 없으리라.

서른셋의 나이에 남편도 없고, 아이도 없고, 연애도 하지 않은 내게 드라마를 쓰는 일이란 감히 삶의 전부다. 10개월 동안 〈거짓말〉을 몸 안의 일부처럼 사랑하면서 연애하는 기분이었다. 글 쓰는 내내 투정하지 않았다. 힘들어하지 않았다. 사랑은 겸허해야 한다고 믿었기 때문이다. 사랑하는 마음으로도 감사했다.

〈거짓말〉은 내가 지금껏 쓴 드라마 중 가장 시청률이 저조한 드라마였다. 그런데 난 왜 이 드라마를 사랑했던 걸까? 해답을 찾기 위해 그 과정을 거슬러 올라가본다.

〈거짓말〉을 만든 사람들은 예뻤다. 감독은 깊은 눈으로 작품을 이해했고, 이해되지 않을 때는 화내지 않고 고민했다. 그는 일을 했던 게 아니라 〈거짓말〉을 사랑하고 있었다. 느낄 수 있었다.

성우 역의 배종옥 씨를 캐스팅했을 때가 생각난다. 그녀는 시놉시스를 읽고, 이 드라마의 말미에 성우처럼 사랑이 있다, 라고 믿었으면 좋겠다고 했다. 후일 들은 얘기지만 그녀는 성우를 제 마음에 두기 위해 울고 또 울었다 했다.

은수 역을 한 유호정 씨에게 은수를 설명하던 때를 또 기억한다. 그 큰 눈을 껌뻑이며, 정말 은수처럼 천진하게 좋아하던 그녀는 이 작품이 당분간은 마지막이 될 거라 했다.

준희 역을 한 이성재 씨는 힘들다고만 했다. 응석이 아니었다. 준희의 삶을, 그의 사랑 방식을 이해하고 있었다. 버거웠을 것이다. 머리가 아닌 마음을 내는 일은 늘 그렇듯 고단한 것 아니겠는가.

이제 정말 〈거짓말〉을 잊고 싶다. 첫 사람을 버리고 두 번째 사람에게 갔을 때 첫 사람을 품고 가면 안 되듯, 다음 드라마는 〈거짓말〉을 잊어야만 쓸 수 있기 때문이다.

어려서는 세상에 사랑이 한 번만 오는 줄 알았다. 그게 아니었다. 나는 이제 〈거짓말〉을 잊고, 또 다른 드라마를 사랑하려 한다. 사람들은 묻는다. 다음엔 어떤 드라마 쓸래요? 말한다. 나도 몰라요. 하지만, 믿는다. 첫사랑에 목숨 건 사람은 두 번째도 목숨을 건다고. 나 자신은 다음 드라마도 목숨 걸어 사랑하리라는 것을.

그런데 내가 정말 〈거짓말〉을 잊을 수 있을까?

[KBS저널] 1998년 7월호

노희경 작가